程思良 ◎ 主编

聚焦文学新潮流

JUJIAO WENXUE XIN CHAOLIU

——当代闪小说精选

DANGDAI SHANXIAOSHUO JINGXUAN

ARTTIME
时代出版
时代出版传媒股份有限公司
安徽文艺出版社

图书在版编目（CIP）数据

聚焦文学新潮流：当代闪小说精选／程思良主编.—合肥：安徽文艺出版社，2016.7（2022.9重印）

ISBN 978-7-5396-5693-9

Ⅰ.①聚⋯ Ⅱ.①程⋯ Ⅲ.①小小说-小说集-中国-当代

Ⅳ.①I247.8

中国版本图书馆CIP数据核字(2016)第044751号

出 版 人：朱寒冬
责任编辑：李 芳　　　　　　　装帧设计：徐 睿
···
出版发行：时代出版传媒股份有限公司　www.press-mart.com
　　　　　安徽文艺出版社　　www.awpub.com
地　　址：合肥市翡翠路1118号　邮政编码：230071
营 销 部：(0551)63533889
印　　制：北京一鑫印务有限责任公司
···
开本：880×1230　1/32　印张：15.625　字数：360千字
版次：2016年7月第1版　2022年9月第2次印刷
定价：59.80元
···
（如发现印装质量问题，影响阅读，请与出版社联系调换）

目　录

6

当下流行闪小说

程思良

一时代有一时代之文学。这是一个无"微"不至的时代,微博、微信、微商、微电影、微文……势不可当。在这个基于移动互联网文化与技术的微时代,文学也在进行着深刻的嬗变。在文学的多路向突进中,将字数限定在600字内的闪小说,以其独特的魅力在海内外华文文坛迅速崛起,被专家认定为继长篇小说、中篇小说、短篇小说、微型小说(小小说)之后的小说家族第五个成员。

"闪小说"之名译自英文"Flash Fiction"。西方的"Flash Fiction"源远流长。其历史渊源可以追溯到《伊索寓言》,写作者包括契诃夫、欧·亨利、卡夫卡等伟大作家。汉语"闪小说"也可追溯到先秦的神话传说与寓言故事。不过,汉语"闪小说"这一概念则是由微型小说作家马长山、程思良等人于2007年才明确提出与倡导的。

2007年初,为了顺应快节奏时代的碎片化阅读潮流,马长山、程思良在拥有9000万注册用户的全球华人网上家园"天涯社区"的文学主版"短文故乡"上发起"超短小说征文"活动,不久便将这种超短小说以"闪小说"命名,并予以倡导。

闪小说既是文学的,具有小说的特质,又是大众的,具有信息化时代多渠道传播的特色。它具有小小说的基本特征,但又有其自身的特点。具体地说,它在写作上追求"微型、新颖、巧妙、精粹"。微型,指篇幅超短;新颖,指立意别出心裁;巧妙,指构思精巧;精粹,指言约意丰。

自2007年以来,在海内外众多有识之士的积极倡导与大力推动下,短短几年间,应运而生的闪小说便风行天下,引领阅读新潮流。

目前,中国闪小说呈现多面突进的态势:

中国闪小说学会与11个省分会相继成立。在中国闪小说学会的引领下,闪小说得以全面推进发展。随着各地闪小说作者群纷纷崛起,江苏、广东、湖南、安徽、浙江、贵州、吉林、四川、山东、河南、山西分会相继成立,这极大地推进了各省闪小说的繁荣与发展。

作者队伍快速壮大。他们老中青兼有,散处全国各地,遍布各行各业,或专攻,或客串,其中不乏文坛大家与名家。

闪小说风靡网络。众多知名网站纷纷开设闪小说板块或专栏,而闪小说阅读网、闪小说作家论坛等闪小说专门网站更是吸引了无数闪小说爱好者。

纸媒发表阵地不断扩大。《小说月刊》、《小小说月刊》、《微型小说月报》、《小小说选刊》、《读者》、《香港文学》等数百家报刊开设了闪小说专栏或刊发闪小说作品,每年公开发表的作品达数万篇;特别值得一提的是,中国闪小说学会先后创办了闪小说专刊

《当代闪小说》、《闪小说》、《吴地文化·闪小说》,以及《闪小说选刊》电子杂志。

闪小说受到图书出版界青睐。海内外数十家出版社推出了近200部中国作者的闪小说集,一些书曾登上中国热销书排行榜。从各种渠道反馈的消息显示,优秀闪小说书籍非常受市场欢迎。

大赛形式多样化。20多个全国闪小说大赛先后举办,这极大地激发了闪小说作者的创作热情,不少实力派作者与佳作涌现。

研讨活动卓有成效。10多个闪小说专题研讨会成功举办,不仅扩大了闪小说的影响,而且推进了闪小说理论批评方面的建设。此外,多部闪小说评论集已出版。

形式多样的中外闪小说交流活动得以积极开展。这些交流活动既有与海外华文闪小说的密切交流与合作,又有直接与西文闪小说开展的交流与合作。

受中国大陆闪小说崛起与风行的影响,世界华文文坛也掀起闪小说创作风潮。亚洲、美洲、欧洲、大洋洲的华文作家、学者、编辑等,纷纷投身闪小说的推介、创作与评论。其中泰国、新加坡已出版了华文闪小说个人集与国别选集。目前,海内外华文闪小说界交流方面,出现刊发作品、撰写评论、邀请访问、合作出书、互任大赛评委等各种交流方式。

譬如互发作品方面,便十分活跃。中国大陆作者的数百篇闪小说作品及评论在印尼《国际日报》、泰国《中华日报》、菲律宾《世界日报》、新加坡《新华文学》、新西兰《先驱报》、越南《越南华文文学》、美国《明州时报》、德国《德华世界报》、巴西《南美文艺》、苏里南共和国《中华日报》等数十家世界华文报刊上发表。其中,泰国《中华日报》、《新中原报》、《亚洲日报》,印尼《国际日报》和美国《明州时报》等报刊更是推出了数十个中国大陆闪小说作品专辑。泰国、新加坡、印尼、马来西亚、菲律宾、越南、文莱、澳大利亚、新西兰、德国、荷兰、法国、美国、加拿大、巴西等国数十位华文作家的200余篇闪小说在中国大陆的《当代闪小说》、《闪小说》、《小说界》、《微型小说月报》、《天池小小说》等报刊发表或入选各类闪小说精选集。

2014年以来,闪小说在世界华文文坛的崛起姿态尤其明显,有几个标志:华文文学名刊《香港文学》相继推出两个"世界华文闪小说大展",参展华文作家达60多位;新西兰《先驱报》、美国《明州时报》、德国《德华世界报》、巴西《南美文艺》与中国内地《闪小说》、中国香港《新少年报》等海内外报刊联合举办的"世界华文同题闪小说大展"活动,吸引了众多来自世界各地的参与者;国际性文学与学术会议上频现闪小说的身影;华文闪小说进入更多专家学者的视野……

闪小说在中国快速崛起的现象引起了国内主流文坛的关注。2015年3月中旬,由《小说选刊》杂志社在北京举办的"首届全国微型小说高峰论坛"上,其其格主编在总结发言《推动精湛汉语写作》中说:"近年来,全国各地以小小说、微小说、闪小说等命名的各级学会及研究机构非常活跃,作者队伍也很有规模,理论与批评等方面成效卓著,感觉这个领域发展十分迅猛。"

当前,大量闪小说在无数海内外报刊与网站上发表,为各种移动终端和新媒体开启的微时代的"微阅读"提供着精神食粮。然而,在闪小说风行的背后,不少作品忽视艺术品质的现象也毋庸讳言。闪小说虽短但门槛不低,不能粗制滥造,必须精雕细刻,唯其如此,才能为其赢得独立品质和尊严。《百花园》杂志社总编、评论家杨晓敏说:"闪小说之所以能有这些繁荣,自然与读者的青睐捧场不无关系。也就是说体裁上的草根性,决定了它的被接受度;而文体字数限制则传达出了在'通俗性'与'文学性'之间的衡量。通俗性使得闪小说勃然而兴,也有赖于其对于文学性的追求。"西华师范大学教授何希凡说:"闪小说是瘦了身的文学书写,浓缩的是精华,浓缩更需要巧手与匠心。"评论家雷达说:"文体可以有大小之别,但没有高低之分,重要的是内在的审美密度和张力有多大。"三位专家的话,发人深省。

为了引导闪小说的精湛写作,2015 年,中国闪小说学会在闪小说作家论坛与闪小说阅读网新浪博客上开展了为期一年的"闪小说作家作品大展"系列活动,海内外共有 66 位华文作家携佳作参展。这些参与大展的作品,题材广泛,构思精巧,语言精练,内蕴丰赡,风格多样,精彩纷呈,充分展现了当下闪小说的发展风貌与总体水平。大展结束后,得到安徽文艺出版社的大力支持,将大展作品以《聚焦文学新潮流——当代闪小说精选》之名结集出版。

值此闪小说蓬勃发展之际,《聚焦文学新潮流——当代闪小说精选》面世,不仅正当其时,而且颇有意义。它既为广大读者提供了微阅读的盛宴,也为闪小说的精湛化写作提供了范文。在此,作为本书的编者,我要特别向安徽文艺出版社朱寒冬社长与李芳编辑表示衷心的感谢!我相信,在中外众多有识之士的大力支持与推动下,应运而生的闪小说,必将更加繁荣兴盛。

2016 年 4 月 10 日

陈德龙

陈德龙 / 笔名叶雨,河南省作家协会会员,中国闪小说学会副会长,河南省闪小说学会顾问,驻马店市作家协会副主席。主要作品有闪小说集《窗外菊正黄》、小小说集《看见了你的笑脸》等。

一只痴情的鸡

溪畔竹林里。

金羽和芦花一起唱,一起舞,一起陶醉在翠竹花影中欣赏日出日落。这对鸡的恩爱亲密让林间竹雀、溪头鹅鸭都羡慕得心里发痒。

鸡的主人叫桂花,桂花男人玉柱在南方打工。

农活很忙很累,每天收工后桂花在溪里冲完凉就坐在竹林边的屋檐下看金羽和芦花耳鬓厮磨,想象玉柱在家时他们两口儿那些事,心里暖暖的、痒痒的。

忽然有一天,桂花头发昏,脚发软,忍不住给玉柱通了电话。

玉柱风尘仆仆赶回来,请来村医给媳妇把脉。村医说:"劳累血虚,似无大碍。"

可是,吃了他的药并无大效。村医说:"血肉病躯要用血肉之物帮补呀。"

心有灵犀的玉柱就悄没声地杀了芦花熬汤给桂花喝。桂花果然痊愈。

痊愈的桂花坐在屋檐下看见金羽在竹丛旁孤零零地发蔫,立即明白了缘由,又想玉柱也是一片真情,怎好埋怨?只得指着金羽对男人说:"人没伴孤苦,鸡也一样。"

玉柱看看金羽,想想自己在外想念桂花时抓耳挠腮的情景,跑集上又抓回一只芦花母鸡跟金羽配对。

金羽仿佛没看见,仍然蔫蔫的,没有精神。

玉柱以为新来的芦花不合金羽情趣,又到集上买回好几只芦花母鸡任由金羽选美,心想总该有你对眼的吧?!

谁想,金羽仍然不闻不问,越发地没有精神。

玉柱很懊丧,郁闷地说:"城市人都时兴找小姐了,这只鸡竟然如此痴情!"

桂花狠狠地瞪着玉柱,忽然哭了。

天上下来一条龙

天上下来一条龙,落在村西河湾里。

消息像一阵风,从村传到乡,从乡传到县,飞快传到市里。

市长闻讯,亲自带着城建局、环保局、文化局、农牧渔业局的头头、专家急急赶来。

后面跟着凑热闹的村干部、乡干部、县干部,还有过江之鲫似的人民群众。

有头有角有须有鳞,还有龙爪。

——确实是一条龙啊!专家们的结论毫不含糊。

市长和局长们在巨大的兴奋中做出决定:

马上建立西河湾真龙旅游风景区。第一期工程是建一座悉尼歌剧院那样别致的龙宫,让龙在其中安心地享受超国宝级的幸福生活。同时委托文化局立即组织作家写一部有关龙的电视连续剧剧本,尽快开拍,争取在央视一套黄金时段播出⋯⋯

总之,要采取一切手段把"天上下来一条龙"这个难得机遇,转化成本市新的最大商机,为促进全市经济增长、提升本市知名度做出新的努力!

于是,西河湾马上变成一处喧闹工地……不久,一切就绪。《天龙九部》电视剧即将如期播出。

龙宫管理处却爆出不幸消息:那龙受不了拘束和喧闹,一跃撞向石山……

市领导赶到时,发现被撞裂的石山露出一个洞,那条可爱可贵的龙已经毙命。

市领导在巨大的惋惜中处变不惊,立即决定:

把山洞命名为龙岩洞,建设成世界唯一的龙博物馆,在永久展出龙标本的同时广泛展示龙俗、龙舞、龙文物……以促进本市旅游收入再创新高。

感恩的鱼

急雨才住,屋里蒸笼一样。

瘫奶躺在床上,几只苍蝇在她脸上嗡嗡地绕,绕得她心烦。浑身汗湿的她却翻动不得。瘫奶只能用尚能活动的左手摇着蒲扇有气无力地驱赶蝇子。

她一边摇一边自语:"二蛋,二蛋又野哪儿去啦?"

二蛋正巧进门。

二蛋说:"奶,下鱼了。"

瘫奶应:"我知道下雨了。"

"不是下雨,是下鱼啦!"

"又说傻话。奶当闺女时三伏急雨,天上还落过银圆哩。现在沟沟岔岔一片腥臭,没一条活物,哪儿还会鱼从天降?"

"不诳你。瞧,鲤鱼哩!"二蛋把柳条串着的两条鱼举到奶眼前晃着说,"兴许是鱼塘漫出来的?"

瘫奶用蒲扇抚抚鱼儿:"咦,怪好。快给你二伯送去,让他们尝尝鲜。"

二蛋头一拧,说:"不去。俺要给你炖了解暑哩。"

瘫奶说:"不懂事孩子,二伯是咱奶孙儿俩的恩人,没有他咱能吃上低保?"

二蛋瞪眼道:"二伯是村主任,啥没有? 那回我捉个王八,你要送给他,他剁吧剁吧喂了狼狗。"

"你管他喂谁? 只要他收着,记在心里就好。快去,磨蹭啥哩?"

二蛋嘟着嘴出了门,不一会儿又嘟着嘴走回来。

瘫奶问:"送去啦? 二伯喜欢不?"

二蛋吭哧半天回答说:"喜欢个狗屁,又喂他家肥猫了。"

瘫奶一怔,忽地摔一下蒲扇说:"谁教你说脏话的? 他家猫狗吃了也忘不了咱。"

免费午餐

是它,A Free Lunch——免费午餐号!

当麦克依照手机导航终于找到这架飞机时,已经凌晨三点。

麦克提起旅行袋激动地跳下车,走向飞机舷梯,舷梯下散落着各种豪华轿车。肯定是那些跟他一样来此体验"绝对神秘、绝对刺激、绝对免费的旅行"的人丢下来的。

乘务员引导麦克找到座位,嫣然一笑说:"好险,离起飞只差三十秒。"

"主啊,只差三十秒耶!"麦克坐下,长长吁了口气。

这个绝对发达的星球,正处于绝对悠闲并且绝对郁闷的时代——当所有工作都交给机器人之后,人们有的是闲情和时间。但是,享受完一切能够想得出的新鲜惬意刺激之后,所有人又开始郁闷。一切都已经历,一切都不新鲜,能不郁闷吗?麦克也一样。恰在此时,麦克收到一条短信:

"您无聊吗?郁闷吗?如果有足够胆量请您按照引导,来体验一次绝对神秘、绝对刺激、绝对免费的旅行。A Free Lunch 号乘务组敬告。"

麦克以及其他所有接到短信的人都很兴奋,自然没有人拒绝这个邀请。

广播响起:"欢迎各位选择 A Free Lunch 号,移民 X 星球是各位最聪明最划算的选择,诸位将成为 X 星球引进的最有潜力的物种,将成为 X 星球最有智慧的役用物种……"

短暂静寂后,机舱内爆发出一片歇斯底里:"强盗啊!绑架啊!卑鄙啊!不要啊……"

乘务员刺啦一声撕下面皮,露出绿色的脸孔,厉声喝道:"肃静!"然后,为防止闹事,打开机关向乘客扫射恐怖黑光……

此事发生于 W 星球 3456 年。

陈华清

陈华清／广东省作家协会会员，中国散文学会会员，中国闪小说学会特约评论员兼理事，广东省闪小说学会副会长。主要作品有散文集《有一种生活叫"江南"》、《爱到卑微处，才是看清自己时》，小说集《行走在城市上空的云》等。

两 地 情

年三十晚,正是万家灯火,举家欢庆时。

边防哨卡建在山腰上,雪下得正紧,到处白茫茫一片。

"秀,娘好吗?儿子乖不乖?你也好吗?"强握着电话,连接千万里之远的家。

"好好,大家都好,你放心吧。我们正在吃年夜饭。今年的年夜饭可丰富了,有鸡有鸭有大鱼。对了,我们刚才还在包饺子呢。热气腾腾,香喷喷的,娘一连吃了好几个呢!强哥,你呢?好吗?今年还是你一个人守哨卡吗?"

强是个老兵,已几年没有回家了。去年秀前去探亲,一来陪他过年,二来想怀上孩子。他们结婚几年了,还没有孩子。那年他回乡结完婚就走,一直没回过家,说是哨卡人手少,走不开。

"我也很好啊!今年首长还前来探望我们,跟我们一起过年呢!你听,大伙一边吃年夜饭,一边欣赏《春节联欢晚会》呢!"

秀听到电话里的歌声、大伙的笑声、喝酒的猜拳声。

"听到了吗?"强问。

"听到了,真热闹!真好!"秀激动得掉下眼泪,背过身悄悄擦去。

秀不敢告诉强,几个月前娘被汽车撞成重伤,几乎丧命。她生下孩子还没坐完月子,就背着儿子照顾娘。要过年了,娘吵着要回家,昨天才从医院把她接回来。儿子感冒发烧,家里现在是冷灶冷锅。

强也不敢告诉秀,那些歌声、笑声、猜拳声都是他模拟出来的。在这个一个人的哨卡,为了打发寂寞的时光,他学口技,鸟叫虫鸣、雷鸣电闪、欢声笑语等等,他样样学得惟妙惟肖。

看不见的爱

她本是舞蹈演员,一次去演出遇上泥石流,虽保住性命,但视力几乎为零。

离开心爱的舞台,这简直是要她的命。她趁人不注意,拔掉吸氧管想就此结束性命。

"亲爱的,我就是你的眼睛!"他抱着她。

她学会了盲文,百无聊赖中,把这段经历写下来。

"亲爱的,你写得太好了,简直可以拿去发表了!"

过了一段时间,他拿着一张报纸高兴地说:"你的文章登在报纸上了!"

"真的吗?"她拿着报纸,睁着空洞的眼睛左看右瞧。其实她什么都看不见。

"来,我读给你听。"他接过她手里的报纸,把她扶到阳台,让她坐在椅子上,他和着冬日的阳光读起来。她久违的笑容如花一样绽放。

他跟她讲美国盲人作家海伦的故事。"亲爱的,你继续写。"他搂着她曾经圆润的肩膀说。

她觉得自己的人生有了意义。她从小就喜欢读书写作,现在,她找到了新的方向。她陆续发表了不少作品,还出版了书。她成了著名的盲人作家。

后来,她接受了眼角膜手术,又能看见这个世界了。拆线那一天,她第一件事就是看看她没成名之前发表的作品以及出版的书。

"亲爱的,那些书都卖光了,那些登有你文章的报刊,我都送给喜欢你的读者了。"老公显得非常难堪。

"你怎么不经我同意就自作主张处理了? 你懂得它们对我的意义吗? 没有它们就不会有今天的我!"

其实,他一开始所说的那些报刊根本没有发表过她的文章,都是他杜撰出来的。她不知道。她一如既往地写,越写越好,终于成名。

留着给你

他一看挂钟十点多了,哎呀一声,立刻起床要出去。

"是不是又去见她? 看你浑身酒气,连路都走不稳,你还是不要出去了!"他在穿鞋子,老婆在唠叨。

他走出家门,风一吹,酒全醒了。一路小跑,怕迟了见不到她。

"你来了!"女人见到他,高兴地叫道。她衣着单薄,守着水果摊,在飕飕的寒风中发抖。

"这些都是留给你的! 刚才有人想买,我说不卖了。你真是个好人,每晚买水果给老婆吃。"

几个月前,他途经这座立交桥下,看到这个女人深更半夜还在卖水果,他动了恻隐之心,把她的水果全买下了。

"买这么多吃得完吗?"她问。

"吃得完,我老婆怀孕了,爱吃着呢。你快回家吧!"他说。

这以后,像约会似的,每到晚上十点多钟,他就来到立交桥下,看看她还在不在。如果水果没卖完,他就全要了。女人也很默契,总是等到他买了水果才收摊。

"这两晚都不见你来,是不是老婆生孩子了?"女人关切地问。

他一拍脑袋,这两天出差在外,把这事给忘了。今晚喝醉了酒差点来不了。

又是一个晚上,他没来。来了一个自称是他老婆的女人,说他又出差了,叫她过来买水果。

"你不是怀孕了吗?他说你怀孕了天天都要吃很多水果,晚上不吃水果就睡不着觉。"她惊讶地说。

"我儿子都读大学了,我还怀什么孕!我老公是想帮你啊!他原来不喜欢吃水果,现在家里水果多得吃不完。他怕我骂,天天吃水果,甚至以水果代饭。"

他又来买水果了。她怔怔地看着他,说:"我找到一份好工作,明天开始上班,以后不卖水果了!"

后来,有人看见这个女人在城市的另一个角落卖水果。

桃花美人

桃花江原来叫清江,因其两岸种满了桃花,一到春天,十里桃花,千里红艳,如同彩霞落江边,十分漂亮,引得才子佳人、文人骚客争相品赏。

是年春天,皇上带上几个亲信,扮作游客悄然下到桃花江。

"桃花坞里桃花庵,桃花庵下桃花仙。桃花仙人种桃树,又摘桃花换酒钱。"《桃花庵歌》从江边一艘花船传出,传到皇上的耳朵里,他听得如痴如醉。

"这是桃花江最有名的歌女桃花唱的,据说她美如桃花呢。"小李子附在皇上的耳边说。

"公子请!"在小李子的引见下,皇上见到桃花,果然貌赛桃花,美艳无比,宫中无一女子如她般迷人。

从此皇上神魂颠倒,天天到花船听桃花唱歌、品茗。

他要带桃花回宫中。

"皇上,这可万万不能啊!"小李子极力反对。

"朕喜欢的女人为什么不能带回去?"皇上极为不高兴。

"普天之下,莫非王土;率土之滨,莫非王臣。天下女人都是皇上的。只是桃花额头上长着一颗克夫痣。男人跟长着克夫痣的女人在一起不吉利!"

"可恨的克夫痣!"皇上深深地叹口气,只好作罢。

后来人们才知道,桃花与陈公子早已私订终身,为筹盘缠给他赴京考试,她到花船,只卖艺不卖身。可她长得实在太漂亮了,难免有人打她主意。为了断那些有钱公子哥儿娶她的念头,她故意在额头上点上了克夫痣。

陈永林

陈永林 / 中国作家协会会员，中国闪小说学会顾问，《微型小说选刊》主编，《读者》、《意林》签约作家。主要作品有小说集《栽种爱情》、《我要是女人多好》、《怀念一只叫阿黑的狗》等。部分小说被译为英文、日文、法文推广到国外。曾获新世纪小小说风云人物榜·金牌作家、金麻雀奖、冰心儿童图书奖等荣誉和奖项数百种。

疯 女 人

一十字路口,立一疯女人。

往日来往车辆乱闯,有了疯女人之后,竟井然有序。若有车想闯红灯,疯女人就跑到车前,挺挺地站在那儿,司机只得急刹车,惊得一身冷汗,心也提到嗓子眼了,只能乖乖地等绿灯。

若行人想闯红灯,疯女人手里的木棍就会敲过来。因是疯女人,不好计较,行人只有退回去。

疯女人就开心地笑,俨然一个胜利者。

但不管怎么说,一十字路口立一疯女人胡闹,有损省城形象。有人找交警队,交警就赶疯女人。疯女人却赶不走,赶跑了又来了。

疯女人仍在十字路口胡闹。

这天是个雨天,雨很大,豆大的雨点砸在路上,放爆竹一样。疯女人竟不躲雨,仍站在那儿充当交警。

此时一盲人急急地过马路,疯女人大声喊:"你回去!"雨太大,抑或盲人还是个聋子,盲人仍往前走。这时一辆小车飞驰而来,当司机发现前面有个拿着竹竿的盲人时,忙急刹车,但慢了,悲剧发生了。

行人惊得"啊"一声闭上眼,但让行人惊诧不已的是盲人没死,死的却是疯女人。躺在地上的盲人喃喃道:"怎么回事?谁狠劲推我?"显然是疯女人推了盲人一把,自己却无法躲避。

19

疯女人安详地躺在地上,脸上还挂着微笑。

这时来了一个男人。男人扑在疯女人身上哭得死去活来。男人是疯女人的丈夫。后来行人才知道,几年以前,他的儿子在这被一辆闯红灯的车轧死了。女人也疯了。

错过的饭局

有件事挺让小张想不开的:孙局长来单位视察,晚上出去吃饭时竟没叫他。局长叫了八个人,三个副所长、办公室刘副主任、女小王、男小沈……而小张他这个办公室主任,局长竟然没叫。为了和局长一起吃饭,小张下午在外面办完事就往单位赶,可没想到……

局长为啥不叫我吃饭呢? 我可是局长的亲信,不但是他调过来的,还是他一手提拔的。难道……小张左思右想,一晚上都没睡好。

第二天上班的时候,女小王问:"小张,今天脸色怎么这么不好?"小张心想:局长昨晚没叫我吃饭,你对我的称呼就改了,你以往可是毕恭毕敬地叫我张主任……哼,势利眼。

小张在办公桌前坐下后,像往日那样端起茶杯想喝水,可发现杯里还是昨天的茶。以前他的茶都是办公室打字员女小李帮他泡好。小张看了女小李一眼,她正若无其事地看报纸。小张只好端起茶杯,进卫生间把茶水倒掉。男小沈见了,笑着说:"张主任,你亲自倒茶水呀?"

下午，一个客户从外地来单位，小张让刘副主任接站。刘副主任说："还是张主任跑一趟吧，我下午还有点事。"可若是以往，刘副主任肯定会爽快地答应……

就这样过了一个多月。

有一次，小张有事求孙局长，只好硬着头皮去了他家，没想到局长还是跟以前一样热情。两人聊着聊着，提起了单位附近新开的一家饭店，孙局长随口说道："上次本想叫你陪我去那尝尝的，可你那帮同事说你出去办事了，我就只好让他们陪我去了……"

帮 倒 忙

县里某单位的王局长性格很直，有时还喜欢骂人。当然，他不是什么人都骂，而是对他信得过的人才骂。办的事让他满意，他就高兴地骂；办的事让他失望，他就黑着脸骂。谁若是挨了王局长骂，谁就很高兴，这说明王局长把他当成自己人了。

小刘来局办公室当秘书三年多了，可王局长从没骂过他一句，总对他客客气气的。于是，小刘在局里特别受排斥，工作起来处处碰壁。一次，小刘让打字员打印一份材料，可打字员说手头要打的东西太多，一拖就是一个多星期。小刘为此很恼火：唉，王局长不骂我，连打字员都跟我对着干。不行，一定要让王局长骂我，要不，就别想在单位混了。

某天局里开会时，小刘帮王局长倒茶，然后故意让茶杯掉在地上，水洒了一地。小刘装作很抱歉的样子，等着挨骂。可王局长只是淡淡地说:没事没事。王局长在会上强调要严肃考勤制度,不能迟到早退,更不能随便请假。小刘心想,机会来了。于是,刚散会他就跟局长说:"我想请两天假……"本以为王局长会勃然大怒,没想到他拍了拍小刘的肩膀说:"去吧,回头把工作跟同事交代一下。"这让小刘感到既莫名其妙,又有些沮丧,看来只能继续在单位受排挤了。

后来一个偶然的机会,小刘的舅舅跟他说:"你们局长跟我一个哥们儿是朋友,有一次酒桌上,我特意拜托他照顾照顾你。"

小刘恍然大悟:这照顾,简直帮了倒忙。

声　音

做过坏事的人听了木子的声音,会头痛欲裂,因此木子很少与人说话。

木子想说话时,就跑到学校后面的树林里,一个人自言自语。

一天晚上,木子又在树林里自言自语时,一个女孩跑过来,对木子说:"你的声音怎么这么好听? 很有磁性,听着心里特别舒畅。"

他们便时时在树林里约会。

大学毕业后,尽管他们在两地工作,但还是结婚了。只要两人待在一起,木子就不停地说话。

但是仅仅两年后,木子说话时,她的脸竟疼挛成一团,额上也不停地冒汗。

他关切地问："你怎么啦？生病了吗？……"

"别,别,你别说话。"她用双手紧紧地捂着太阳穴。

木子蒙了,木子从没想到她听了他的声音也会头痛,泪水无声地在他脸上流淌。

她说："对不起,是我错了,我太孤独,禁不住诱惑。"

此后,木子再没说过一句话。

一回,公交车上,两个男人欺负一个女孩。木子大喊一声："你们不得胡来！你们还真无法无天了……"两个男人双手捂着脑袋直喊痛。木子便有多大声喊多大声,两个男人痛得在地上打滚,嘴里发出鬼哭狼嚎的声音。

那个被救的女孩对木子说："你的声音真好听,听了你的声音,我心里很宁静、舒畅,我很想听你的声音……"

"我的前妻也说过这样的话,后来她听了我的声音也感到头痛。"

木子说完这句话,再不肯说第二句,任凭女孩怎么请求,木子就不开口。

程恩良

程思良 / 笔名冷月潇潇,汉语闪小说发起人,中国闪小说学会会长,《闪小说》主编。主要作品有闪小说集《仕在人为》、《指尖之舞》、《迷宅》、《梅花对心锁》等。曾获第十、十一届金江寓言文学奖金奖,2015 中国小小说十大热点人物等奖项与荣誉。

微笑试验

我不记得在哪本书上看过,说:"微笑是最好的名片。"我一直想验证这句话是不是真理。

那天,我突然来了兴致,决定亲自验证一下。于是,我走上了街头。

我遇到的第一个人是位陌生的中年男子。我朝他微笑,他也朝我微笑,然而,瞬间,他的微笑僵在脸上,匆匆从我身边走过。看来他意识到我不是他认识的人了。

我遇到的第二个人是位老大娘。我朝她微笑,她上下打量着我,急忙从我身边走过后,又回头看我哩。

我遇到的第三个人是位时髦女郎。我朝她微笑,她厌恶地扫了我一眼,从我身边走过后,我隐约听到她的斥骂:"流氓!"

我遇到的第四个人是位染着黄头发的男青年。我朝他微笑,他凶恶地瞪着我,攥起了拳头,我赶紧敛起笑容,识趣地让开了路。

我遇到的第五个人是位小男孩。我朝他微笑,他警惕地看着我,突然飞一般地跑走了。

我没有勇气再试验下去了。我垂头丧气地往回走,不料撞上了一个人,是位盲人。我赶紧微笑着说:"对不起! 对不起!"他微笑着说:"没关系! 没关系!"

可惜啊,他看不到我的微笑,我暗叹。

暗　器

唐门暗器,天下第一。江湖中谈到蜀中唐门,无不色变。

欧冶子不信这个邪。八年前,他无意中撞入魔教圣地,在一座古墓里发现一本毒辣无比的暗器秘籍。他坚信,破唐门暗器天下第一之魔咒者,非他莫属!

望着秋风中纷飞的华山黄叶,欧冶子喃喃自语:"该动身去破魔咒了!"他将数十种独门暗器放入鹿皮囊中,背起心爱的古琴,骑上白马,向蜀中飞驰。

三个月后,欧冶子住进了峨眉山下的一座客栈。他放出风声,要砸"唐门暗器,天下第一"的招牌。他知道,消息一出,唐门必会派人来应战。

可是,守候多日,却无唐门中人的影子。欧冶子十分纳闷,不知唐门葫芦里卖的啥药。

一天夜里,欧冶子又在房里闷头喝酒,隔壁忽有古琴声扬起。在这荒僻之地,竟然有人奏琴。欧冶子大奇,侧耳倾听,分明是《高山流水》。那精妙的琴声,一忽儿巍巍乎若高山,一忽儿荡荡乎若流水,欧冶子听得如痴如醉。

一曲终了,欧冶子情不自禁地拿出匣中古琴,悠悠奏起《高山流水》。很快,他便进入忘我之境。

突然,门外响起一串银铃似的笑声,接着传来莺声燕语:"欧大侠,我家小姐说,你该回华山了!"

"谁?"欧冶子一惊,手倏地探向鹿皮囊。

"唐门三小姐的丫鬟柳如烟。"

欧冶子长叹一声,怏怏北归。

回华山后,欧冶子唯弹一曲——《高山流水》。

省　略

他终于找到了预言家兼魔法师的空空上人。

"你的一生将十分坎坷,但最后会过上奢华的生活。"

"大师,我已经被痛苦折磨得活不下去了,求您帮帮我,将我送到苦尽甘来的未来。"

大师沉吟许久,缓缓地说:"你不后悔?"

"决不后悔!"

睁开眼,他发现自己躺在红木床上,室内摆满奇珍异宝。他感到口渴,想喊仆人,却声若游丝。他想坐起来,却浑身无力。他意识到自己快油尽灯枯了,不由得万分恐惧——我不要省略的人生!

他惊醒了。窗外月色美好。他长吁一口气。

枪 口

    托马斯与贾斯汀都是优秀的狙击手。不同的是,托马斯在北方军队中服役,贾斯汀在南方军队中服役。

    内战结束后,瞎了一只眼的托马斯与瘸了一条腿的贾斯汀都回到了洛基山深处的故乡小镇。

    一天,托马斯在路上遇到了拄着拐杖的好友贾斯汀,他们热烈地拥抱,寒暄一番后才分别。托马斯走出几步后,感觉背后似乎有个枪口正对着他,不由得下意识地回头,却发现贾斯汀也正回头,两人都尴尬地笑了。

    又一天,他们再次相遇,依旧是热烈地拥抱,寒暄一番后才分别。托马斯走出几步后,又感觉背后似乎有个枪口正对着他,便又下意识地回头,发现贾斯汀也回头了,两人又尴尬地笑了。

    ……

    半年后,贾斯汀从小镇上搬走了,去了一个很远很远的东部小镇。

    那天,托马斯路过贾斯汀那座空荡荡的小木屋时,突然感觉某个窗口似乎有个黑洞洞的枪口正对着他……

迟占勇

迟占勇 /内蒙古作家协会会员，中国闪小说学会理事，《闪小说》编委，《红山晚报》总编室主任兼副刊主编。主要作品有闪小说集《朦胧年华》、散文集《热水往事》等。曾获"牡丹疾控杯"中国第三届闪小说大赛金奖。

邻　居

　　我家住在顶楼,七楼,后面有个十平方米的平台,与邻居只隔着一面两米高的小墙。不过只听到邻居的说话声,却从没见到过长得啥样。

　　这次,我不得不去面见邻居了。

　　我丢了钥匙,妻子回了娘家。百般无奈中,我想到了邻居,不知人家同意不同意呢,我怀揣着忐忑,敲了敲门。

　　门打开了一条缝,露出一张年轻漂亮的女人面孔:"你找谁?"

　　"我是你邻居,我钥匙丢了,你看,能不能从你家翻墙过去?"

　　"邻居?"女人稍微把门拉开些,"是真的吗? 我可没见过你呢。"

　　"真的真的,我真的不骗你!"我的汗都下来了。

　　女人笑了:"那好吧,你可别骗我。我不是引狼入室吧?"

　　"你看我像坏人吗? 这是我的身份证,喏,我在报社上班。"我掏出身份证给女人看。

　　女人终于放行。我不费吹灰之力就翻过墙来,从窗户进了自己的家。

　　妻子回来,我跟她说了这件事儿,我们忽然害怕起来:这么矮的墙,他们可说来就来了,谁知道这家的男人咋样啊?

　　过了几天,我找人拉来材料,来到平台,准备把平台封起来。这时,我见邻居两口子也在与工人忙乎着封平台呢。

我看了那家男主人一眼,他也正看我呢,我们快速地各自撤回自己的目光,我的脸有些烧,他也是吧? 我想。

求　助

出差到外地,我办完事儿打算回家,在车站买票时,竟发现钱包和手机都丢了!

我傻了! 愣了半天,掏出兜里仅有的两元钱,给家人和朋友打电话,家里没人接,朋友不在服务区。我急出一身汗来。

我可怜巴巴地站在车站出口,施行不愿施行的办法。

一个男人戴副眼镜,手提公文包,走了出来。我迎上去:"大哥,你看,我要回家,钱丢了,你能不能借我两百元? 记下你的地址,我回家后寄给你。"

男人不屑地笑了一下,脚步都没停,扭头扔下一句:"哥们儿,演得挺像的哈。"

又一位女士,领着一个三四岁的女孩儿,过来了。我上前说:"大姐,我的钱包丢了,你能不能借我两百元? 我回家后寄给你。"

女人撇了撇嘴,拉着女孩快步离去:"神经病!"还对身旁的女人说,"骗子,这样的人,见得多了!"

又有一个中年男人出来,边走边与身边的人说着话,听口音,是老乡呢。我很激动,赶紧上前:"你好大哥! 你是赤峰人吧?"

那人瞅了我一下:"对啊。"

他乡遇老乡,我乐了:"嘿,我也是,老乡啊。我把钱丢了,你看,能不能借我两百元? 你是市区的? 正好,我也是,回去给你。"

"啊,我也没钱,正想辙儿呢。"男人快步离去,隐隐传来一句,"冒充老乡骗人的把戏! 想骗老子? 哼!"

我愣在原地,一筹莫展。

一个老乞丐,背着一把破旧的二胡,慢慢凑了过来:"小弟,我看出来你不是骗子,给,不用还。我们乞丐,也不都是骗子啊。"

我的眼泪,差一点儿就掉下来……

向春天的火车

洗得发白的牛仔吊带裙,宝石蓝格子的衬衫,两条短而粗的辫子。向春天坐在开往 A 城的火车上,如水儿般,望着窗外,一幅幅景色如画般慢慢地掠过去:春天了,山坡上,树木染上了绿色,如淡淡的绿雾;一个农妇正在挖着园子,准备种瓜还是种豆角呢? 身边,一个男孩儿在跟小狗玩耍;一个男人手扶犁杖,正在耕地……

熟悉的火车,熟悉的小站,熟悉的风景,她喜欢这一切,甚至喜欢听这列火车不急不躁的咔嗒声。这是趟慢车,但向春天就喜欢这种感觉,忙什么呢?

向春天想象着那个人在不停地张望的样子,微微地笑了。

两年了,向春天就是这样,坐在通往 A 城的火车,去见她想见的人。那个人在其中一个小站上,等她,身边,是一辆破旧的飞鸽牌自行车。

还要走上四五里山路,才能到他的学校 ,一个只有 20 个孩子的山里小学。

向春天喜欢这样的过程,喜欢坐在火车上想象见他的样子,喜欢坐在自行车后搂着他结实的腰的感觉。那次来这里采风,向春天就一下子喜欢上了他,也喜欢上了这里的孩子。

"这孩子,疯啦!"母亲听了女儿的决定,张着嘴半天合不上。

向春天决定了,大学一毕业,就到这里和他一起教学!

"呜……"伴着一阵长鸣,火车进了隧道。

这隧道好长啊,伸手不见五指。

"陈明!"向春天有些怕,叫了他的名字。

"你咋了?"老伴碰了碰她,"做梦了?"

"刚才过隧道了?"向春天偎在老伴肩头,一脸的甜蜜,如少女般羞涩地笑了。

退休后,每年,他们都要去看几次山里的孩子,就坐这趟熟悉的火车。

梅 花 妆

光洁姣好的面庞如一潭平静的湖水,美目紧闭,红唇微合,呼吸均匀,吐气如兰。

树木葱茏,微风习习,含章殿檐下,公主酣睡,麻雀静静地站在树梢噤了声儿,蝴蝶也闭合了扇动的翅膀,停在花朵上,连蜜蜂也停止了采蜜,它们怕惊动了公主的好梦。

一朵梅花,粉色的梅花,静静地落在了公主的额头上。

几个丫鬟,挤挤挨挨在公主周围,掩了口,笑看公主。初春的天气晴好无比,大家陪着公主到花园玩耍,谁知公主何时跑到这里睡下了。

奶妈疾走过来,轻轻呵斥几个丫鬟:"该死! 公主着了凉,拿你们是问!"

奶妈赶紧上前,叫醒了公主。

公主睁开大大的眼睛,长长地打了个哈气,抹了抹流出的涎水:"呀,我怎么睡着了,原想休息一会儿的。"

奶妈说:"我的祖宗,着了凉可了不得! 快快起来,快快起来。"奶妈顺手拂掉了那朵梅花。

大家簇拥着公主回到绣房,帮着公主在铜镜面前梳理秀发,搽脂抹粉。忽然,大家都惊住了:梅花!

那朵梅花的印子,怎么擦也擦不掉,像长了根,牢牢地镶在了公主的额上!

这件事儿惊动了整个后宫,国王也被惊动了,他们都不知所措!几个丫鬟更是吓得浑身发抖。

一位大臣听说此事,进宫向国王密奏,国王准之。

如一阵儿风般,不久,这个王国所有的女孩儿,都有一朵梅花,开在洁白的额上……

大
解

大解 / 本名解文阁，著名诗人，中国作家协会会员，河北省作家协会创作室主任。主要作品有长诗《悲歌》，组诗《新日》、《神秘的事物》，寓言故事集《傻子寓言》等。其一万六千余行的长诗《悲歌》被评论界称为"东方的创世纪史诗"。

影响世界的一只蚂蚁

　　一只蚂蚁被摄影师跟踪拍摄以后,成了动物明星。一天,这只蚂蚁要路过城市里的一条主要街道,为了保证它的顺利通过和身体安全,交通部门对这条路实行了临时管制,来往车辆和行人一律禁止通行。这个路口车辆堵塞以后,不料发生了连锁反应,整个城市的交通都发生了堵塞。其中一个路口与火车线路交叉,火车也被迫停运一段时间,处于临时关闭状态。这条铁轨关闭以后,整个铁路交通枢纽都临时改变了行车时间,最后影响到全国的铁路交通,一时间整个国家的铁路和公路都处于混乱甚至瘫痪的状态。

　　可是这只蚂蚁并不知道发生了这些事情,它不慌不忙地在街道上溜达,并不急于横穿马路。好不容易等到它快到马路边缘的时候,不知为什么,它又转过头来,回到马路中央。它在那里发现了几块面包屑,竟然把其中的一块叼起来,开始搬运。等它把几块面包屑全部运到路边的时候,已经过去五个小时。

　　道路全面瘫痪以后,车辆和行人都耽搁在路上,全国各大城市机场的国际航班也因此而延误,致使许多国家的机场秩序发生混乱。有些国家还因此发生了骚乱和罢工,社会矛盾激发,导致了政府的更迭。当人们知道这次世界性事件是因为一只蚂蚁出行所导致的,都给予了充分的谅解。可是后来所发生的事情,却真的让人们发愁了。这只蚂蚁发现十字路口中心的交通指挥塔下面是个好地方,就在那里安了家,并且引来了许多蚂蚁。

玻璃美人

　　有一个女人特别爱清洁,每天至少要洗四次脸,久而久之,她的脸皮就被洗薄了,看上去有些透明。尤其是在阳光下,她的脸具有羊脂玉般的光泽和淡淡的红晕。由于她长得非常漂亮,脸又透明,人们就称她为玻璃美人。

　　这个玻璃美人,长得虽然漂亮,但她的脸却非常娇嫩,冬天需要防冻,夏天需要防晒,春秋季节也要格外小心,否则就会受到伤害。一天,她去参加一场晚会,与一个男人一起跳舞。在跳舞的过程中,舞伴的目光一直盯在她的脸上,由于目光热辣,距离又近,她的脸被这个男人的目光所灼伤,回家后就肿了起来,几天后才恢复正常。自此以后,她很少参加舞会,即使参加,跳舞时也要带上假面具,以防犀利目光灼伤她的皮肤。

　　后来,这个玻璃美人成了一家玻璃雕塑制品厂的模特。人们出于对她的呵护,尽量少去看她,或者不看,如果谁多看了几眼,就将受到人们的谴责。后来,人们争相购买以她为模型的玻璃艺术品,摆在家里,这样,人们既不伤害她的皮肤,又欣赏了她的美丽。

越 位

在某博物馆收藏的汉代大型石刻上,雕刻着驾车出游图,图案古朴粗犷,精美绝伦。可是在一夜之间,石刻上的一辆马车不见了,仿佛是自然脱落,石头上并没有留下被盗窃的痕迹。后来人们发现,这辆丢失的马车在另一块石头上慢慢地浮现了出来,几个月后完全呈现出原来的图案。刑侦人员化装成古代的一个大夫,潜入石刻内部,查清了原因:原来是驾车的石像赶着马车绕道而行,超越了前面的车辆,由于刹车失灵,马车冲出了石板,跑到了另外一块石板上。

查清原委以后,博物馆采取了防护措施,以防其他的马车再次出轨。他们利用科技手段,在每一辆马车的前面安装了隐形的隔离层,防止这些石像超越自己的位置。尽管如此,总还有一些车辆在夜深人静的时候蠢蠢欲动,但慑于博物馆里的监管措施严密,他们没敢轻举妄动,只是偶尔有一些大夫跳下车辆,到地上散步,一般情况下走不多远,只是放松一下,然后又回到原位。对此,博物馆的管理人员出于人道和关怀,假装视而不见,允许他们自由活动,但不许他们走远和消失。

"0"模型

有一个道德修养深厚的人,轻轻地从此生中穿过,尽量不打扰别人,但还是被人发现了,受到了人们的普遍关注。有人请他去讲学,有人请他写书序,有人直接请他吃饭,并在吃饭时跟他聊天。常言说与君一席话,胜读十年书,与他聊天,可以直接受益,节省了不少读书的时间。

这种教训被另外一个智者所汲取,他经过此生时,蒙面而过,谁也没有看清他的面相,因此也就没有遭到世俗的干扰。只有一次例外,在办理个人身份证时,要求必须露出整个脸,他在万不得已的情况下,照了一张相。这一露脸不消说,人们立刻发现他是一个陌生人,出于好奇,媒体记者蜂拥而至,把他的脸和他的经历曝光于天下,他成了一个藏不住的人。

对此,智者们想过许多办法,都很难实施。比如绕过此生,不从这里经过;比如拒绝出生,做一个真正的隐士;比如藏在深山里独自修行等等。这时一个物理学家提出了一种独特的人生模型,通过这个模型,一个人可以既经过此生,又能排除一切纷扰,做一个干干净净的人。他的理论框架是:把时空弯成一个环形,即把人生的起点和终点连接在一起,之后,可以从起点直接过渡到终点,期间距离为零,费时为零。具体操作方案是:出生以后立刻死去。后来,科学界称此模型为"0"模型。

戴希

戴希 / 中国作家协会会员，中国微小说与微电影创作联盟常务理事，中国闪小说学会副会长，常德市作家协会副主席。主要作品有文集《贴着大地行走》、《想听听你的声音》、《每个人都幸福》。曾获冰心儿童图书奖、小小说金麻雀奖等诸多奖项。

爱的谎言

算命那当儿,夫妻俩谎称兄妹。

"妹"先算。报过生辰八字,瞎子说:"大姐,你的婚姻最多可持续两年,很快,将有一大款追你,你们相见恨晚,暗度陈仓……"

然后"哥"算。报过生辰八字,瞎子说:"大哥,你的生意迟早要栽,虽然现在红火,但发财与你无缘。这辈子,也不会再有真心爱你的女人,还是踏踏实实干事业好!……"

算完,"哥"捏了一把汗,从此生意不做了,又去攻他的电脑,对妻也好了,体贴、关心、爱护,什么都做,还再三恳求妻不要朝秦暮楚。妻说念你恩爱有加,就与命运对着干,成全你吧!两人鱼水相依,情同手足。夫的《简易快速高效电脑程序语言》一书亦很快出版,而且引起了不小的轰动。

但好景不长,妻遇上了车祸。临死前,夫想,妻本该跟某大款红红火火过日子的,却因与命运为敌,落得结局凄惨。夫泪飞如雨,十分内疚地对妻说:"早知我会害了你,我该成全你的。"

"哪儿的话,"妻两眼放光,"那是我与瞎子事先'串通'好的,瞎子照我的意思说的。那时,你因手头有了钱就当家是旅馆,我真担心你寻花问柳,怕失去你啊!"

夫便哭得更伤心了。

天堂·地狱

来到天堂与地狱的交会处，判官要某长慎重做出选择。

某长眼珠一转："如果上天堂，会是什么样子？"

判官肃然道："你得像牛马一样辛勤劳作，像唐僧一样历经劫难，像蜡梅一样傲霜斗雪，像荷花一样出淤泥而不染，像蜡烛一样燃尽自己照亮别人……"

某长打了个寒战。

"如果下地狱呢？"某长小心试探。

判官微笑道："你可以贪得无厌，可以妻妾成群，可以豪赌狂掷，可以为非作歹，可以丧尽天良……"

某长窃喜。

"我是人民的公仆，我不下地狱谁下地狱？人民是我的上帝，人民不上天堂谁上天堂？"某长义无反顾，"我下地狱吧！"

判官正色道："君子一言，驷马难追，你再深思，绝不反悔？"

某长义无反顾："心甘情愿，无怨无悔！"

"那好！"判官慢慢打开地狱之门。

某长定睛细看，里面净是锋利的刀山、燎燃的火海、沸腾的油锅、腐臭的沼泽、血盆大口的猛兽、青面獠牙的恶魔……某长毛骨悚然。

"那天堂呢，能否开启天堂之门？"某长近乎乞求。

于是，判官訇然打开天堂之门。

某长极目远眺,但见里面晴空万里、春风和煦、繁花争艳、莺歌燕舞、泉水淙淙、山峦叠翠……某长向往不已。

"你说的天堂地狱与我看到的怎么判若两样、大相径庭呢?"某长茫然不解。

"我说的是通往天堂地狱的过程,你看见的是迈进天堂地狱的结果。天地之事,源远流长,过程结果,截然相反。这就叫公平,公平你懂吗? 好了,天机都已泄露,你还是——下地狱吧!"

某长目瞪口呆,不知所措。

法律课上

傅老师正兴致勃勃地给同学们上法律课,谆谆教导同学们如何好好地学法、守法和用法。

突然,坐在教室最后排的两位男生严阵和流沙大声争吵继而殴打起来。

傅老师停止讲课,努力克制自己的情绪。

傅老师先用温和的目光审视他们,希望他们好自为之,未料他们竟毫不收敛。

傅老师摇头苦笑一下,用粉笔头重重地敲击讲台,不想他们依然我行我素。

傅老师再猛拍讲台,大声喝令他们立即住手,他们依然充耳不闻。

傅老师大怒,将手中的粉笔头狠狠地朝地上一摔,火冒三丈地冲下讲台,如狼似虎般扑向严阵和流沙。

可两人视而不见,仍旧旁若无人地斗殴不止。

傅老师忍无可忍,一把扯开扭打成一团的他们,先是抡起巴掌"啪啪"地扇了严阵两记响亮的耳光,继而又扬起巴掌狠狠地扇了流沙两下。

两人这才愣住,异口同声地惊问:"傅老师,您怎么打人? 打人犯法!"

"哼! 你们以为我上法律课,教你们好好学法守法,我就不敢违法了是不是?"傅老师的眼中燃烧着熊熊的烈焰,"打人违法? 你们违法在前,我是以暴制暴!"

严阵和流沙终于憋不住了:"傅老师,我们——我们——"

"有话快说,有屁就放!"傅老师逼视着他们。

"我们是在存心考您,看您怎样学以致用、守法执法呀!"严阵和流沙无奈地低下头。

傅老师的喉结处就像卡住了一枚青枣,同学们也面面相觑。

学什么

他们一同外出。父亲开车,儿子坐车。父亲的车开得既欢快又平稳。

儿子打心眼儿里佩服父亲。便竖起大拇指,赞美说:“爸,您到底是给领导开车的! 我也要学开车,把车开得像您一样好!”

“你说什么呀?”父亲一愣。

儿子又眉飞色舞地把刚刚说过的话重复了一遍。

父亲的脸就阴沉下来。把车开到路边停住,“啪! 啪!”左一巴掌,右一巴掌,父亲狠狠扇了儿子两记响亮的耳光。

儿子蒙了:“爸,您为什么打我? 还发这么大的火?”

“不争气的东西!”父亲怒吼,“你干吗偏要学我开车?”

“不学您开车?”儿子噘起嘴问,“那您要我学什么?”

“坐——车!”父亲撂下一句话。

“坐车也要学?”儿子怪怪地看着父亲。

“是啊!”父亲气咻咻的,“你就不能学学领导,把车坐得像领导一样好?”

儿子无语,眼里泪光闪烁。

代应坤

代应坤 / 安徽省作家协会会员，中国闪小说学会理事，安徽省闪小说学会副会长。主要作品有文集《带着梦想启程》、《怒放的生命》。曾获省级以上文学奖项 10 次。

哭　娘

　　哭娘不姓哭，真名叫刘李氏，住在李庄。李庄方圆二十里地，没有人不知道她的。她可以在死人坟头前连续哭泣两个小时不歇气，也可以断断续续一周之内不停地哭。

　　哭娘这大半辈子，一直过得不顺。三十二岁那年，她死了丈夫，两个孩子还没长成人。儿子三岁那年，发高烧，没钱找郎中，烧成了脑膜炎，成了智障者，二十多岁了，还打着光棍。丫头十八岁时，嫁给了外省一个小货郎，一年半载也难得回家一趟。

　　有人说，哭娘是天生会哭，睹物思情，见花落泪，想不哭都难。

　　有人说，哭娘是见钱行事，钱多多哭，钱少少哭，没钱不哭，就这命。

　　有人说，哭娘之所以哭，而且哭得那么动情，是因为她的生活中储存了太多的苦。

　　哭娘这一哭，就是几十年。几十年来，她没有别的营生。哭丧，成了她跟儿子唯一的生活来源。

　　谁也不知道，她瘦小的身躯内，还有多少眼泪储备。

　　她渐渐感觉到，有些力不从心。可为了傻儿子，她说，她不能停。

　　那天，哭娘到三十铺一户人家哭丧，几十里地，全靠两条腿，到家时，已是掌灯时分。儿子却不在屋内。她找遍屋前屋后，还是没有儿子的踪影。

　　最后，在庄前大塘，她找到了儿子。儿子已浮在水面上。

　　她把儿子紧紧搂在怀里。这一次，她竟然没有哭出声来。

监狱里的拳击手

拳击手吉姆因为一件不大不小的事情,被投进 Y 监狱。

他的房间号是 1 号,里面的几个人都是重刑犯。

吉姆走进 1 号,里面的三个人同时站起来,为首的那个络腮胡子拳头攥得叭叭响。

忽然,一记直拳飞过来。吉姆只微微地偏了一下头,拳头落空。一只粗壮的腿踢过来,吉姆左手一挡,那个瘦子就倒在了地上。

三个人很恼怒,一起扑上来,吉姆很轻松地比画几下,转眼间,三个人统统躺在地上。

这时,吉姆才慢腾腾地躺在自己的床上,掏出一张硬纸牌,纸牌上写着:"不准欺辱新同伙!"

在 1 号房间待了一周,吉姆要求调到其他房间。看守不允,他就软磨硬泡,于是,他又来到 2 号房间。他又跟老资格的犯人演绎了基本相同的肉搏,动作很利索,没有响动,不会让看守发觉。

一年过去了,吉姆把所有房间都住了个遍。

刑期结束的那个早上,监狱长找到吉姆,想让他留下来担任看管顾问。因为,Y 监狱消除了沿袭已久的老犯人欺辱新犯人的陈规,被评为全州文明监狱。

吉姆说,他的真正身份是法制宣传员,他还得赶往另一家监狱。

他还说,他曾蹲过十年监狱,拳击技术就是在那里面练出来的。

遇到同行

小区不远处新开了一家医院,名曰:康复医院三里桥分院。出于好奇,我把头向里面探了探。

这头一探,就缩不回来了,一位笑容可掬的胖医生连说带拽把我弄进去了。一杯热腾腾的茶放在我面前。胖医生开始同我闲聊。

他说:"看你面相很熟,老板可是就在附近居住?"

我说:"我是陪读的,孩子在一中念高三,在这附近租的房子。"

"哦,难怪!不过,老板,瞧你的气色,我感觉你身体状况不是太好,我来替你看看。"

我说:"我'三高',还有前列腺增生。"

他为我量了血压,看了舌苔,又用听诊器在我的胸、肺部纵横驰骋。

胖医生神色凝重,眉头皱成扭曲的"一"字,说:"老板,恕我直言,你不仅是'三高'和前列腺的问题,你的心脏问题尤其严重,肺部炎症比较明显,你不能再拖下去了!"

我说:"对,不拖了。"

胖医生在处方单上"唰唰唰"写了几行字,说:"先做心电图,再做 X 光片,必要时,做彩超查肝、胆、胰、肾……"

我说:"我还有事,改日吧。"

胖医生说:"我不是批评你啊,小老弟,再忙,也不能拿身体开玩笑呀。"

我说:"医生,我再有钱也不能拿钱开玩笑啊。"

胖医生说:"你这话啥意思?"

我说:"本人就是内科医生。"

交往统计表

前几日,我把我跟同学超子之间二十年的交往情况,做了粗略统计。

1992 年 7 月,我跟超子走出大学校门,他被分配在市郊农技站,我被分配在乡农技站,两地相距 90 公里。那一年,我俩骑着自行车,在坑坑洼洼的沙石路上,半年互访了六次,一月一次。备注:不带任何礼品。

1993 年至 1994 年,他恋爱,我也恋爱。1994 年冬,我俩都结了婚。那两年,我们互访了六次,差不多一年三次。备注:不带任何礼品。

1995 年至 1999 年,他调到市农业局,我调到区统计局,两地相距 30 公里。这几年,我俩坐着客车,客车轱辘下是平坦的柏油路,互访了五次,差不多一年一次。备注:互带土特产。

2000 年至 2010 年,他调到市政府当秘书长,我调到金安区当统计局局长,两地相距 20 公里。我们坐着单位的车子,行驶在宽阔的水泥路上,互访了五次,差不多两年一次。备注:互带名烟名酒。

2011 年至今,他成为副市长,我成了市统计局局长,我俩住家相距 3 公里,办公地点相距 300 米。他坐着奔驰,我坐着别克,行驶在市区宽阔却拥挤的道路上。我俩没有一次互访,也没有备注。

段国圣

段国圣 / 江苏省作家协会会员,中国闪小说学会副会长兼秘书长,《闪小说》执行主编。主要作品有闪小说集《和一个叫苏未默的人说话》、《先走一步》。曾获首届汉语蚂蚁小说大赛金蚂蚁奖,"《小小说月刊》杯"首届、第三届中国闪小说大赛银奖、金奖等诸多奖项。

如果火车没有晚点

因为火车晚点,我的计划被打乱,只好在一个叫尸的小镇住下。

这是一个美丽的小镇,道路两旁有郁郁葱葱的树木,镇中心有一个喷泉,山坡上还有一座像城堡的建筑。我决定先找一家旅店住下,旅店的老板很友善地哈着腰:"您来了。"这话听上去有点不对劲,好像我跟这家旅店事先有约似的。我要了一个房间。从房间的窗口可以看到那个在夕阳下闪着金光的城堡。

经过几天的颠簸,我已十分疲惫,躺倒在床上很快进入梦乡。

睡梦中我又上了火车,哐喊哐喊,哐喊哐喊……然后钻进一条隧道。

醒来的时候,我发现周围的一切都变了样,窗外没有了城堡。屋子里有福尔马林的味道,还有很多仪器。我的手不能动弹,好像被绑起来了。一个戴着大口罩的男人站在我身边,穿着一件白大褂,目光炯炯。

"我在哪里?"我挣扎着想坐起来。

"别动!"大口罩的声音含糊不清,"你病了!"

我这才发现屋子里的所有仪器都与医疗有关。

"你昏迷好几天了。"

我望着天花板慢慢回忆我是怎么来到这个小镇的,是因为火车晚点,我改变了主意,我在这里生病了,身上似乎少了些什么……如果不是火车晚点我现在应该在一个叫金的城市谈一笔大买卖。

我很快就出院了。离开城堡的时候我已经知道我被这里的"热心人"换去了一个心脏取走了一个肾,我的一只眼睛也失明了,但我没有吭声,装作不知道。

如果不是火车晚点,我不会来到这个地方,但火车晚点跟我是有关系的。我承建的那条隧道(离尸镇只有一公里)一年前发生坍塌,无数人为此丧命。火车到这里便鬼使神差地停下了,只是我不知道。

谋杀未遂

我冒着生命危险潜入这家酒店,我知道这里将要发生一起谋杀案。我跟踪那个家伙已经多日了,这一次我不能再袖手旁观了!那家伙来了,他在一个角落坐下,手里拿着一份报纸,他在等那女的出现。不一会儿他看了看表,给服务员一个手势。服务员送来两杯咖啡。那家伙悄悄地从口袋里掏出一个小纸包,将一些白色的粉末倒入一杯咖啡中。这时女的来了,她对男的莞尔一笑,坐定,然后他们便开始窃窃私语。男的微笑着,不时地用手指敲打着玻璃桌面。女的温文尔雅,用不锈钢小勺搅拌着杯中的咖啡。我试图落在那只杯子的沿口上,阻止她喝,可女的却厌恶地用手指不断地驱赶我。女的终于端起了杯子,我不能再犹豫了,我奋不顾身地跳下去。那一瞬间,我听到女的一声尖叫:"该死的苍蝇!"

我死了,而她,却得救了。

将 不 动

　　杨文安是个下棋的好手,这在方圆几百里无人不晓。杨文安自鸣得意,在棋室的门楣上挂一块匾额,赫然写着三个大字:将不动。将不动就牛了,杨文安棋盘上的将老是用钉子钉着,意为没人能"将"他的"军"!

　　一日,一男童跨进门来,要与杨文安对弈一盘。杨文安不屑:"小毛孩到外面玩泥巴去。"男童不依不饶,杨文安便在棋盘前坐下。几个回合下来,男童突然起身不告而别。杨文安在背后骂道:"真是个不知天高地厚的小东西。"

　　翌日,男童又跨进门来,摆开架势要与杨文安再弈一局。杨文安满心不快:"去去去……"没料男童已抓起炮摆了个炮二平五。杨文安看男童倔强,便有心戏弄他一下,出了个卒五进一。下着下着,杨文安突然大汗淋漓,男童却不紧不慢地从裤兜里掏出一把小铁钳,口称:"先生莫急,我来帮你把那钉子拔了。"

　　后来杨文安对男童作揖:"为何昨日不赢我?"男童憨憨一笑:"昨天我忘带铁钳了。"

羊是这样被偷的

王二偷了河东杨三婶家的一只羊。王二是动了脑筋的,用公安的话说就是很有技术含量。公安一直破不了案。有人怀疑是李四狗,也有人怀疑是三麻子,还有人说可能是流窜作案吧,总之没人怀疑王二。

三个月后,公安抓了一个人,是个瘸子,河西的。他招供杨三婶家的羊是他偷的。瘸子因有其他案底加之又偷了人家的羊便吃了两年官司。

王二知道这个消息后觉得有些失望,因为他偷羊的方法确实是高明:他在羊饲料里倒了半瓶酒,把羊吃得脚打绊,然后又在羊的嘴上缠上胶带才下手的。作案后又清除了所有的痕迹。一般的贼是做不到这一点的。

可是现在却没有人来欣赏王二的这一招,所以王二觉得很失望。后来王二还是忍不住告诉了他的一个要好的朋友,要好的朋友说漏了嘴,又告诉了另一个他要好的朋友,终于"杨三婶家的羊是王二偷的"在村子里传开了。

但杨三婶却始终不肯相信:"笑话,哪有贼自己说自己是个贼的啊。王二是个好人。"王二听了暗自苦笑,想:那就等着瞧吧,下次我再偷一回你家的猪。

朵
拉

朵拉 / 祖籍福建惠安,出生于马来西亚槟城。作家、画家,马来西亚华文闪小说发起人。现为槟城华人大会堂执委兼文学主任,槟城华人文化协会副会长,世界华文微型小说研究会理事,世界华文作家交流协会副秘书长,槟城水墨画协会主席,槟城浮罗山背艺术协会主席等。在马来西亚、中国台湾等地出版过47本书。曾获得国内外大小文学奖46个。

原来的房间

我推开门,房间的摆设没变。

浴室在右边,狭长的走道过后,是一张双人床。床边有个小书架,七颠八倒的书摆得太满,书架快支撑不住,有点斜度,却没倒下。

没有梳妆台的房间有个书桌、一张椅子。书桌上有一台手提电脑。

面对着电脑的女人背着我,我看不见她的表情,但听到她在哭泣。不是哀号的呼叫,只是幽幽的,呜呜呜的,似乎哭得太久了,可悲伤还在,无法停止地哭着。

那呜咽幽怨的哭泣,叫人忍不住要跟着流泪,一种穿透心肝肺腑的悲哀,仿佛永远不会消失。

电脑里有什么让她心碎的消息?

她身边的窗帘扬起来,风吹拂进来,她的头发飘扬起来,卷卷的长发竟有几丝白花花。

已非青春年少,尚有难以抑制的悲伤?

来到中年,难道不知道,任何事情皆不值得哀伤良久?所有的一切,好与坏,最终都会过去。只要愿意把一切交给时间。

我离开这个房间,到今天回来,起码三年了。三年里,我经过风,经过浪,见过云,见过海。当时走出去,我幻想可以把从前放下。总以为远离事情发生的地方,眼不见为净,等时间走过,再回来过新生活。

可是——

我站在旧日的房间里，看见当时的我，还在对着电脑，哭泣。

白头偕老

父亲对女儿说："哼！只有我才能够忍受你的妈妈。"

母亲对儿子说："哼！你爸爸的臭脾气，我不容忍，早离婚了。"

五十年金婚晚宴上，父母亲笑吟吟地和宾客们握手言欢。

"真令人羡慕唷！"

"五十年了你们还如此恩爱！"

"要向你们学习呀！"

钦羡的言辞似美酒，一口一口灌下，大家都醉了。

散席后回家，上床。

无笑容无言语，父亲母亲背对背，各倚一边躺下。

明天又是同一天。

红色水桶

咖啡馆外那棵大树，红花开得正盛，没有声音，但那艳丽的绚亮，在风中摇曳时闪耀着璀璨的流光溢彩，扬起一阵阵无声的喧哗，坐在咖啡馆里的两个人不约而同往外望。

朱素英把目光自红花拉回来，绚丽的花没有亮了苏慧中的眼睛。苏慧中脸色憔悴，眼神涣散，拎起咖啡杯大口喝下，才说："昨晚没睡好。"说完她招手，侍者过来，她再叫一杯黑咖啡。

音乐轻声地在咖啡馆里盘桓，像喝咖啡人的心情，幽怨回旋找不到出口。

喝咖啡往往是在喝心情。心情好的时候，咖啡是香的，今天的咖啡，像苏慧中的干杯喝法，应该不会知道味道。

第二杯黑咖啡还没送来，苏慧中突然说："我非要那个红色水桶不可。"

朱素英是律师，帮苏慧中办离婚手续，办了很久，最近开始有进展，听到这话，愣了一下，问："你是说，洗衣间那个红色的塑料水桶？"

"他说他也要，我不会让给他的。"外表看起来温柔软弱的苏慧中，只有数十年的老友朱素英才晓得她的固执和坚持。

朱素英看过那个水桶，残旧得红色都快褪成粉红，两个闹离婚的夫妻，却对它情有独钟？

双方如不妥协，离婚就办不成。

是意气？是借口？

红色水桶蕴含着什么样的故事？或——意味着转机？

咖啡馆外在阳光下夺目的红花什么也不知道，照样开得灿烂耀眼。

占 有 欲

她手上戴一个男装手表。

"是她丈夫的。"

"就是那个建筑业大亨。"

"是的,他已经去世三四年,她还一直戴着。"

"她很爱他吧?"

"也许。不过,听说这手表是另外一个女人送他的。"

"啊！婚外情!"

她回答记者的问题时说:"是的,是我去世的先生的。是的,我爱他。"

她低头看手上的表,脸色阴冷,声音坚决:"无论生前死后,他所有的时间,都是属于我的。"

记者一看,手表上的长针和短针,都已经停止跳动。

凡夫

凡夫 / 当代寓言作家,中国作家协会会员,中国儿童文学研究会会员,中国寓言文学研究会会长,原湖北省作家协会副主席。主要作品有《凡夫当代寓言》、《100个动物寓言故事》等。曾获第十三、十七届冰心儿童图书奖,中国寓言文学研究会第一、二、三届金骆驼奖。

快　乐

　　一群年轻人到处寻找快乐,但是,却遇到许多烦恼、忧愁和痛苦。

　　他们向老师苏格拉底询问:"快乐到底在哪里?"

　　苏格拉底说:"你们还是先帮我造一条船吧!"

　　年轻人暂时把寻找快乐的事儿放到一边儿,找来造船的工具,用了七七四十九天,锯倒了一棵又高又大的树,挖空树心,造成了一条独木船。

　　独木船下水了。年轻人把老师请上船,一边合力荡桨,一边齐声唱起歌来。

　　苏格拉底问:"孩子们,你们快乐吗?"

　　年轻人齐声回答:"快乐极了!"

　　苏格拉底说:"快乐就是这样,它往往在你为着一个明确的目标心无旁骛时悄悄来访。"

一群人和一群猴

洪水把一群人和一群猴逼到一个山顶上。

三天三夜,人没吃上一口东西。猴也一样。

第四天,人从水里捞起一个苹果,猴也从水里捞起一个苹果。

男人把苹果让给女人,女人把苹果让给老人,老人最后把苹果让给了小孩。

另一个苹果的命运却相反,老猴把它从小猴手中夺了去,母猴又从老猴手里把它夺了去,最后,苹果落到了猴王嘴里。

猴说:"人啦,真憨! 自己饿得要死,却把吃的东西让给别人!"

人说:"正因为你们不能明白这个道理,所以你们虽然长成人的模样,却不能成为人!"

镜　子

　　有个年轻人总是看这不顺心,看那也不如意,肚子里一半气,一半火。他很想找一个法子,改变改变自己的心情。

　　一天,他脸上一团乌云,急匆匆地在路上走。迎面,一个人也急匆匆地向他走来,脸上同样是乌云一团。

　　年轻人不乐意了,指着对方呵斥:"我惹着你了?瞧你那张驴脸!"几乎与此同时,对方也指着他呵斥,说出来的话跟他一字不差。

　　一团火蹿上来,年轻人挥舞着拳头:"我一肚子气正没处出呢,你小心着!"对方也挥舞着拳头,甩出一模一样的话。

　　年轻人冲过去,准备教训教训对方。对方也朝他奔过来,准备以牙还牙。

　　"咚"的一声,年轻人撞在什么东西上,顿时,额头上出现鸡蛋大一个包。他"哎哟"大叫一声,恍然所悟:对面,莫不是一面镜子!

　　他定神细看,又伸出手摸了摸,面前却什么也没有。

　　正疑惑间,空中传来一个声音:年轻人,生活就是一面镜子,你怎样对待它,它就会怎样对待你!要想改变自己的心情,还是先改变改变自己的生活态度吧!

　　年轻人顿悟。从此,他以阳光的态度对待生活,他的心里也总是洋溢着阳光。

怪　题

　　有个青年人自认为比苏格拉底还聪明,自称,苏格拉底懂得的事情,他全部懂得;他懂得的事情,苏格拉底却不见得都懂得。

　　有一天,苏格拉底问他一个问题:"世间是先有蛋还是先有鸡?"

　　青年人不假思索地回答:"鸡是从蛋中孵出来的,自然是先有蛋啦!"

　　"蛋是鸡下的,没有鸡,蛋从哪里来?"

　　青年人想了想说:"那还是先有鸡!"

　　"你刚才已经说过,鸡是由蛋孵出来的。没有蛋,鸡从哪儿来?"

　　青年人抱怨说:"你怎么提出这样一个怪问题呢？现在我也问你一个问题。"

　　"请问吧。"

　　"你说是先有蛋还是先有鸡?"

　　苏格拉底老老实实地回答:"我不知道。"

　　青年人笑了:"这样看来,你和我其实差不多啊!"

　　苏格拉底说:"不, 你是以不知为知,我是以不知为不知!"

付秋菊

付秋菊 / 中国闪小说学会副秘书长,四川省闪小说学会副会长,闪小说阅读网、闪小说作家网站长。

暖　手

　　按风俗,儿女都要在棺材旁铺上稻草睡觉,为刚去世的长辈守灵。

　　深夜,一股难闻的味道充斥着整个房间,我从稻草中爬起,猛抬眼,却看见了棺盖缝隙里母亲已变形的脸,我不由得胆战心惊,急忙躺回到稻草里。不知过了多久,我迷迷糊糊地睡着了。

　　"嘿!哈!"

　　"闺女回来!"母亲溺爱地看着我,"怎么又和男孩子打打闹闹的,哪像个女娃?"

　　我余兴未了,看着还在继续打闹的伙伴们,不停地搓着自己的手。

　　"手怎么啦?"母亲惊慌地拉过我的手。

　　"没事。"

　　"啊!怎么这么凉?"母亲说着就把我的小手整个焐在了她的大手里,矮身蹲下,把脸也贴在我的脸上,"怎么脸也这么凉啊?"

　　"没事,不冷。"

　　"来。"母亲又把我的手藏进了她的衣襟里。

　　后来,我离家求学,一年只在冬季才回一次家。每次,母亲都会焐着我冰凉的手。渐渐地,我长大了,发现冬季里的东西,握在手里都是钻心地凉,于是,当母亲再焐我的手时,我都会无声地抽出来。

不经意间翻身,我的脚碰到了冰凉的棺材。我乍然醒来,望着又冷又硬的棺材,不由得心头一颤——母亲一定很冷!

起身,我想看看母亲的手……

千年恋人

我终于小心翼翼地绕过了桥上婆婆那铺到桥头的银色长发。身后,却传来了婆婆怜爱的声音:"小姑娘,又任性了?"

"婆婆,我的爱情,为何如此忧伤?"

"孩子,你可千万要珍惜啊!因为你已爱他千年。"

"千年?"

"还记得吗?"婆婆轻轻抚摸着我的背,指着阴暗的河,幽幽地说,"那是忘川河。"

见我一脸茫然,老婆婆立即举起她那长长的衣袖,往河上轻轻一挥,河面渐渐清晰了。"啊、啊!"的惊叫声瞬间飘来。河里,几个裸身的女子,正被冻得瑟瑟发抖。转眼间,河水又金光灿灿的,似熊熊燃烧的烈火,女子们也浑身通红了,凄厉的喊声撕心扯肺。

"当年,你比她们勇敢多了!"

"是吗?"

"你脸上那漂亮的酒窝,就是他的最爱。对不?"

"嗯。"我点头。

"千年前,你为了来世能再见到他,同意在脸上用酒窝做记号,再被放到这忘川河里去接受痛苦煎熬……"

就在婆婆娓娓叙说间，我看见一条大船正从忘川河上逆水而来，船头站着的那个依红偎翠的人，不正是我的那个他吗？他的头上戴着一顶硕大的官帽，腰背弓得像一个大虾米。显然，那些镶在官帽上的无数珠宝，已压得他喘不过气来……

我泪水滂沱，毅然折身，向奈何桥的那边冲去……

门　神

午夜，医院下达病危通知，说母亲不行了！等我们都赶到医院时，昏迷的母亲却悠悠醒来，说要回家。

为了满足母亲的心愿，几经折腾后，我们带着她在天亮时赶回了家。她躺在堂屋的一张床上，痛苦地辗转。

一次又一次，母亲死过去又活过来，我们的哭声也随之时断时续。后来，母亲睁开了眼睛，满屋子找着什么。

我忽然想起，母亲在世上还有舅舅和三姨两个亲人，急忙吩咐侄子打电话。一小时后，三姨与舅舅相继赶来，母亲却还在辗转。

这是咋回事？大家你看看我，我看看你。

堂嫂皱了皱眉头，开始点点滴滴地打量着屋里的东西……

突然，堂嫂向我使眼色。我不解。她向门上歪了歪头后，便快步跑过去，"唰唰"，撕下了门上贴着的两张破旧不堪的黄纸。

母亲曾经说过的话在我脑海里蓦然浮现："那个丑陋的人叫钟馗，非常勇猛强悍，专门抓鬼吃鬼……"

就在这时，母亲轻轻地叹了一声，合上了双眼。

找 童 年

芦苇丛外,一老一少正在玩耍。小孩儿一屁股坐下,用手在沙滩上画了个圈。老人也要坐,可西装让他坐得有些费劲,大声嚷嚷:"我不喜欢这衣裳。"

"那换一件。"小孩儿只顾玩,头也不抬。

老人起身去旁边的背包里找。我走近不远处正观望的中年男人,他友好地看看我之后,就又转身去观察沙滩上的一老一小了。

那边,老人换了一件灰色对襟袄,一条黑色肥大裤,痛快地一屁股坐下后说:"这个好!"

"爷爷,转过脸去。"

"又叫错了!"老人转过脸后还歪回头厌烦地说。

小孩儿不理他,从地上爬起,撅着屁股把铅笔刀往圈里的沙子上扎,扎进去后还轻轻摇摇,小心翼翼地把另一只手里的东西往刀边的沙缝里放,待沙子抹平后说:"君君,该你了。"

我满沙滩上找,奇怪这孩子和谁说话?那边的老人却转过身咧嘴大笑,开心地叫:"就这次说对了!"

中年男人看看我说:"老人小时候叫君君。"

"在哪儿呢?"老人趴下又起来,起来又趴下,头歪来歪去,像是观察敌情,可什么姿势他都觉得不合适,最后,他也和小孩儿一样,干脆撅着屁股看,半天后他惊叫,爬起身说:"在这里,君君赢了。"

小孩儿不服气:"该你藏了。"

你来我往,老人孩子玩得很默契。中年男人长长舒了一口气,把脸转向我:"父亲老了,有些痴呆,常常磨叽在沙里藏东西……"

滚滚的江水"哗哗"正向东流,沙滩上,小孩儿又在叫:"君君,该你藏了……"

桂剑雄

桂剑雄 / 寓言作家，中国寓言文学研究会副会长。主要作品有寓言集《求猫派虎》、《自夸的公鸡》等。曾获中国寓言文学研究会金骆驼创作一等奖等诸多奖项。

磨刀和磨剑

　　他是省男子刀术比赛冠军,很爱她。她是省女子剑术比赛冠军,也很爱他。

　　有一天,他和她为一件琐事发生了激烈的争吵。他吵不过她,默默地将大刀找出来,放在磨刀石上狠命地磨。她也很气愤,也将长剑找出来,放在磨剑石上狠命地磨。

　　看来,一场打斗在所难免,弄不好,还会出人命。街坊、朋友知道后,纷纷跑来劝阻。没想到,当众人赶到时,他和她居然像什么事都没发生过一样,早已将刀剑放在一边,正依偎在一起耳鬓厮磨哩!

　　一个朋友觉得不解,将他悄悄拉到一边,问道:"你俩这是唱的哪一出啊?"

　　他说:"她看我在那磨刀,就一边在我旁边磨剑,一边狠狠地警告我说,如果我不想活了,要自杀,她也不愿苟且偷生,一定会陪着我一起自杀!"

熊、狐狸和牛

狮子大王高薪招聘一名军师,以挽回走兽在同飞禽大战中连连失利的局面。

熊、牛和狐狸闻讯后,立刻赶来应聘。

为了证明当军师确实能拿高薪,狮王按照事先策划好的计谋,拿出一打金币对熊、牛和狐狸说:"这12块金币是专门赏给你们三位的。你们怎么分配我不管,但分配方案必须做到少数服从多数,而且不许使用武力或以武力相威胁。"

熊、牛和狐狸很高兴。

素以憨厚著称的牛首先提议说:"既然狮王赏给我们的金币是12块,我看最公平的办法是平分,各拿4块。"

贪心的熊很想多拿一点,就对牛说:"不如我俩分算了,我得7块,你得5块,这样你就可以比我们三个一起分要多拿1块。"

听罢熊的话,狐狸不动声色地对牛说:"如果你愿意同我一道分配,那么你将得9块金币;我宁可少分一点,拿3块金币算了。"

狐狸的分配方案一出台,熊即刻慌了神,赶忙对狐狸说:"那么,还是我俩来分配吧!你得5块,不仅将比你和牛在一起分时要多,而且也比三个一起分的平均数要多。我也不想再多拿了,继续维持原来的7块不变。"

"你听见熊的建议了吗?"狐狸对牛说道,"如果我同意熊的分配方案,那么你将1块金币都得不到。这样吧,假若你想得到金币并报复一下熊的话,就和我合作,我保证让你拿到2块金币。"

狐狸的这一提议,立刻得到了牛的响应。于是,凭着机智狡黠,狐狸不仅得到了绝大多数金币,还因此赢得狮王的赏识,做了一名高薪者——军师。

奖 与 罚

兽王狮子和禽王鹰都吹嘘自己善于管理国家,谁也不服气谁。

狮子应邀访问禽国,鹰率领全体飞禽夹道欢迎。

狮子非常感动,便问鹰:"谢谢您如此热烈的欢迎!只是我想请问一下,您是用什么办法组织大家都来夹道欢迎我的?"

鹰说:"很简单,我发告示说,凡是参加者,均可得到10元钱的奖励!"

不久,鹰王回访,狮王率领全体兽民夹道欢迎。

鹰非常感动,便问狮子:"这么多的兽民夹道欢迎我,大王不会也像我那样是使用了金钱吧?"

"恰恰相反,"狮子不无得意地说,"我发告示说,凡是不参加者,一律罚款10元!"

老者与军士

两邻国交恶,双方都在暗暗备战。为了防止军需品落入敌国,两国都加紧了对过境物资的盘查。

甲国有一老者,每天都会赶着一匹马驮着一大捆柴火从乙国回到甲国。

老者的举动,让乙国的一名军士起了疑心。有一天,军士忍不住拦住老者,厉声问道:"你家有很多人吗?为什么每天都要运送这么多的柴火?如果说了实话,我可以马上放你过去;否则,如果查出什么来,就把你抓起来!"

"军爷明鉴,我家的人口的确很多。"老者回答说,"要是军爷不相信,可以好好检查,除了这些柴火,要是您能搜出一丝违禁品,我愿意接受任何处罚!"

军士听了,便对老者和那匹马以及马背上驮着的柴火进行了非常细致的检查。在确定没有任何违禁品后,军士不得不让老者赶着马过去。

老者一回国,就径直将从乙国带回来的马匹交给了军方,得到一大笔的奖赏。

何学滔

何学涛 / 中国闪小说学会会员，山东省闪小说学会秘书长。曾获2013中国闪小说年度总冠军大赛亚军、首届"陀螺文化杯"全国闪小说大赛一等奖，"佛光照明杯"全国闪小说大赛二等奖等诸多奖项。

最美的画

　　儿子说想画画时,母亲很诧异。一个农村娃,上辈也没有一个会画画的,他咋就想画画呢,还想学油画?

　　母亲百思不得其解,但孩子喜欢,也就支持了。儿子似乎很有悟性,油画画得有板有眼。她颇感欣慰。

　　一次油画比赛,儿子计划参加。他想,如果获奖了,也是对自己作品的一种认可。他决定画一幅最美的画参赛,便征求母亲的意见。

　　母亲犹豫不决,只说,你自己定吧。

　　儿子主意已定,便出发寻找最美的素材。他首先去了天下第一奇山——黄山。黄山的奇松、怪石、云海、飞瀑,让他激情四射,运笔不辍,但没有一幅他感到满意的。

　　他又去了黄果树瀑布,去了长江三峡,去了联合国人居城市威海的海边,去了……

　　一幅幅习作,一趟趟奔波,他越画越灰心,越画越忐忑。

　　年底,他很失望地回家。已近黄昏,他拾级而上,翻过山头,远远地就能看见另一个山头自家的房子。

　　夕阳西下,炊烟袅袅,余晖中,母亲正立在房前槐树下,翘首远望。

　　他能想象到母亲的期盼、挂念和爱意。他一时怔住,片刻便热泪盈眶:这不就是自己一直在寻找的最美的画吗?

天堂 6 路 27 号

　　她是管理这个邮筒的,每次都将这些信件分门别类分配到应该去的地方。但见到这样的信她就直接留着。不留着也没法寄出,因为邮票是小孩手画的,地址是天堂 6 路 27 号,收信人是妈妈。

　　差不多隔一礼拜她就能见到这样的信,都是来自同一个邮筒。她觉得这不像是小孩的恶作剧。

　　她很好奇。

　　他常来这个邮筒寄信,带着女儿。每次都是他抱着三岁的女儿,让她自己投到邮筒里。

　　这天她截住他,问:"那些信是你寄的吗?"

　　他老实交代:"对不起,我不是有意给你工作造成麻烦的。女儿太小,老是吵着要妈妈。我就想着叫孩子给她妈妈写信。孩子喜欢画画,写的信都是她画的。"

　　"那回信呢?"

　　"我按照时间自己写一封信,再念给女儿听。她写的我都知道,知道怎么回信。"

　　"她妈妈……"她有点明白了。

　　"出差时出车祸了。我不想女儿现在就知道,只说妈妈在天堂出差。6 月 27 号是她妈妈的生日。我这样做,是想等孩子大了再慢慢告诉她吧。"

　　她哭了。心里便做了一个决定,对他说:"以后我来给你女儿

94

回信吧。"

七天后,她的第一封回信寄出:"亲爱的薇薇,想妈妈了吧? 妈妈也十分想你。妈妈在这里出差很忙,不能回去陪薇薇玩了,原谅妈妈吧。我知道薇薇很乖的,要听爸爸的话呀。你画的画妈妈都收到了,太漂亮了,薇薇真棒,继续加油吧!"

半月后,她的第二封回信:……

之后……

三年后,她单独给他写了一封信:"这是我最后一封信了,以后不想再写信了,你可以让薇薇妈妈回来吗? 你看我啥时候回去合适呢?"

本月最后一个电话

这个月最后的一天,晚上 8 点,他拿着手机拨通了老家电话。

"妈,干吗呢? 吃饭了没有? ……哦,还没做好呀,记得要按时吃饭,你不是胃不好吗? ……我早吃了,今晚不用加班,很难得的……是,现在不忙,不过不加班工资就少了……没事,钱不用担心……你说啥? 隔壁麻婶猪下崽了? 那么多,是挺好的……啥? 你又要买一头? 能忙得过来吗? ……"

东扯西拉闲聊着,他看看时间,25 分钟了。他说:"没事就这样吧,我要挂了……"

一小时后,手机响了,是妈妈打的。

他问:"妈,有事吗?"

妈妈小心翼翼地问道:"孩子,你没事吧?"

"我没事,你有事?"

"没事就好,我没事。"

又一小时后,妈妈再次打来电话:"孩子,你真没有事?"

"我没有事啊,你有事?"

"没事就好,有事就直说。"

"妈,你咋啦? 我真没事。"

"那就好,那就好。以前你打电话一般都没有超过 5 分钟的,这次说了那么长时间,我担心……"

他泪如泉涌,哽咽道:"妈,以后我会多给你打电话,说很长时间。"

他手机新办了一个套餐,本月还有 30 分钟话费没有用完……

喊　山

爷爷对着大山喊:"喂——"

声音苍老而粗犷。

孙子也对着大山喊:"喂——"

声音稚嫩而脆亮。

年轻的都外出打工了,留在大山里面的都是爷爷、孙子辈的。

孙子想妈妈,爷爷没辙,便说:"妈妈在山那边,你喊喊,妈妈能听见。"

孙子就试着对大山喊:"妈——妈——"

山的回声:"妈——妈——"

孙子很惊奇,有回答那肯定就是有人在山那边。

于是,孙子想妈妈了,就对大山喊:"妈——妈——"

山的回声:"妈——妈——"

孙子经常这样喊,山也经常这样答,乐此不疲。

三年后的一天,爷爷问:"想妈妈吗?"

孙子心里便堵得慌。爷爷便带孙子来到山边。

孙子大喊:"妈——妈——"

不料,山那边也有喊声:"儿——子——"

是一个女人的声音,略带哭腔。

孙子很奇怪,扭头看爷爷。

爷爷点头:"我说你妈妈能听到吧,是你妈妈回来了。"

孙子激动地再喊:"妈——妈——"

女人从山那边一路飞奔上前。孙子扑入女人怀中,女人哭得梨花带雨。

爷爷叹息,心想,不这样安排,这孩子可能都不知道妈妈是谁了……

和庄

和庄 ／ 本名李志国，山东省作家协会会员，中国散文学会会员，山东省闪小说学会副会长，山东省小小说学会理事，菏泽市作家协会秘书长，菏泽市青年作家协会副主席，《菏泽青年作家》执行主编。曾获中国当代散文奖，第四届"祖国好"华语文学艺术大赛一等奖等诸多奖项。

慰　问

年关到了,镇里要求开展访贫问苦活动。

王副镇长给俺打电话,让俺推荐一名贫困户,他要代表镇党委、镇政府亲自来慰问,把党和政府的温暖送到群众心中。

我说俺庄上王老汉最贫最苦,老光棍一个,又聋又哑,家徒四壁。

王镇长沉吟了一会儿,说:"村主任啊,电视台的记者跟着呢,王老汉不会说感恩的话,还是换一户吧!"

我想了想,说:"俺庄上有一个退休老教师,会说会讲,中不?"

王镇长说:"行。你杀两只鸡宰只羊,我们要在你村里吃饭。酒不多喝,弄两瓶'剑南春'就中。"

第二天,我给王副镇长回电话:"王镇长啊,实在对不起,那个老师很耿直,说他在村里不是最贫困的,坚决不让去慰问。谁要敢去,别说感谢了,他还要骂谁。您看,是不是换成别的村?"

王副镇长骂了一声"真不知好歹!"便挂上了电话。

嘿嘿,别拿村主任不当干部!俺给王老汉送去了双倍的慰问品,还节约了上千元。俺不知好歹?不知道谁不知好歹呢!

植　树

一

　　经研究,定于明天上午9:00在邢氏镇尚才村村南举行植树节义务植树集中活动。请各单位负责同志准时参加。

县政府办公室
二〇〇五年三月十一日

二

　　经研究,定于明天上午9:00在邢氏镇尚才村村南举行植树节义务植树集中活动。请各单位负责同志准时参加。

县政府办公室
二〇〇六年三月十一日

三

　　经研究,定于明天上午9:00在邢氏镇尚才村村南举行植树节义务植树集中活动。请各单位负责同志准时参加。

县政府办公室
二〇〇七年三月十一日

最好的医生

王县长工作忙碌，应酬多，饭局多。体检时查出患上了"三高"——高血压、高血脂、高血糖。

秘书和司机都说，这都是工作太忙累出来的病，劝王县长保重身体，及早去最好的医院，看最好的医生。

王县长嘴上说没有事，心里却火烧火燎的。

王县长去了县里最好的医院。院长亲自带路，调来了全县医术最高超的医生，为王县长做了全套仪器的检查，开了一大包最贵的药。院长说，县长为全县人民受苦了，要注意饮食多锻炼身体。

半年过去了，再检查，"三高"还在。

王县长连忙去了市里最好的医院。托关系找熟人，请来了全市医术最高超的医生，做了全套仪器的检查，开了两大包新特效药。医生提醒王县长，要注意饮食多锻炼身体。

半年之后复查，"三高"依然。

王县长急忙去了省里最好的医院。他又请客又送礼，请来全省医术最高超的医生，做了全套仪器的检查，开了三大包进口药。医生告诫王县长，要注意饮食多锻炼身体。

三个月后，王县长复查，"三高"照旧。

王县长心惊肉跳，看样子必须到全国最好的医院，找全国最好的医生，来彻底治疗自己的"三高"了。正要带领秘书和司机去北京前夕，王县长因贪污受贿被检察院带走了。

后来,王县长被判了十年刑,在邻省的一座监狱服刑。

秘书和司机去探监,关切地问:"老领导身体怎么样,'三高'好转了吗?"

王县长不好意思地一笑,说:"天天劳动锻炼,生活规律有序,前几天检查身体,'三高'一样也没有了。嘿嘿,我们这里找那里找,原来最好的医院是监狱,最好的医生是劳动。"

目　标

某乡开展争先创优活动,下发红头文件,要求所辖二十个行政村,都要明确年底综合考评目标,去年综合评比中位次先进者要保持住,位次落后者必须要有明显进位。

二十个行政村迅速研究制定了各自的争先创优目标,全部都要进入综合评比前三名。书记和乡长甚为欣慰。

县里进行专项检查,乡长做了专题汇报,盛赞本乡干部群众士气高昂,争先创优活动成效显著。

检查组组长听完汇报,翻了翻材料,淡淡地说:"二十个行政村都要进入前三名,最终只能有三个进入,85%的村目标不能实现。好大喜功,盲目拔高,脱离实际,你们的这项活动一开始就注定了失败。"

侯建忠

侯建忠 / 山西省作家协会会员，中国民间文艺家协会会员，中国寓言文学研究会常务理事，中国闪小说学会理事，左云县文联主席。主要作品有寓言集《幸运的亚军》、《寓林撷英》等。曾获中国寓言文学研究会第二、四、五届金骆驼创作优秀成果奖，第四届金江寓言文学奖。

老人叹塔

距闻名世界的应县木塔不远的地方,住着一位年近八旬的老人。

一天,老人站在自己的家门口,望着挺拔的木塔,发出一阵阵的叹息声。

原来,老人很小的时候,就想上木塔上看看。可家里人说他小,长大了有的是机会,就没有让他上去。等他成年了,他自己也觉得住在塔下,迟早能上去看看,所以一直没有上去。直到有一天,他因年老体弱不慎摔了一跤,再也不能自由行走时,才明白,自己再没有机会登塔了,后悔当初没有趁青春年少登上去。

幸运的亚军

在一次国际性的马拉松大赛中,一位默默无闻的年轻运动员,与一位著名的运动员并驾齐驱,始终处在领先地位。

直到最后冲刺的一刹那,年轻运动员以一步之差屈居亚军。但因这位年轻运动员和夺得冠军的运动员双双打破了世界纪录,他的名声也一下大了起来,成为世界上最优秀的马拉松运动员之一。

事后,有人对获得亚军的年轻运动员说:"如果你不是和那位著名运动员一同参赛,那么冠军肯定非你莫属了,真是太可惜了!"

"不,可以说是我太幸运了,假如那位著名运动员没有参加这次比赛,我想我是不会取得这样好的成绩的。即使我夺了冠军,金牌的含金量也是大打折扣的,意义也未必有现在这样大。正是和这位著名运动员一道参加比赛,才使我从他的身上学到自己原来没有的东西,并在激烈的竞争中得到了磨炼。通过与强手的公平竞争,我发挥出了自身的最大潜力,能说是可惜吗?"年轻运动员回答说。

最后的好事

离任那天,他本想悄悄离去,没想到县衙前已聚集了许多欢送的百姓,他只好和大家一一道别。

在一片真诚的挽留声中,众人突然听到一个很不和谐的声音:"你们都说县太爷是好官,要是他能让我娶上媳妇,我才认他是真的好官!"

他一惊,忙询问那人何出此言。原来,此人因长期照看生病的老母,以致耽误了婚姻大事。

他当即怒喝道:"你没娶上媳妇,怎怨到我的头上?你如此无理张狂,好在我现在还在任上,今天不把你的蛋割了,难消我心中的怨气!"随即转向众人道,"想看热闹的,先交一文铜钱!"

人们不知他葫芦里装的是什么药,纷纷掏钱看他如何处置。

看到钱收了不少,他拱手向欢送的人群作揖:"我和大伙开了个玩笑,这些钱就送给这个孝子娶媳妇用吧。"

在众人的赞叹声中,知县与大伙洒泪而别。

日子就该这样过

　　那时候,村子里还未通电。

　　一天夜晚,一位老爷爷在黑暗之中,把一根火柴掉到地上。为了寻找这根火柴,他怕点着灯费灯油,便点了一根火柴又一根火柴,直到把一盒火柴都点完了,才在一个旮旯里找到掉到地上的那根火柴。

　　"总算找到了!"这时,老爷爷长舒了一口气。他兴奋地推醒熟睡的老奶奶,向她绘声绘色讲述了刚才自己找火柴的经过,最后以意味深长的口气对老奶奶说:"日子就该这样过!"

黄克庭

黄克庭／中国作家协会会员，中国闪小说学会理事，浙江省闪小说学会会长。主要作品有小说集《逃离地球》、《在马路上奔跑的鸡蛋》、《小山村的眼睛》等。曾获2009年冰心儿童图书奖等诸多奖项。

金 箍 棒

　　孙悟空历经千难万险保护唐僧去西天取得真经,成了正果后,自度再也用不着金箍棒了,遂将它还给东海龙宫,竖回原处。

　　不知过了多少年后,悟空闲来无事,遂重游东海龙宫。当他来到十几围粗的镇海之宝——金箍棒面前时,不禁手痒起来,想再耍弄一回棒技。于是他念动咒语,叫道:"小、小、小……"

　　叫了半天,金箍棒一点也没有变小。悟空心里焦急,暗忖:技不如先了?他心一慌,再次念动咒语,慌乱中竟将"小、小、小……"念成了"大、大、大……"

　　只见金箍棒随着"大、大、大……"声越变越大、越变越高。

　　试了多次,孙悟空乃知金箍棒只能变大不能变小了。悟空便问龙王:"一根铁物,为何也只爱听大话了?"

　　龙王笑道:"神物有灵性,它爱听大话想必与大气候有关联……"

　　悟空搔了搔后脑勺,说道:"老孙要是晚出世,岂不是难成正果?"

　　龙王说道:"大圣多虑了,如今根本用不着金箍棒了,只需学会说大话便能成正果的!"

神仙会议

牛魔王到天上开会,在会议室没有见到一个人,禁不住大吃一惊:只是延误了一个时辰,怎么就散会了?

随后而至的赤脚大仙说道:"老牛,你是第一次来这里开会吧?"

"是第一次,你怎么就知道?"

"以前,在这里开会,我都是第一个到的!今天,我被你抢了第一,所以,就知道你是第一次到这里开会!"

不久,二郎神,哪吒,东海龙王,也都到了。牛魔王这才确信,自己不是迟到,而是第一个"早到"的!

许多神仙来到会议室,马上就各自组队,搓麻将、打红五、下棋……整个会议室一片忙碌一片欢快!

不知过了几个时辰,主持会议的观音菩萨来到现场……

一天时间很快就过去了。

散会后,牛魔王拉住赤脚大仙,问道:"今天,到底是开什么会啊?"

赤脚大仙指了指挂在会议室外面的大红横幅,说道:"转变机关工作作风会议!这几个字,你看不到吗?"

牛魔王说道:"我只看见大家在这里打牌、搓麻将、下棋,然后吹牛侃大山,却没有学过什么转变机关工作作风的文件啊!"

赤脚大仙哈哈大笑,说道:"我们大家都是得道之人,本领都大,不管走到哪里,百姓都很敬畏。我们只要不去下界惹事,便是造福人间了!观音菩萨英明,要大家来开会,目的是让我们都闲在一起,没有时间去麻烦百姓,这就是最好的机关作风!"

"说不扰民,也就一天,能起多大的作用?"

"天上一天,人间一年哩!"赤脚大仙边笑边摇着大蒲扇说道。

好心人真多

这是1981年的故事。那时,人们钱少。坐火车逃票,是司空见惯的事。

本人有一次到金华市办事,回去要在义乌市苏溪镇火车站下车,没有买票就上了火车。上了火车后,才知道这一班次火车在苏溪镇不停靠,我心里暗暗叫苦不迭。幸好,我与李列车员关系好。

李列车员告诉我:"火车到苏溪时虽然不停靠,但是车速会减下来,我把车门打开,你可以跳下去。不过,你跳下去后,必须向前奔跑一会儿,否则要摔倒的。"

火车到苏溪时,我跳下车,向前奔跑起来。后面一节车厢的列车员以为我要上火车,就把我拉了上去,说:"你今天运气好,碰到我,才会把你拉上来,本来,这次车在这里是不停靠的!你去补票吧!"

大家都喜欢的被罚款

北京故宫太和殿。

导游小姐指着安置于殿内正中的龙椅对众多游客说道:"这把龙椅,就是封建社会至高无上的统治者的宝座……"

忽一青年游客闯过警戒线,径直快步走到龙椅边,一屁股坐到龙椅上,口中惬意地叫道:"今天,让俺也过过皇帝瘾!"

臂戴袖章、负责保安的两名故宫工作人员,立即向前将那坐上龙椅的青年游客"请下"龙椅,并对众人和那青年游客说道:"私自乱坐龙椅,罚款一百!"

话音刚落,那刚坐过龙椅的青年游客立即从怀里取出一沓崭新的百元钞票,对保安员说:"钱我有,龙椅再让我坐一会儿!"

其他游客闻言,也纷纷取出钞票,将钱握在手上,并很快自觉地排成长队,几乎是异口同声地叫道:"让我也坐一坐龙椅!"

"……"

黄孟文

黄孟文 / 祖籍广东梅县，出生于马来西亚吡叻金宝。曾任新加坡作家协会会长，世界华文微型小说研究会会长。主要作品有小说集《我要活下去》、《学府夏冬》等。曾获新加坡文化部颁发的文化奖(文学)、泰国皇室颁发的东南亚文学奖、世界华文微型小说终身成就奖。

蛋　糕

这次,我们全家特地开车送女佣雅蒂去樟宜飞机场,乘搭印尼廉价客机,回乡看望她那患病的母亲。她似乎很有孝心。

雅蒂办清了离境手续,从玻璃门进入了候机室。这时她好像忽然想起了什么,神色非常慌张。她霍然返身,想要再从玻璃门出来,但被保安拦住,不得如愿。

雅蒂显得呼吸急促,失魂落魄,匆忙对保安说她忘了将蛋糕带来,那是她亲手制作的,必须带回印尼送给她的妈妈——"那太重要了!太重要了!"她强调。

双方僵持了一段时间,互不妥协。我见状赶快趋向前,把30元新加坡币递给雅蒂,嘱咐她在候机室里面另外买一盒蛋糕送给她的妈妈。我对她说不要坐的士冲回家去取了,时间上肯定来不及。

雅蒂仍然拼命挣扎着要冲出去拿那盒她特别重视的蛋糕,怎样都不肯罢休。

排队要进玻璃门去的队伍越来越长。雅蒂终于无法得偿所愿。

我们一回到家里,就去寻找那盒雅蒂忘了带往机场的蛋糕。它被很整齐地置于冰柜上面的一个中型饭碗上。饭碗底下放着一个空盘子,而饭碗与盘子之间盛满了清水,形成一圈"护城河",以阻挡那些可恶的微型蚂蚁前来大快朵颐。

孩子们吵着要吃蛋糕！我们小心翼翼地将蛋糕拿下来放在桌子上，再拿来一把水果刀。哪知一刀切下去，竟然"咔"的一声发出切到硬物的声响！呵，这个硬物竟然是一颗仍然会发出亮光的钻石戒指！

天！这不正是我在几十年前送给妻子的那个结婚钻戒吗？怎么会被嵌在雅蒂做的蛋糕里面？

全室寂然。大家都很惊奇，一齐张开了口，你看着我，我看着你……

第"三"种语文

一对年轻夫妻，新移民，收入可观。他们聘请了一位菲律宾女佣，以看顾他们的独生子和做家务。

这个女佣很有语言方面的天分，她不但会讲英语，也懂得华语，因此他们在谈话时必须格外小心。

一天傍晚，夫妻带着疲倦的身躯返抵家门。女佣没有察觉，仍然抱着孩子在住宅后面与好友谈说家乡的闲事，又把宝贝孩子抱得东倒西歪，满脸泪痕。妻子一阵心痛。加上她下午在办公室受了气，心情不佳，正想破口大骂"说说说，说他妈的蛋——"忽然觉得不妥，于是改口骂道："云云云，云其母之卵！"

女佣一时茫然，不知女主人究竟在"云"些什么。

女 老 千

她是一个粗壮的中年女人,专爱在热闹地区向一些老人下手。

那天下午,机会来了。

一个清瘦的老翁从新加坡银行出来,手里拎着一个小纸袋,左顾右盼,然后向一边走过去。

那个中年女人走近老翁身旁,一伸手,以迅雷不及掩耳之势把他的纸袋抢夺过来。

老翁大声喊叫:"打劫呀,打劫呀! Help! Help!"

一个年轻男子闻声快步向那个中年女人追去。

快要追近时,中年女人突然停下来,单手叉腰,对着那个年轻男子嘶喊:"你敢走过来? 再走近一步,我就喊你非礼,是一个大色狼! 来呀,你再走近来呀!"

年轻男子顿时止步,不敢再向前移动。

这时候,另一个时髦女郎也冲向那个中年女人,明显是要把纸袋夺回来。或许她认为自己也是女人,可以避免"非礼"的指控!

哪知,那个强抢纸袋的中年女人又再度发狠,厉声警告:"你敢走近来? 我要控诉你是同性恋者,想要尝尝另一个女人的滋味! 你敢走过来? 呵?! 你敢?"

年轻女郎果然不敢妄动。

中年女人紧抱着纸袋离开,一个转弯就不见了踪影!

巨 鼠

孤岛上,散布着各种污秽食物。小动物们大都吃得脑满肠肥,不亦乐乎。

那些最爱打地洞,到处躲躲闪闪,胡须特粗特长,鼻尖频动而又总是嗅嗅吸吸的褐色老鼠,最为猖獗。食物中心到处赶鼠,防不胜防。

有人装置了一个精巧的铁笼,并把一块掺着咸鱼的肉饼吊在里面,臭味扑鼻。一个夜晚,只听嘀嗒一声,接着是吱吱吱吱一阵狂鸣。一只撞进笼子里的巨鼠的前脚已被扣紧,任它如何挣扎也无法脱身。鼠须急遽颤动,鼠嘴和鼠鼻甚为扭曲。鼠身除了极端肥大之外,腹部还隆起。

主人把猎物送到卫生部去解剖。巨鼠腹内有一大团模糊的血肉,还夹着许多黑白色的杂毛。化验师判断:老鼠吃猫!

贾淑玲

贾淑玲 / 中国闪小说学会理事,吉林省闪小说学会会长。主要作品有闪小说集《大阪城的过客》。曾获 2010 年中国蚂蚁之星选拔赛冠军、"《小小说月刊》杯"第二届中国闪小说大赛佳作奖等诸多奖项。

重　游

母亲失踪了,父亲低着头抽闷烟,他说母亲一定在火车站。

我在火车站找到了她,她买了回乡的火车票。我不知道母亲为什么要回乡,常听她说她是孤儿,故乡没有一个亲人。

在我的追问下,母亲说要去看一棵树。看着她头发上泛起的霜花,我含泪轻轻拥抱她,说:"妈,女儿陪你去。"

我们坐了两天火车才到母亲的故乡。

那是一棵老树。母亲围着老树转了两圈,用那双粗糙的手在树干上抚摸着,然后慢慢蹲下。

母亲颤抖着手往树根下掏,这时我才看到那个隐秘的树洞。

母亲的脸由紧张变成兴奋——在掏出一堆杂物后,她掏到了一个瓶子,瓶子的口是密封的。

"这是什么?"

"一个人留下的,他说回来如果找不到我,会用这种方式向我报平安,他果然没有死……"

"他是谁?"

"当年,他们两个一起走的,后来,你爸回来说他已经死了,我等了他五年才嫁给你爸。"

我们的沉默中,秋风不停地吹着。

母亲打开瓶子,里面折叠的纸上写着一段话:"我回来过,但我不是归人,我只是过客,我在那边有了家室,故地重游,只因为必须

125

给你报平安。"

"闺女,我们回家,你爸还在等我们呢!"母亲的眼睛泪汪汪的。

秋风不停,母亲的脚步有些凌乱,我用同样凌乱的脚步陪她向前。身旁,落叶纷纷……

窗　外

我从梦中醒来。月光如水,从窗口一直流到我的床前。

忽然,我发现,有一个黑影在晃动,就在我的窗外,时而俯窗倾听。我一愣,大声地打着呼噜,假装熟睡。

那个黑影在窗前站立了一会儿,悄然离去。我再也无法入睡……

又是一个有着月光的夜里,我醒来。我的窗外,那个俯身倾听的黑影又出现在窗口,它像极了一幅素描画。我起身,轻轻地下床,走到窗边。当我伸手欲抚摸那幅素描画时,那黑色的影子就站直了身体。黑影就要离开的时候,我的眼前出现了一个画面——

五年前的一个夜晚,我被母亲从门口的河边拖了回来,我的身上湿漉漉的。

我轻轻地对着那个黑影说:"娘,回去睡吧,我的梦游症早好了。"

黑影慌忙答应着:"就回,就回……"

画 像

他从不对外人提起自己的工作单位。

他还是一位画师，专为别人画像，画得很传神。他介绍自己时就说自己是一位业余画师。

休息日，他在公园一角摆好画摊。

有个女人走过来，温柔地说："可以给我画张像吗？"

"请您坐好。"他示意女人坐下。面前的女人柔弱得让他有种感觉，像《红楼梦》里的林黛玉，只不过她脸上有斑痕。

"您能把我画得美一些吗？"她有些不好意思。

他还是第一次听到这样的要求，一般人都会要求他画得像一点。

他有自己的职业道德，他不允许自己的笔偏离真实。

他只对女人笑了笑。

一小时后，女人似乎很疲倦。他的画也完成了，像极了。

女人慢慢抚摸着画像说："很像，可您能把我画得再美一些吗？"

他摇摇头说："不能。"

女人略显遗憾，不过看得出她还是很佩服他的画功。付过钱，女人离开了。

半月后的一天，他像往常一样，来到自己的工作单位，在大厅里有哭哭啼啼的人们，耳边传来哀乐声。对于这一切，他熟悉得麻木与冷漠。只是让他觉得意外的是,他画的画像竟然挂在大厅的墙壁上。而水晶棺中躺着的竟然是那天要求他画得美一些的那个女人。

从悼文中,他得知女人竟然是前两天报纸上提的那个救落水儿童的癌症病人。

他默默地拿来画板。是的,我可以把你画得再美一些。

约 定

我迫不及待地推开这扇木板门,看到了他。

我流着泪向他扑过去,他却匆忙闪开了,他的眼神充满了漠然,我的心一沉。他身前的这个女人,近四十岁的样子,却显得很苍老。她直视着我,目光中有恐惧、哀怨,还有乞求。

我急忙把目光转向她后面的墙,墙上的照片里,他站在女人身旁,笑得那样灿烂。我的心痛了。

我环视房间里的人,他们都阴沉着脸,这些对我来说陌生的人,都和他有关? 我努力地让自己镇定下来,对女人说:"咱们能单独谈谈吗?"

其他人默默离开了。

房间里只剩下我们两个女人。女人乞求地看着我,突然跪在我的面前。我听到自己的心彻底碎裂的声音。我用力拉起她,我们就这样看着对方,泪肆意流淌。

许久,我说:"张警官他们都在门外,没有进来,这次本来是要

128

强行将他带走的。现在,我暂时可以不这样做,请你好好爱他。"

女人愣了一下,紧紧地抱住我说:"大妹子,八年了,我当初不该从人贩子手里买下他啊,我对不起你。我答应你,他想什么时候回去就什么时候回去。"

我流着泪说:"他现在有两个母亲,这是我们的约定。"

孔爱丽

孔爱丽 / 中国闪小说学会理事,山东省闪小说学会副会长。曾获"佛光照明杯"全国闪小说大赛二等奖。

给你想要的美

迪森先生是位很英俊的先生,最起码在我眼里他魅力无穷,他的眼睛就是我的温柔陷阱,他的声音就是我的天堂。

是的,我很沉迷于他,他也很爱我。这不,他向我求婚了,他要我嫁给他,做他最美的新娘。

"我只有一个要求",我说,"迪森,只要你答应我,我就嫁给你。"

我说:"我只想要一场隆重的音乐婚礼,我希望尽可能多的音乐名流和知名乐队都来参加。"

迪森说:"可是亲爱的,你知道我才出道不久,我是想用这些钱来为我们买套小房子。"

我说:"迪森,你知道每个女孩子一生中最重要的这一天,都想很完美……"

迪森说:"好吧宝贝,我会尽最大能力来满足你!房子我们以后再买。"

如我所愿,我和迪森的婚礼是一场音乐的盛会。知名乐队来为我们伴奏,音乐名流来做我们的见证人。

我异常幸福和激动地拿起话筒,我说:"我今天只想让我最帅的新郎为大家高歌一曲,让更多的人都能听到他的天籁。"

名徒出高师

小木匠阿青在老家实在是混不下去了,就辗转来到一个陌生的城市。

他决定要试试好朋友送他的金点子。

他广而告之,要在当地办一个神木匠培训班。

第一位来报名的竟然是在本地已经相当有名气的廉师傅,这立刻引起了大家的关注。廉师傅都来学习了,这个培训班肯定不错。报名的人越来越多。幸运的是,很多技艺已经相当不错的木匠也闻风而来。

阿青就让廉师傅做大师兄,平时带着下面的师弟,刻苦学习、相互切磋。阿青就只负责指点这位大师兄。

一年过后,神木匠培训班果然出师了不少手艺精湛的木匠,个个雕龙刻凤无不传神。

神木匠培训班出名了,阿青自然声名鹊起。

不久,阿青回了趟老家,当地人有心试他一试。他随手拿出一块木头,手起刀落,动作娴熟,很快雕刻了一只凤凰。凤凰展翅欲飞,栩栩如生,观者无不鼓掌叫好。

回到房中,阿青面色凝重,对着廉师傅在的方向深深一揖。

一根有经历的稻草

有一根稻草,它一出世便比其他稻草圆润而富有光泽,所以编织艺人选它做一项作品的主料,然后再配以其他稻草。可这根稻草不甘心被束缚,就跟随一股风逃了出来。

稻草逃到了河边,一个趔趄跌进了河里,正巧被一个落水者抓住,最终借助稻草得救。

"真是救命稻草啊!"落水者对着稻草膜拜,热泪盈眶。

稻草很自豪,是啊,世上哪还有比救人一命更伟大的事情?

稻草沉浸在幸福之中。可是不久落水者就淡忘了这件事情,稻草也被晾在了一旁。

稻草最终又和其他稻草一起被运往外地。事情就是这么巧,一只托运的骆驼最终被压死了。也许这只骆驼本身就有病不堪重负,也许稻草真的是太多太沉了,反正装上这根稻草后,骆驼就倒了下去。

有人就此事写了篇文章《压死骆驼的最后一根稻草》,用来比喻事情发展已经到了极限的临界点,再增加任何一点点因素就会使之崩溃。

稻草激动地跳了出来:"那就是写我的啊,没想到我还有那么大能量!"

它大声呼喊,却没有人听它说。稻草很失落,就又跟着一股风跑了。

稻草来到了一块白菜地里,菜农看见稻草就随手捡了起来:"用它来捆白菜,这根稻草还能卖个白菜价。"

稻草一听就生气了,我怎么能只是一个白菜价?我可是救过人命、压死过骆驼的稻草!我不干。

稻草拼命挣脱了,却被人踩了一脚陷进了泥地里,再没有人看它一眼。就在它即将腐烂成泥的那一刻,它突然很想念最初要以它为主料的那个工艺品。

取得美人归

见鬼,我的三张稿费单竟然两张都错把侯正写成了候正。我既不好意思给报社打电话更改,也不愿意去派出所开证明。就这60元还那么麻烦,不值得。

我仔细看了看取款通知单,发现打印的字也不是太清晰,这两个字差别非常小。我心下一动:把正确的那一张放在最上面也许能混得过去呢!

我到了邮局,填好该填的,装作若无其事的样子把单子递了过去,同时和柜台里的大姑娘闲聊起来,借以分散她的注意力。

果不其然,她只轻轻扫了一眼单子,就把钱取给了我,还对我微微一笑。

晚上,我便在文学群里说了这事。有文友就说这样把钱取出来,那姑娘一定会受批评,还得把钱补上,对账的时候肯定会对出来。

竟然还有这事！我第二天就去了邮局。

那个姑娘看见我来了，点头微笑了一下。

我说："实在不好意思，昨天的取款通知单……"

她说："是啊，当时我就看见错了一个字。"

"那你还……我现在把钱还给你吧。"

"不用，我是银行的人，自有办法取出来，以后正确的错误的尽管到这来汇兑。我知道你经常发表作品，不如下班了你请我吃饭吧？我正好向你请教一下文学方面的问题。"

我不好推辞，便和她一起吃饭。

原来她也是文学爱好者，已经注意到了隔段时间就来取稿费的我。我们谈得很投机，从人生到文学。

打那以后，我就常常去她那儿，只要她在，写错姓的单子总能取出钱来。

一年多之后，她成了我的新娘。

一天，我无意翻看了一下她的私人信件，发现里面躺着十几张取款通知单，都是写错了我名字的。

蓝鸟

蓝鸟 / 本名梁冠军，中国闪小说学会理事。曾获 2013 中国闪小说年度总冠军大赛优秀奖、第二届"陀螺文化杯"全国闪小说大赛三等奖等诸多奖项。

美丽人生

我父亲是个演员。

小时候,我家住在剧团大院里。那个时候,大院很热闹,大门和院墙到处贴满了各色大字报、标语。

父亲原是剧团的台柱子,年轻的老戏骨,但少有上台了。后来我家搬到一个大楼堆杂物的房间。

母亲说外面很乱,要我待在家里不要出门,外面有专门拐卖小孩的坏人,只要用手拍一下你的头,你就会跟他走。我害怕。为了排遣我的孤独寂寞,父亲常常和我做游戏,扮演各种角色,逗我发笑。

一天,我坐在门前等着父亲回家,天快黑了,父亲还没有回来。妈妈催我睡觉时,父亲才进家门。父亲头上套着一个纸糊的高帽子,脸上抹着锅灰。父亲说,剧团在赶排一出戏,他在剧里扮演一个牛鬼蛇神的角色。父亲在我面前跳来跳去,做张牙舞爪状,大嘴张合着发出啊呜啊呜的声音,说魔鬼来了。我咯咯地笑,他吓不到我,因为我知道他是我父亲。

还有一天,父亲一瘸一拐地到家,母亲问他怎么了。父亲对她使了下眼色,小声说:"排戏时不慎摔了一跤,还好,不严重。"随后对我说:"我扮演跛脚鸭子,你看像不像?"他颠着一只腿,做鸭子摇摆走路的滑稽姿势,一边走,一边叫:"嘎嘎嘎,地不平,地不平,我要去告土地爷爷……"把我逗得哈哈大笑!父亲扮的跛脚鸭比唐老鸭还逗!

流年似水,美丽的童年很快逝去了。长大的我,读到了那段岁月的历史,方才明白了许多事情。

从太平洋彼岸留学回来,优雅的父亲拄着一根拐棍到机场迎接我。我脑海忽然闪现童年时父亲跛脚鸭的形象,热泪盈眶地叫了声"老爸!"便扑入父亲的怀抱。

我爱我的父亲,我从小就知道,他是一位伟大的演员。

拿错了睡帽

脑神经科苏医生创办了一家美丽梦想公司,推广他的一项专利,他发明了一种特制睡帽,戴上它就能把人藏匿心里的某个念想变成美梦,让你愉悦地度过熬人的不眠之夜。公司试营业时就很受欢迎。消费者趋之若鹜。睡帽十分抢手。

有个外企白领工作忙,"亚历山大",经常失眠,睡觉戴上这睡帽,就一夜美梦,梦见在马尔代夫度假,阳光,海滩,珊瑚……那个美呀!醒来后精神倍感轻松。他说:"这玩意儿减压真管用!"

有个过光棍节的单身汉用了这个睡帽,就一夜温柔乡,梦中找到自己心仪的女神啦!他说:"我就像蜜蜂一头埋进了花蕊里,那个甜呀!这玩意儿还真是抚慰心灵,我要努力'脱光'了!"

还有个在南方打工的青年农民工也试了试这睡帽,梦见返回家园,用在外学到的技艺在老家创业,办起了小工厂。他说:"这的确是我多年梦寐以求的事。这个美梦增强了我实现梦想的信心!"

只有一对男女对苏医生提出质疑:"这睡帽不是骗人的吧? 在我身上怎不灵验呢?"

苏医生说:"请问你俩心里的念想是什么呢?"

男的说:"我想摁下按钮,大把大把的钱就往我公司砸,我数钱数得手抽筋,一夜登上福布斯!"

女的说:"我想傍个大款,给我买两件貂皮大衣,一件当大衣,一件当雨衣! 给我买两辆宝马,一辆我坐,一辆宠物狗坐。"

苏医生说:"你俩的睡帽拿错了! 该拿这种黑色的。而且睡觉时间颠倒一下,夜里不睡白天睡。"

阿 扎 提①

阿扎提失踪了。

关于阿扎提失踪有几个版本。

有人说,阿扎提这人很低调,为了不声张,财不外露,择地而居去了。

有人说,阿扎提不愿接受记者采访,为了逃避记者的纠缠,躲到了远方的亲戚家。

还有人说,阿扎提捡到的宝物,属于国家财产,他占为己有,触犯了法律,被政府抓了。

后来传得更玄乎,说阿扎提捡宝的第二天,就遇上两个蒙面大

---

① 阿扎提:维吾尔族人名。汉语"解放"的意思。

盗,宝物被劫了,可能因财富引来了杀身之祸……

阿扎提牧羊时捡到一块狗头金。那是不可多得的稀世珍宝,这事像风一样传遍了草原。

报纸、电视台的记者蜂拥而至。人走了一拨又来一拨。

"阿扎提,天赐的宝物不能卖,藏在家里做镇宅之宝吧!"

"阿扎提,宝物不换钱,藏在那和藏一块石头有什么两样呀?"

"阿扎提 ,你该到城里买个大别墅,买辆悍马越野车,去过土豪的好日子!"

"不不不,阿扎提,去买一块地,种植葡萄,建一个葡萄酒庄园啊!"

众说纷纭。

阿扎提谁的话也没听,就走得无影无踪。

第三天,阿扎提骑着一匹枣红马回来了!

"阿扎提你的狗头金呢?"

阿扎提呵呵笑道:"那不是狗头金,经专家鉴定,那是一块分文不值的野地矿石!我阿扎提还是牧羊人阿扎提啊。"

阿扎提回到了家。美丽的草原又恢复了往日的安宁。

太阳升起来了。阿扎提和往常一样,喝了碗奶茶,吃了两块馕,放牧去了。草原上响起了阿扎提高亢的歌声:"蓝蓝的天上白云飘……"

其实,阿扎提埋藏了一个永不为人知的秘密:他捡的的确是世间罕见的狗头金,可是他把狗头金扔进了草原深处一个无名湖,让它重新变成了草原蕴藏的一块原始石头。

洗　手

　　肖宁有个怪癖,爱洗手。来单位上班,第一件事就是去盥洗间洗手。进出办公室洗手,饭前饭后洗手,会前会后洗手,和人握手后洗手,就是闲下来休息一会儿,也会突然起身,到处找水龙头。

　　单位的女同胞常议论,说这种好男人上哪找去,温文尔雅,风流倜傥,一身干干净净,讲卫生,有洁癖。

　　其实肖宁自己也不知怎的,难以自控,那双白净净的手没沾污迹,又不脏,怎么总想着洗呢?

　　肖宁问医生是不是病。医生宽慰他说,没事,强迫症,有洁癖好嘛,无须吃药。

　　平日肖宁很忙,找他的人很多,申请计划的,要项目的,招标中标的……接触的人越多,他越紧张越忧虑,心理压力越大,洗手次数也越频繁。

　　一假日,肖宁上梅岭小憩,发现山上有座寺庙,寺庙有个深谙医道的思空和尚。一番寒暄后,肖宁叩问思空:“请教师父,可有治我这怪病良方?”

　　思空察其面色,摸其手心道:“施主掌心发热,邪火攻心啊!”

　　肖宁吃了一惊:“啊,请师父指点迷津!……”

　　“施主当心无旁骛,意存丹田,缩臂松掌,每日如法修炼,以观其效!邪火消退,功到病除矣。”

　　肖宁叩谢思空。下山后每天清晨遵嘱修炼,却见效甚微。于是再次上山。

思空道:"病邪已入膏肓,快快金盆洗手! 否则为时晚矣!"

就在肖宁瞻前顾后、犹豫未决时,上面巡视组来了……

肖宁是我们局"出事"的第二任局长。

蓝月

蓝月

蓝月／本名陈雪芳,中国作家协会会员,中国闪小说学会理事,江苏省闪小说学会会长,《小小说大世界》主编。主要作品有小小说集《阳光穿过的早晨》、《午后》、《寂寞的向日葵》。曾入围 2012、2014 年度中国小小说排行榜,荣获 2013 年度江苏省微型小说创作 30 强称号。

教　练

"双手合十往前,双臂平伸打开,再合十,再打开,换气! 好,不错。注意腿和手臂的协调。很好,继续!"

烈日下,一位妈妈被太阳烤得脸色通红,汗如雨下,但她丝毫不以为意,一边教导,一边盯着水中的儿子。

儿子很聪明,在妈妈的教导下,动作越来越规范协调,没多久就成了泳池中的一道风景。有的在水里乱扑腾的孩子干脆停下动作,看那孩子如鱼一样往前穿行,还忍不住鼓起掌来。有的妈妈趁机对自己的小孩说:"看见了吧,蛙泳就是要这样游,这姿势多美啊!"

孩子的泳姿确实优美,连池边巡逻的救生员也投去了赞许的目光。

"孩子正规培训过的吧?"救生员问。

"没有,我教的。"妈妈自豪地说。

救生员不禁伸出了大拇指:"你比教练还教练!"

妈妈笑了,满脸的成就感。

水中,儿子更加自信了,舒展四肢,往前再往前,进入了深水区……孩子一点都不害怕,他觉得自己就是一位游泳运动员。

妈妈在池边紧紧跟着,目光追随着儿子乌溜光滑的脊背。突然脚下一滑,妈妈眨眼间就掉进游泳池没了踪影。边上的人都没有担心,因为妈妈是位出色的教练,甚至期待着妈妈精彩绝伦的游泳表演。

"救命啊!"妈妈的脑袋探出水面,手胡乱地扑腾着——孩子们都大笑起来,这位妈妈还真逗呢!故意这样子逗大家开心。

"快救救我妈妈,她不会游泳。"儿子折回身大声呼救。

妈妈开始大口喝水,咳呛……

救生员一看情形不对,立马下水把妈妈救了上来。

妈妈脸色惨白吐了几口水,面对边上人的不解解释道:"我从小就怕水,担心有一天会淹死,所以一定要让儿子学会游泳……"

心　计

他失眠了。失眠是因为愤怒,愤怒来自妻子的态度。

妻子喜欢跳舞,他也喜欢,但是他不喜欢和妻子一块儿跳。有句话说得好:"牵着老婆的手就像左手牵右手。"这还有什么味道呢?所以他不和妻子一个场地跳舞。

但最近,他发现妻子有点不对劲,每次妻子都是打扮得漂漂亮亮出去,脸色粉红意犹未尽地回来。更让人不能容忍的是,有一次妻子跳舞回来后,一个劲地夸自己的舞伴如何如何好,那兴奋劲一点不掺水分。

他表面上没说什么,他能说什么呢?当初妻子学跳舞还是他自己怂恿的,因为妻子把他看得死死的,说他跳舞是假,出轨是真。任他口吐莲花妻子就是不相信,没办法,他把妻子带进舞场,拜托朋友亲自教她舞。妻子一旦迷上跳舞,他也就可以放心大胆优哉游哉,怀抱软玉翩翩舞了。

可事情发展成这样,他始料未及。难到妻子有了出轨之心?

他决定偷偷侦查,于是假装出门跳舞,却悄悄跟随妻子身后。见妻子到了舞池,东张西望一脸失望,他有点幸灾乐祸,不是如何如何好吗?失约了吧,哈哈。妻子果然失望而归。

第二天,第三天还是如此。妻子满脸失望,他却越想越心惊:莫不是那家伙知道我在跟踪?我过去,他就不露面?这太可怕了,这家伙是谁呢?有可能是认识我熟悉我的人,真是太可恶了,兔子还不吃窝边草呢!一定要把这无耻之徒揪出来。他闭着眼睛把自己那些爱跳舞的朋友逐一排查,都像又都不像。

大清早,他瞪着熊猫眼和妻子宣布:"从今天开始,咱们谁也别出去跳舞了!"说完他夹上包就出了门。

"哎,你还没吃早饭呢!"妻子在后面叫,踮脚伸脖眼神黏黏地看着他的背一耸一耸走远,突然扑哧笑了。

相　惜

三天会议,他和她一见如故,惺惺相惜。

最后,一场酒会气氛空前热烈,不会喝酒的她也禁不住喝了点酒,因为他在她耳边轻声说:"没事,有我。"

他把她送到了下榻的宾馆。她说上去坐坐吧。他说好。

他们天南海北闲聊着,时间飞快,已是深夜。他看了看腕上的手表说:"不早了,我该回去了,你好好休息。"她说:"好,谢谢你。"

他没入电梯。她舒了口气,拍拍酡然的双颊,闭起眼睛,心情纷杂凌乱。

"叮咚",是手机短信,是他发来的:"你将是我一生难忘的女人!"

她的心狂跳。她跑到窗口,他的车子却已不在。

后来,她再收到他的短信时,她已经回到家中。

他说:"那晚我一直在等你的短信,我在你窗下站了足足三分钟,但是你没有发给我,惆怅之下,我给你发了一条短信。但是从心里面,我更加敬重你了!"

她心里涌起一股庆幸,那晚真的是星火点点,一触即发。其实那晚她很纠结,如果他有所行动,她不知道自己是否能够把持住。如果她接到短信,他依然在窗下,她不知道该如何回应。也许……

此刻她脸上溢满了笑容,她回了一条信息:"我同样地敬重你,因为你是真正的君子!"

竞争的底气

千等万盼,研究生刚毕业的儿子回来了。

儿子高兴地告诉我,他被分配到了心仪的那家公司实习。我欣慰地拍拍儿子的肩膀说:"好好干!"

一周后,儿子回来时却换了一副面孔,闷声不响,垂头丧气。询问之下才知道,那家公司最终只在实习人员中留用一名,而实习人员有五名。

"老爸,咱们没钱又没权更没关系,我肯定会被淘汰的。"儿子懊恼得眉头拧成了疙瘩。

"你喜欢这份工作吗?"我静静听完儿子的述说问道。

"当然。"儿子抬起了头,"可是……喜欢不管用呀! 儿子再次低下了头。"

我稳稳地拍了拍儿子的肩膀,说:"只要你喜欢,就好好干吧,别的交给老爸来处理。"

"真的? 您有把握?"儿子将信将疑。

"只要你记住老爸的话,啥也别想,上班第一个,下班最后一个,勤勤恳恳,努力工作。"

儿子看着我充满自信的目光,点了点头。

半年实习期结束,儿子激动地拥抱了我,说:"老爸,您真行! 我真的被留下了!"

"哦,被留下的理由呢?"我不动声色地问。

"五名实习人员,除了我一个人兢兢业业,其他四位有的吊儿郎当,有的甚至身在曹营心在汉,偷偷去别家企业应聘。老总说,公司需要的是一心一意热爱公司、愿意为公司奉献的员工。"

"老爸,您真神了!"说到这里儿子抑制不住兴奋,继续说,"要不是您给我底气,没准儿我也坚持不了,您都为我做了些什么呀?"

看着喜形于色又迫切想知道答案的儿子,我却神秘地笑了,说:"其实成功的关键是你自己,至于我嘛,啥也没做。"

冷清秋

冷清秋

冷清秋／河南省作家协会会员，中国闪小说学会特约评论员，河南省闪小说学会副会长，《闪小说》编委。主要作品有小小说集《九双棉布鞋》，闪小说集《童年的最后一天》、《依旧是太阳》。曾获《百花园》年度原创优秀作品奖。

游　戏

三年级的纪小赖想做爸爸。

有了这个想法后,纪小赖突然变得开心起来。从此,无论正上着课,还是放学走在路上,他都会因此突然笑出声来。

奶奶不在家的时候,纪小赖就自己扮演爸爸。他穿上爸爸的大西装,再趿拉着爸爸的大皮鞋,在穿衣镜前晃来晃去。嗯,不太像。那就卷个大纸卷当作是爸爸的香烟,这样多少就有了爸爸的范儿。

纪小赖装模作样地,回忆着爸爸的神态,在房间里走来走去。

可是,有一天,纪小赖扮演爸爸被妹妹发现了。妹妹瞪大了眼睛羡慕地说:"哥哥你扮演爸爸真的是太像了,什么时候也给我扮演一次好吗?"纪小赖歪着脑袋想了半天说:"不好!你是女的,你不能扮演爸爸,但是,你可以扮演妈妈。"

妹妹兴奋地直跳脚,找来妈妈的裙子就朝身上套。

有了妹妹扮演妈妈,纪小赖扮演爸爸的节目一下子就丰富多了。他和妹妹试着像爸爸妈妈那样吵架,打架,相互摔东西。最后,他们也像爸爸妈妈那样离婚了。

离婚后不久,奶奶回来了。

妹妹突然坐在地上号啕大哭。奶奶追问纪小赖,到底是咋欺负妹妹了。

纪小赖不作声,只是蹲在角落里,像爸爸那样深深地叹了口气。

拷　问

这照片是被你随手抓拍到的。

先前你都没有意识到会是这样。那只是多年来身为记者的一种本能，收集能触动人心的美好，就"咔嗒"一下快门声，如呼吸一般自如无觉。

所以，当晚惨剧发生时，编导立刻敏锐地觉察到这张照片背后不可多得的新闻价值。凌晨时分的电话，急匆匆地响起在你的枕边。那时，你才刚躺下不久，此前连续通宵赶稿，眼珠子熬得通红。

这张照片后来还得了行业内的年度奖项，但是你心里却一直不好受。虽然你明白迟早会有这一天。但，当真正面对一个鲜活的生命从眼前消失时，一种无形的压抑感还是铺天盖地涌来将你淹没。你总觉得是那个孩子的笑容和死成就了现在的你，换来了这些荣誉和奖项。

坐在办公室里喝茶的你，记忆总被一只无形的手拽到那个上午的那个时刻，那个回首而望的孩子，冲着镜头绽放一脸纯真无邪的笑。这些无法改变的背景，就压在你办公桌的玻璃下，时时刻刻和你对峙，向你拷问。你总在想身为一个人和作为一个记者的良知。

你怎么都无法原谅自己，为什么当时只是下意识地按了快门，而没做任何其他的措施。

一碗面叶

他又想到父亲和多年前父亲做的那碗面叶。

妹妹病了,发烧咳嗽,整宿整宿地咳个不停。母亲用了很多偏方也不见好。镇上的老中医给把脉后没给开药方,却叹口气说:"回去给孩子做点好吃的养养看吧。"

然而,家里只有玉米糊糊。

一天,两天,第三天时妹妹的咳嗽从有声到沙哑再到无声。

后来,听不到咳嗽,只看到妹妹憋得越来越红的脸和脖子上凸起的青筋。妹妹陷入昏迷后,家里越发安静了。母亲的眼睛红肿得发亮,她不洗脸不梳头,披着棉衣抱着妹妹坐在被窝里,默默地瞅着妹妹发呆。

黄昏时分,父亲从外面回来了,拎着半布袋面粉说:"给闺女擀碗面叶吧。"

母亲依然坐着,身子一动没动。

父亲看看没再吱声转身进了灶间。他去抱了稻草后,开始给锅里添水、烧火。父亲弓着身子和面、揉面。面团用擀面杖团了在面板上推着擀着,面案子上咚咚直响。

他蹲在灶下静静地烧火,看橘红的火焰舔着锅底,看锅里的水逐渐沸腾,后来翻滚。父亲将切好的面叶丢进开水锅里,没一会儿,麦子的香便在灶间弥漫开来,惹得他咽了很大口的唾沫。就是那时,里屋的母亲突然怪异地嘶吼一声,刺得父亲身子一颤,手里的碗"啪"掉在地上碎了。父亲看看碗,又抬起头看他。他和父亲挨得很近,他能清晰地看到父亲的目光温和湿润得要溢出水来,又像涌动的小溪缓缓地涌过来,涌过来,将他淹没。

父亲缓缓地站起来,重新拿了一只碗。将煮好的面叶拢进勺子,再倒进碗里。舀上一勺清汤,面叶便在淡绿色的汤里舒展开来。

父亲抽了一双筷子递给他,说:"苇娃,吃。"

马就是马

马非常不高兴,说:"为什么要让人当我们的主人?凭什么我们只能住马厩,而人可以住屋子?"

人说:"那你们想怎么办?"

马说:"时代不同了,规则要变变。"

人有点吃惊,小心翼翼地问:"那你们准备怎么变?"

马说:"从现在开始,我们要叫'人',你们改叫'马'。"

人想了想,说:"然后呢?"

马说:"我们要住屋子,你们住马厩。"

人说:"接着呢?"

马说:"反正是人有的一切我们都要有!"

人说:"好吧。"

从这一刻开始,世界就要变了。

但是且慢,在世界改变之前,人多问了一句。

人说:"要不要先吃点儿料?上好的高粱秆子。"

马说:"好。"

人说:"如果我多给些,可不可以让我们继续用'人'这个称号?"

马说:"少啰唆,再来点儿。"

人说:"还有非常甜的井水。如果你们答应继续让我们住屋子的话,我会再给你打一桶过来。"

马说:"那就别干站着了!"

人说:"你要不要刷刷毛?我有一把新买的刷子,白色的,毛软硬适中,漂亮极了。"

马说:"快点快点!"

人说:"怎么样?满意吧?"

马说:"很满意。主人,请再多蹭几下。"

李剑

李剑 / 中国闪小说学会理事,安徽省闪小说学会副会长。主要作品有闪小说集《绿鸡蛋》。

行驶在暗夜里的出租车

出租车在暗夜里行驶,车内光线不是很好。她驾车,他坐后排右座,离驶向的城市还有半个小时的车程。

她是他出狱后见到的第一个人,而且是他十年来见到的第一个女人。沉默的车厢内充盈着女人的气息,他扫视着她,大胆地设想着。

他终于移动了左手,颤抖着向她的肩膀伸去。

突然她的手机响了,吓得他缩回了手。他转头向右,透过车窗看着漆黑的夜。

她接了手机:"我到东桥了,你自己先吃,挂了。"

她女性特有的嗓音似乎刺激了他的神经,他又转回头开始注视她。他从右向左小心地移动着,终于坐在她的后面。他又伸出了手,两只手,缓缓地自下而上的两只手。

该死的手机又响了,他一惊,索性闭上眼睛往后一靠。

她说:"我到双墩了,你先吃吧,挂了,别等了!"

他若有所思地睁开眼睛,似乎下了很大力气,声音却很小:"他很关心你。"

"关心? 这么大的人饭都弄不好!"她不屑地说。

"不,他是在确定你的位置,怕你出事。"他肯定地说。

"你知道他是谁吗?"她平静地说。

"你丈夫? 是他? 要不然哪来这十年牢。"他迟疑地问道。

"你恨我吗？是我把你送进去的。"她幽幽地说。

他看着远处城市依稀的灯光，叹了口气："现在说什么都晚了。"

她的手机又响了。

她把手机扔到后边，一加油门，说："你接吧，是你儿子，你个浑蛋！"

出租车在暗夜里朝着灯火辉煌的城市疾驰而去……

信

当瘸腿的中年男人拿出一个小竹筒时，我的父亲才想起来三十四年前的一件事。

那年我四岁，我生了一场大病。父亲为我的病四处求医，跑了许多地方，都说这是不治之症，命悬一线。家里为此更是悲困交加。就在这当口，村里来了一游医。游医对父亲说，这孩子有救，但需些时日，此药材稀缺，他得回老家配药。父亲听说有救，纳头便拜，多少钱都行。游医临行前留下一药方，嘱咐父亲按此药方给我暂时服用，一月之内他便可返回。游医上路时，父亲将一用蜡封好口的竹筒交给他，并告诉游医这是家传之物，权当药费。游医坚决不受。父亲再三央求，说待他一月内回来，便奉上药费赎回竹筒。游医拗不过父亲的执着便收下了。谁知游医此一去竟杳无音讯。

时光荏苒，我活了下来。

男人："这竹筒是父亲临死前交给我的,让我一定要物归原主。"

父亲："那怎么到现在才来呢?"

男人："父亲说此物贵重,他不放心我,但他要死了,只能让我办这事。"

我好奇了:"您是什么地方的?"

男人："唐山。我那年五岁,父亲和我是地震中各自家中的幸存者,我断了腿,父亲双目失明。震后父亲就收养了我。"

后来推算,游医回唐山后,正好是大地震的日子。

我和父亲送别了游医的儿子后,父亲让我拿来小刀,刮开他当年用蜡封好口的竹筒,他激动地说:"当年家里一贫如洗,为了救你,实在没办法才出此下策!"

竹筒内就一张发黄的纸,纸上就一个字"信"。

拐

我必须让他放下他的那根拐,让他重新学会走路。因为我和孩子需要他——一个我引以为豪的丈夫,一个优秀称职的爸爸。

病房里摆满了鲜花和各式各样的慰问品,透过鲜花我看到了他那滋润而鲜活的脸。但墙角的那根拐却深深地刺痛了我。

"你也太不坚强了吧! 不就是崴了一下吗?! 你待了十多天了,不想家吗? 不想我吗? 不想孩子吗?"

"想啊! 想孩子! 想老婆! 但是我的脚还痛得厉害!"

我听了心里难受死了。

"回家吧！我和孩子离不开你呀！"

他好像不高兴了。

"你不要再用拐了，用久了你就不会走路了。"

"你别瞎说，刚来的时候，几位处长还准备让我坐轮椅呢！我没同意。他们现在都说我原来是这样平易近人！"

"你本来就是个平易近人的人啊！你怎么不知道自己是什么人呢！我看你真有可能忘记人是怎么走路的了！你如果在这里待久了，我看真要换轮椅了。"

他有点怒了："你怎么咒我残废啊！反正我不回去！"

为了一个我引以为豪的丈夫，为了一个优秀称职的爸爸，我必须让他离开他那该死的拐。

"你回家吧！扔了那拐！"

"行了，行了，回家可以，拐还不能扔。"

"你必须扔！"

"为什么？"

"因为你根本不需要！你的拐会害了你！"

他瞪大了眼睛看着我。

"为了我，为了孩子，也为你自己，你会走的，你的脚早就没问题了。"

他低下了头说："你怎么知道我的脚没问题？"

"你崴的是右脚，但有几次你却将拐拄在了左边。"

妹子的花衣裳

妹子把自己心仪的白底蓝碎花的衬衣叠得很整齐,小心地放进箱子底。她坚决不同意借给同村的二妞相亲时穿。

妹子娘说,不就是一件衣裳吗?只穿半天,隔壁邻居,不能这样小气。加上爹的劝说,妹子最终还是同意了借给二妞。

二妞穿上以后,果然漂亮了许多,而且相亲也很顺利。双方家人都说对上眼了,妹子的花衣裳帮大忙了。

此后,妹子更舍不得随便穿这件花衣裳了,总是把它叠得很整齐地放在箱子底。妹子偶尔赶集时穿一下,在回来的路上就会换下来,坐在小田埂上,把衣裳放膝盖上慢慢抚平,叠整齐。

妹子的花衣裳很吃香,被相亲的人家借了好几次了。可是就是没有人来打听妹子,爹娘也经常为自己家不是贫下中农的成分而叹息。

转眼妹子快三十岁了,是个老姑娘了,自己的花衣裳又多了许多件,慢慢地也没人借那件花衣裳了。

妹子终于结了婚。洞房的时候,妹子把那件花衣裳拿了出来。

二婚的男人看见了,眼睛一亮,说:"这件衣服我记得,当初因为这件花衣裳我才相中她的。后来发现她除了穿这件花衣裳好看,啥也没了。"

妹子说:"那现在你喜欢这件花衣裳吗?"

男人说:"这个现在太土了,家里漂亮衣裳多了去了!"

妹子从床上下来,摸来一把剪刀,把花衣裳剪得碎落一地,眼泪也滴落一地。

李进/山西省作家协会会员,中国闪小说学会理事,山西省闪小说学会会长。主要作品有小说散文集《白羊恋歌》、诗歌集《风吹山野》、闪小说集《五婆的心愿》等。曾多次在全国闪小说大赛中获奖。

一枚戒指

秀清与史刚打小就是邻居,平时两家走得很近,串门聊天胜似亲人。那年,他们已经是高中生了。

史刚的母亲望着一枚漂亮的翡翠玉戒喜不自胜,眉宇间透出一种自豪。那戒指通体翠绿,色泽温润而细腻。

突然,一群学生走了过来,嘻嘻哈哈童真无比。史刚的母亲微笑着拉过秀清,把那枚戒指戴在了她的手指上。那戒指不大不小,戴在秀清那纤秀的手指上,映得十根玉指更加可爱,秀清的人又衬托出戒指的高贵雅致。

秀清在众人的注目赞誉下不知所措,脸儿早红成苹果样。说够了,闹够了,秀清才想起要取下还给史刚的母亲。可那枚戒指像被施了魔法一样,硬是取不下来,急得秀清身上一阵阵冒出细细的香汗。

史刚的母亲使尽了法子,也是无济于事。无奈之下,只好让秀清暂时戴着。

一晃几年过去了,秀清手指上的那枚戒指一直没能取下来。为此,秀清有空就去史刚家,琢磨着要取下戒指。不论使用什么方法,都没能取下。戒指就这样一直戴在秀清的手指上。

戒指没有取下,可秀清与史刚的感情却与日俱增。不久,他们结婚了。那枚戒指也就顺理成章地成为他们的爱情信物。

婚后,史刚的母亲告诉秀清,那枚戒指是他们家的传家之宝,已经传了十代,价值难以估量。每代相传,都有一段传奇的机缘。

秀清听后,望着那枚戒指良久不语,试着去取,竟然轻松地取了下来。

关 心

夕阳西下,嘈杂的四牌楼前人声鼎沸。

杂乱的人流中,一位女子身着一袭红裙,迈着轻盈的步履,眉飞色舞旁若无人地对着手机大声讲话。

"老公,你想吃啥饭? 我给你准备。莜面窝窝,还是抿扒股?"

"我今天值班,不能回去了。你想吃啥就自己做啥吧。"电话那边说。

"嘻嘻! 那好,你不回来我就煮方便面得了。哦,对了,我把你衣服洗好了,冰箱里还给你留着绿豆汤。"

身边的人们露出了赞许的目光。

"老公,值班也要注意身体,好好休息。啵!"

电话挂断了,笑容仍留在红裙女子的脸上。

周围的男士们露出了羡慕的神情。

接着,红裙女子又拨通了一个电话,悄声说道:"喂,我老公晚上值班,你过来吧。"

心乱如麻

秀秀自下岗以来,常为找工作犯愁。前天又丢了工作,她满脸的愁容。同学见秀秀这样,就很想帮她。几经周折,终于给秀秀找到了一份当保姆的差事。

这家儿子要举家去法国定居,想为七十六岁的老妈找个保姆,头年每月一千元工资,干得好第二年每月再加二十。这打着灯笼都难找的差事竟让她秀秀碰上了,她的心一下敞亮了。

老太太住在她儿子原来住的楼上,三室两厅,宽敞得很。秀秀就把这里当成了自己的家,极力尽责地伺候着老太太。闲暇时就和邻居们打打麻将,玩玩扑克。日子久了,无论是邻居还是她自己,都把她当成了这家的主人。

起初,老太太的儿子经常打电话询问情况。得知他妈身体棒,吃得香,电话也就慢慢少了。

一晃两年过去了。突然有一天老太太病了,秀秀就给老太太请了大夫看病。可老太太还是走了。秀秀慌了,坐也不是,站也不是。她在想,应该将消息告诉老太太的儿子。但又想,是告诉他呢,还是不告诉他呢?真是心乱如麻。

电话响了,是法国那边打来的。

"我妈还好吧?"

秀秀的心扑通扑通地跳个不停,她匆匆镇静下来。

"你妈身体还像从前,老人很好。"说完这话,她的心更加忐忑不安起来。

"谢谢你这两年对我妈的照顾,从今年起每月再给你加50元。"对方很感激地说。

秀秀慌乱地挂断了电话,她不知道自己这是怎么了,以后究竟该怎样办。

五婆的心愿

五婆是随夫家得名,因丈夫排行老五,人们就习惯叫她五婆,以致后来人们连她的真实姓名都不记得了。

村里的人能走的,大都走了,留下的都是些老弱之人。春天时,连电也没了。

五婆七十有二,身板却还硬朗。她不愿离开故土,想守着这个有梦的屋子。她曾经有个心愿,那就是能去苏杭二州瞧瞧——人们都说苏杭美如天堂,可五婆没去过,想去,一直没机会。

进入腊月,在城里做装饰材料生意的儿子回来一趟,拉回一屋子的装饰材料,说城里的库房放不下了,并说过了年趁闲暇,带母亲坐飞机去趟苏杭。五婆听了,自然高兴。

转眼到了年三十,五婆早早就起来了,还去别家串了会儿门子,直夸儿子给自己送回许多好吃的,过了年还要带她逛苏杭去。

下午,五婆抢了旺火,端端正正地贴了个旺气冲天。

晚上,五婆早早就把旺火点燃了,里外屋都点上了蜡烛,就开始煮饺子。饺子熟了后,她先往丈夫遗像前的小碟内夹了三个,和丈夫在心里说了一会儿话,才坐炕上慢慢地吃。

三更时候,五婆在堂屋供奉祖先的牌位前上了三炷香,她要保佑儿子生意兴隆。正想回屋睡会儿,忽然她又返回去,在香案前又点燃两支蜡烛才睡下。她想把这年过得亮亮堂堂。

五婆梦见自己坐飞机去了苏杭,那里一片亮堂。亮堂得有点奇怪。

天明,人们发现五婆家的房子被火烧成了一片废墟。

梁闲泉

梁闲泉 / 曾用名白小良、梁晓泉等,中国闪小说学会副会长。主要作品有小说集《甄四那档子事》、《三百年前的答卷》、《太阳照常升起》、《盛开在雪地上的花朵》等。曾获中国首届闪小说大赛金奖、光明网首届文学大赛银奖等诸多奖项。

魔 术 师

呼吸机嘀嘀嘀报警。

魔术师老付的心电图呈现一条直线了。

护士过来给老付撤仪器的时候,不知为什么魔术师慢慢睁开了眼睛。

这老付生性幽默,住院期间就愿意跟别人开玩笑,可现在这个玩笑似乎开大了,护士小姐噔噔噔一阵跑。

不一会儿主治大夫过来了,问:"老付的子女都到了吗?"

"对呀,我们都来了。"

大夫伸手轻轻给老付合上了眼睛,一拿开手,老付的眼睛又睁开了。

"老人家单位同事来了吗?"

"来了,我们在家的都来了。"

大夫给老付合上眼睛,拿开手,老付的眼睛又睁开了。

"老人家单位领导来没来?"

张书记点一下头,走到老付的床头,说:"老付哇,我是老张哪,你放心走吧,你的徒弟们都挑起了大梁。"

大夫给老付合上眼睛,拿开手,老付的眼睛又睁开了。

张书记说:"老付哇,你家老伴和孩子们的生活你不用担心。"

大夫给老付合上眼睛,拿开手,老付的眼睛又睁开了。大夫问张书记:"你想一下,还有什么事是老魔术师生前最惦记的?"

张书记眼睛眯缝一会儿,点点头:"老付哇,你正处级魔术师待遇批下来了。"

话音刚落,魔术师老付的眼睛合上了。

标准答案

学校门口,一位戴牌小学生问甄四来接什么人。

甄四问:"不接人就不能到这来吗?"

小学生不高兴了,怪甄四不按标准答案回答问题,这让他不知道下一句问啥了。小学生走了,一会儿领来了一个大孩子。

大孩子对甄四说:"叔叔,你以前难道没进过学校? 为什么不知道按标准答案回答问题呢? 要你按标准答案回答问题有两层意思,你要接的学生是男生,就说我来接张三;要接女生,就说来接李四。这样,你就能得满分了。"

甄四有点晕。

两个孩子走了,不一会儿领着老师过来了。

老师让甄四把手背后边去。学生们搬来了桌椅让甄四坐下。桌子上有纸和笔,老师叫甄四回答到学校门口接谁来了,按标准答案回答。

甄四写:"我不是来接人的。"

老师用红笔打了个零分。

他喊学生抬了块小黑板过来,在上边写:"凡事不是 A,就是 B,你不是来接孩子的……那你就是来拐骗孩子的! 请问,你想拐骗男孩还是女孩？按标准答案回答。"

甄四冒汗了。

校长这时过来解围了。校长在黑板上写："我们学校办得好不好？注:按标准答案回答。"

甄四立即写:"办得好极了。"

"你到这来想办理入学申请吧？按标准答案回答'是'得满分,回答'不是'得零分。"

甄四用力写了一个"是"字。

校长宣布,同意甄四入学。

爱　情

甄四彩票中奖后收到不少求爱信,问他希望找一个什么样的姑娘。甄四说想找一位"真"姑娘。

第一个姑娘来了。姓甄名实。"咱们一家子呀,"姑娘说,"你看我的大眼睛好不好看？"

甄四说:"我看了你的资料,你的双眼皮是割出来的,不符合我的要求。"

甄正姑娘来了,一边说话一边展示她性感的嘴唇。

"你的唇线是文出来的。"

甄仁来了,站在那抖了一下,胸脯确实很雷人。

"你的乳房是填出来的。"

甄真来了,鼻梁高耸。

"你的鼻梁是垫起来的。"

甄俏,屁股圆嘟嘟的。

"对不起,你的屁股是垫起来的。"

甄丽披一头瀑布般的长发走过来。

"你是假发。"

甄好笑了下,牙齿很好看。

"你是假牙。"

甄女来了。

"我的侦探告诉我,你的女人器官是做出来的,请原谅。"

甄妃姑娘来了,她说她全身各个器官没一点假的地方,绝对纯"真"。她说她顶讨厌假冒伪劣了。

甄四刚松了口气,手机响了,是私人侦探打来的,说甄妃是剖腹产出生的。当时,她的父母为了迎合所谓的好时辰,早出生一个多月呢。八字除了年份的天干地支外,其余六个字算不了数的。

哎呀,怎么这样难? 甄四再也不想看什么资料了,侦探也不要了。

甄四终于和一位姑娘好上了。

几个月后,甄四说:"我还不知道你名字呢。"

姑娘笑了下,说自己叫黛玉。

"贵姓?"

"姓贾。"

爷爷的武器

王伯伯来医院看我爷爷。王伯伯参加过抗日战争,他说一次伏击,他一炮干掉了鬼子的一位将军。我直拍巴掌,然后问他喜欢什么武器。他说很喜欢从鬼子那缴来的小钢炮。

爷爷也参加了抗日战争,我问爷爷,爷爷却没说什么。

祁伯伯来医院,他说他得意的是参加了孟良崮战役。说到最喜欢的武器,他说是从敌人那缴获来的冲锋枪。我问参加了解放战争的爷爷有什么得意的事情,爷爷笑着摇头,什么也没说。

有位赵伯伯,在抗美援朝时就是位大干部。我问他打过什么胜仗,他说在板门店签署和平协议就是最大的胜仗。

"那么,你最喜欢什么武器呢?"

他说了一句让我意外的话,他说最喜欢的武器是从敌人那缴获来的密电码。说完这话,他向爷爷敬了一个军礼。

送走他,我搂住爷爷的脖子,一定要他讲他经历过的战斗。

"我经历的战斗……"爷爷的话有些奇怪,他说,"胜利的不能宣扬。不成功的不能解释。"

我很迷茫,又问他喜欢什么武器。

"我最喜欢的武器比较特殊,"爷爷说:"这个武器是从战争中学来的。"

我要他快说。

爷爷轻轻说:"欺骗。"

廖东平

廖东平 / 笔名九泷十八滩，中国闪小说学会理事。曾获第三届 e 拇指手机文学原创争霸赛金拇指奖、"牡丹疾控杯"中国第三届闪小说大赛铜奖等诸多奖项。

传　言

九龙在一家私企当副总。半年来他日夜连轴转,他一手抓的公司经营策划终于取得成功,为公司带来巨大利润。

这天,清洁工 A 在他办公室打扫卫生,对他说:"九副总辛苦了,见你天天忙,够累的。"

九龙笑着说:"这半年是有点忙,等任务完成了,休息几天,到外面转转。"

清洁工 A 在公司见到同事 B 说:"九副总刚才在办公室说,工作太辛苦,想休息,到外面走走。"

同事 B 见到主管 C 说:"九副总嫌这里工作辛苦,不想干了,想走了。"

主管 C 告诉部长 D:"九副总说,老板太苛刻,在这里干得没意思,可能要跑到其他公司。"

部长 D 见到主任 G,神秘地说:"九副总在背后说老板坏话,说在这里干,很不开心,要到其他公司干。"

主任 G 跟另一位副总 E 说:"九副总骂老板不是人,这里不是人干的活,他就要跳槽到其他公司了。"

副总 E 碰见老板夫人 F 说:"大家都听到了,九副总骂老板是人渣,自己累得像狗一样,凭他的本事,其他公司抢着要他。"

老板夫人 F 告诉老板说:"九龙翅膀硬了,全公司的人都知道,他在背后骂你禽兽不如,吃人不吐骨,他为你赚大钱,你对他连咱家的狗都不如,他要飞了,到别的公司做老总了!"

可怜的九龙就在这种传言中被解雇了。

九龙走的那天,只有清洁工 A 帮他收拾东西。清洁工 A 对九龙说:"你平时对我这么好,真舍不得你走啊!"

灯

"真是浪费! 谁这么大胆?"九龙恼怒地吼道。

最近电荒,市里一星期停电两天,厂里买了发电机,以备停电时用。为了节约用电,汽修厂区的路灯下半夜一律关闭。

可眼下,厂门口的路灯在一片黑茫茫中,非常耀眼。

九龙来到值班室,见小王值班,厉声质问:"你想被炒? 竟敢违抗厂令。"

小王嗫嚅着:"九主任,门口有一位扫大街的老阿姨,每天这时候在这里休息……"

九龙从铁栅栏看过去,见一位老阿姨坐在花圃石板上正在用凉白开水就馒头,旁边斜放着一把大扫帚。

九龙走了过去。

老阿姨吃罢,从兜里掏出一张相片,仔细端详着,脸上漾起幸福的笑容。

九龙说:"老阿姨,看啥呢?"

老阿姨笑呵呵地说:"我儿子的照片,他大学就快毕业啦!"

九龙回到值班室。小王说:"主任,她一走我就关灯。"

九龙摆摆手说:"这盏灯让它通宵亮着!"

遗　爱

我死后,大家都说我的心胸比大海还宽广,说我是一位伟大的父亲。

我的家在海边一个破落的山村,我和妻子住在一间破旧的屋里,靠织网捕食为生。妻子很勤劳,每天忙个不停,她编织的网结实牢固。妻子很爱干净,她总是把家里收拾得井井有条。

妻子经常弄些好吃的,我们共同享受。

可为了下一代,我献出了生命。

孩子们出生后,妻子忙着喂养他们。需要的食物越来越多,妻子无法应付,怎么办?

令人惊心动魄的一幕出现了。妻子趴在网中央。饥饿的孩子们躁动着,争先恐后地爬到妻子身上,开始还有点犹豫,不知哪个孩子先下口咬了妻子一口,妻子的皮破了,孩子们闻到血腥味,都纷纷咬起他们的母亲来。一会儿,她的身体就被孩子们爬满了。每个孩子都有一根尖锐的吸管,几十根吸管刺穿妻子的表皮,插到她的体内……

妻子痛苦地摇头伸腿,但她始终不挪动身体,任由孩子们吮吸体内的汁液,一次又一次把他们喂饱。她的身体被吃光了,留下一具躯壳,她用自己的汁液唤醒了孩子们的捕猎天性。她心甘情愿充当孩子们的第一个猎物,孩子们在吃母亲的过程中学会了捕猎。只有学会捕猎,我的下一代小蜘蛛,才能在恶劣的环境中生存。

191

眼　泪

入夜,整个河岸异常静谧,一片肃杀,偶尔听见几声凄厉的鸟鸣。

我饿极了,感觉很久没吃东西了。我一直等待机会,两只眼睛,先是环顾四方,然后紧盯前方。

目标出现了。

她怎么会形单影只出现在这荒凉的地方?

她乏累,她与同伴失散?

我见她很瘦弱,肚子却鼓胀。她疲惫地来到河边,俯身喝水。

我瞅准机会猛扑过去!

她奋力地抵抗挣扎,推挡摆脱。这时,我凶恶暴戾的本性显露了出来,我咬住她,虽然我的牙齿没力,但我夹着她,把她的身体对着河岸边的石头,用尽力气猛烈地向岸边的石头摔打,一直摔到她身体发软,皮绽肉开,鲜血直流。

她终于无力反抗,动弹不得。

我狠狠地想:我要把她囫囵吞下去?!

然而面对这只小母牛的尸体,我双眼的泪水簌簌直流!

我再睁开泪眼时,惊骇的场面出现了。由于我猛力地摔打,母牛鼓胀的肚皮破裂,它体内爆裂出一只毛茸茸的小牛犊。牛犊蠕动着湿漉漉的头,嗅着血腥的空气,闪动着眼珠,流着两行泪水。

而人们是这样形容我假惺惺、假慈悲的:他流下了鳄鱼的眼泪。

林纾英

林纾英 / 笔名月转妆楼，中国作家协会会员，中国闪小说学会理事，山东省闪小说学会会长，《闪小说》编委。主要作品有散文集《一剪秋思》、闪小说集《你以为你是谁》等。曾获第五届冰心散文奖、"《山东文学》2009 龙泉杯"征文一等奖等诸多奖项。

潜 规 则

在五星级大酒店门口,先生同我拉开距离,先几步进了酒店。

我从吴总手里接过标价两万八的化妆品礼盒,转身交到服务生手上。服务生很懂事,什么也不问。开宴不久,服务生悄悄从我手里接过车钥匙,退出了房间。

尊贵的夫人,她坐在首席,很端庄,很优雅。在她的眼前,是一杯 Romanée Conti(罗曼尼康帝)法国红葡萄酒。

在座的都是名流,酒喝得比较节制。

不久,夫人款款起身,端起酒杯,与先生轻轻碰了下:"贺局长,感谢你盛情款待,你的问题,我会跟我们家老刘提起,先祝贺你。"

为示感谢,先生很豪爽地将一杯价值千余元的茅台一口喝下。

在座的,纷纷举杯祝贺。

和乐欢畅的氛围中,一向言语谨慎的夫人,若有意似无心地拈着手中的筷子轻轻叹了口气:"这筷子很漂亮,品相跟我们家那双黄花梨筷子很像,那可是正宗的海南黄花梨,只可惜摔断了一根。没了它,我们老刘似乎吃饭都没了精气神。"

大家继续不动声色地谈话、饮酒,似乎谁都没在意她的话。

夫人接个电话,提前退场了。

不久,客人也纷纷退场,走在最后的吴总握住先生的手:"贺局,先祝贺。改日我备几份黄花梨亲自送到府上。我的事,拜托了!"

先生点了点头。

钉 子

　　杨一视力很差,戴一副深度近视眼镜。正常情况下,他的眼镜只有在睡觉时才摘下来。其他时间,那一副沉甸甸的眼镜就一直架在他鼻子上,很是辛苦。

　　只有那一次,天气很热,他脸上出了很多汗,一进家门,他热得来不及放下书包,才第一次在没睡觉时把眼镜从鼻梁上扯了下来。

　　他急急忙忙地取来毛巾擦汗。一边擦着汗,他一边从肩膀上拿下书包,习惯性地往墙上那个钉子上挂去。

　　一松手,书包掉地上了。

　　捡起书包,抬头往墙上看去,他发现是自己挂错地方了。钉子在右上方,而自己刚才挂反方向了。

　　于是他盯准那个黑色的钉子将书包再次挂了上去。

　　书包再一次掉到了地上。

　　他很是奇怪。抬头去寻那个钉子,却发现那钉子忽左忽右地移动,并不时发出嗡嗡声。

　　原来是只苍蝇。

　　他气坏了。

　　他放下包,轻轻地靠近那堵墙,瞅准那只苍蝇,抬起手掌,狠狠地拍了下去——

　　"啊!"

　　他惨叫一声,钉子深深地扎进了他的掌心!

领导的艺术

他与我同年毕业,在同一个单位做了同事。我一直都很喜欢他的个性:眼里揉不得沙子,敢说话,不会瞻前顾后。

譬如开会讨论一个案子,局长对于案子的拍板明显是错误的,也能想象到局长背后受了一个很大的人情,可是我们都没说啥,因为我们也都多少跟局长沾了点油水。

他站起来的时候,局长的话音还没落。他只一句话:"你这样结案明显是错误的,我保留意见,必要时我会向上面反应。"

他只是一个普通的公务员。一介书生,无官无职,工作不出错,想整他也无处下手。他仅此一句话,使案子得以继续办理,嫌疑人也受到了应有的惩罚。

领导对他的评价是:"茅坑里的石头,又臭又硬!"

新一届领导上任了,似乎比较欣赏他,给他安排了一个副职。

我们部门总共六人,一个正职,四个副职,只有一个兵,那就是我。

从此后,即便是眼里有了沙子,即便是磨得眼流泪,他也忍了。从此后,他再也不是我欣赏的人。

在他听出了我话里对他的鄙视后,对我说:"你知道领导对付不听话的兵最有效的办法是什么吗? 就是给你安排一个闲官!"

宴　请

老赵打来电话:"林警官,今天有时间吃个饭吗?"

打了多年交道,我了解赵总,人有点势利。这也不难理解,商人嘛,无利不起早,很正常。他每年都会让我给他办大大小小几件事,也自然会按时论季地上点贡,出手也大方,还是蛮够意思的。

"赵总,又有什么事情需要我来协调吗?"

"嘿嘿,林警官不愧是俺老赵肚里的蛔虫,明白人呢。没别人,也就你我,另外我还想请法院刘院长,有个重要的案子需要他帮忙。听说你同他关系不错,你出面邀请一下,帮老哥个忙。"

给刘院长打了电话,他没有像往日那般难说话,听说吃饭,他二话没说就痛快地答应了。我对老赵说:"刘院长非茅台不喝,你斟酌案情,适当安排宴请档次。"

"明白。不瞒你说,我这次是六百多万的案子,只要他答应帮我,即便在他身上花一百万我也认了。回头我带一瓶价值四万多的五十年茅台,自然还另有孝敬。这次你一定要帮老哥把他攻下来,老哥肯定亏待不了你!"

我与刘院长到了酒店大堂的时候,接到赵总电话:"兄弟,老哥突然有点急事,今天宴请就取消了,你帮我向刘院长解释下,赔个礼,等我倒出空来另行宴请,一定好好弥补。"还没等我说话,赵总就匆匆挂了电话。

晚上,赵总来电话了,说刘院长马上就退二线了,这几天就会公布,分管这个案子的院长与刘院长是死对头。

凌鼎年／中国作家协会会员，中国小小说名家沙龙副会长，中国闪小说学会顾问，世界华文微型小说研究会秘书长，美国纽约商务出版社特聘副总编。主要作品有小说集《那片竹林那棵树》，诗集《心与心》、《岁月拾遗》等。作品被译成英、法、日、德、韩等多种语言发行海外。曾获世界华文微型小说大赛最高奖、冰心儿童图书奖、紫金山文学奖、小小说金麻雀奖等 200 多个奖项。

捏相大师

捏相大师有一手绝活,不管你老的少的,男的女的,美的丑的,他只需从头到脚,正面背面这么看上几眼,然后闭上眼构思一下,待他成竹在胸后,拿起那些没生命的泥土这么三捏两捏,嘿,人物的模样就出来了,他再用小竹签一挖一剔,立时神形皆备。

当年有位外国公使的夫人请他捏了个相,赞不绝口,写了文章,拍了照片在海外报纸上宣传,使捏相大师声名大震。

抗战时,日本大佐山田龟郎把捏相大师请了去,命他当场献技。

捏相大师并不推托,但提了一个要求,不能有人看他捏相。山田龟郎大度地同意了。

两个时辰后,一组人像出来了。在座的日本军官一人一相,共有四个。粗看个个极像,但一个奸相,一个逞凶相,一个阴险相,一个残忍相。山田龟郎气得要刀劈了捏相大师。

捏相大师平静地问:"请问哪点不像?!"

洪画家夫妇

洪画家夫妇是画坛有名的老夫少妻。

年初,洪画家生病住院,消息一传出,来看望他的学生、朋友、同道,络绎不绝。

娇妻小他三十多岁,很是尽心尽力地照顾着洪画家。她还是个有心人,每天谁来看望,都做了记录。半个月下来,来看望过洪画家的已超过三位数了。但她感觉很奇怪,丈夫最好的朋友省文联的阎主席怎么反倒没来看望呢?

她忍不住问丈夫:"阎主席真是你最好的朋友?"

洪画家十分肯定地说:"那当然。"

过了一天,阎主席果然到医院来看望洪画家。

洪画家一见阎主席,立时脸色大变,喃喃自语道:"没救了,没救了。"

阎主席意识到洪画家误会了,忙解释说:"少夫人打电话给我,我又正好去上海开会,顺道来看望一下。我代表个人,不代表组织。"

当天晚上,洪画家病情急剧恶化,竟没能抢救过来。

神奇的衣服

南施认为自己比北施漂亮，她才是 S 城第一美女。北施认为自己比南施靓丽，她是 S 城当之无愧的美女之首。

后来，有位发明家发明了一种神奇的衣服，任何人的眼光在此衣服上停留十秒以上，即被储存于微型电脑接收器里，且主动统计，谁也无法作弊。

没想到这引发了一场打赌。迷南施的把宝押在了南施身上，恋北施的把宝押在了北施身上，只等一个月后公布电脑统计的数字。

终于，公布数字的日子到了，让人难以决断的是：南施与北施的数字竟是相同的，都是 9999 次，打了个平手。

怎么办？

有人建议统计出这 9999 次中的男女比例。

结果，南施是男性的眼神占 60%，北施是女性的眼神占 60%。

迷南施的说应判南施第一。恋北施的说连女人也爱看北施，她才应该是第一。

弄得评选结果迟迟未能揭晓。

两幅获奖摄影照片

张华裔与李中华两人邂逅于偏僻遥远的山寨,同为摄影爱好者,都是来采风的,两人便结伴而行深入山区,拍到了不少在大城市、在家里绝对拍不到的精彩照片。张华裔很开心,李中华也很满意。

半年后,张华裔拍摄的山寨组照,取名曰《苦难岁月》,在海外获了国际摄影比赛的金奖。

此后不久,李中华在北京举办了他的山寨之行摄影汇报展,其中一幅题为《世外桃源》的作品,获了"华夏杯"全国摄影大赛特等奖。

有位摄影发烧友做了个有心人,把张华裔与李中华两幅获奖照片进行了比较,得出结论:是同时间段、同一地点拍摄的,只是使用的相机与拍摄的角度稍稍有点不同而已。

有网友甲跟帖评之:"人生的许多苦乐,不在于你的处境,而在于你看问题的视角,以及你的心境、你的理解。"

有网友乙跟帖评之:"文学作品的好与差,优或劣,与体育比赛不一样,常常公说公有理,婆说婆有理,所谓因人而异,因国而异,这往往与评判标准,以及审美有关。"

刘浪

刘浪／原名刘全武，广东省作家协会会员，中国闪小说学会理事，广东省闪小说学会会长。主要作品有城市笔记作品集《俗事吾睹》，小说集《兄弟是手足》、《紧急任务》等。曾获首届中国闪小说大赛银奖、第十三届中国微型小说年度奖等诸多奖项。

风　景

　　楼层很高,阳台很大。阳台风景说的不是从阳台鸟瞰,而是阳台本身。

　　阳台上有一个自动升降的晾衣架,很精致。衣架上总是整齐、优雅地晾着男装、女装。

　　最美的风景当然是女人的内衣,它们常常集体亮相,五颜六色,又造型各异,点缀着阳台的天空。

　　突然有一天,阳台出现了一些不协调,因为那一溜像雾像云的内衣旁边,多了一条棉布大裤衩,裤裆上还生硬地补了一块大补丁。

　　一个时髦的中年女人把一个年轻女人叫到阳台上,对着晾衣架,说着,指点着,交代着。

　　不久,阳台的阴暗处出现了另一个晾衣架,很普通的那种。那条棉布大裤衩从此很规律地和其他的棉布大裤衩,甚至大红大绿的衣服一起被晾晒在这个晾衣架上了。

　　大半年后,规律有点乱了,有时棉布大裤衩竟然也晾晒到了那个自动晾衣架上,显得极混乱,极不和谐。

　　阳台从此失去了风景。

　　一年以后,自动晾衣架上那些漂亮的内衣裤全不见了,偶尔只有条棉布大裤衩在风中招摇。

　　后来,年轻女人叫来一个民工,拆除了阴暗处的晾衣架。

再以后，阳台上的棉布大裤衩也不见了，代之的是更绚烂、更透明、更像雾像云的女人内衣，阳台的风景比以前更美了。

后来听说，阳台那家的保姆来了一年，就修成正果，成了女主人。

改　变

那天，我突发奇想，想改变一下自己，于是我买了一辆自行车。

很多年没有骑车了，我感觉有点陌生，但很快便浑身舒畅。

我骑着车回小区，刷卡开门时，有点不方便，正想让保安过来帮个忙，却发现那个以前经常对我微笑的保安变了，他装作什么也没看见，将头扭了过去。

我骑车送儿子上学，儿子跨上后座，就开心地大喊："狗（go）！狗（go）！……"可是没过几天，儿子变了，他对我说："老爸，你不要送我上学了，我能行！"

我应邀去参加一个饭局，酒足饭饱之后，大家在酒店门口握手话别时，看到我推出那辆自行车，不管是以前认识的，还是刚认识的都变了脸色，他们用各种眼光复杂地望着我，探询着我。

我贷款的那家银行领导也突然打电话给我。我觉得很奇怪，说："那款还没到期吧？"对方说："不是要钱，纯属问候。"东拉西扯了一通，对方又问："最近生意好不好啊？没什么事吧？"我说："好好的，能有啥事？"对方说："那就好，那就好！"

邻市的老岳母也不通知一声就来了，她一看到我，就变得很紧

208

张,上上下下把我打量了一番,然后把我老婆拉进屋里,神神秘秘地嘀咕了好一阵,然后出来对我说:"你这孩子,可把我吓坏了!"

我如坠云里雾里,不知怎么回事。

老婆在一旁爆笑:"死胖子,没事要变什么活法,穷折腾。我妈听人说你破产了,所以急着跑过来看看……"

我从私家车库里开出自己那辆停了一个多月的宝马车,望着自己硕大的啤酒肚,深深叹了口气:"唉,这年头,想减个肥都这么难啊!"

英　雄

胖子在街上晃荡时,他没想到颈上那根金闪闪的项链已经惹了祸。

三个歹徒冲上来就抢,胖子本能地护住项链,反抗。搏斗时,行人围了上来。三名歹徒久拿不下,于是趁大家畏缩着还不敢上前时,各自亮出刀,痛下杀手,想速战速决。

"血!"众人哄的一声散开。

此时,英雄出现了,他迎着三把明晃晃的刀冲了上来。一番刀光血影之后,英雄倒地了。但这也给警察的到来争取了时间。

三名歹徒被押上了警车,英雄被抬上了救护车。

电视台和报社的记者蜂拥而来,满怀敬意地采访起英雄。已经很多年了,这个城市没有出现过这样一个有血性、能见义勇为的英雄。

"英雄,为什么在这样一个危急的时候,你能勇敢地冲上去?"

一个记者问。

英雄大口大口地喘着气说:"因为我不想看着他死。"

"英雄,想到你自身的危险吗? 你手无寸铁,他们手持利器,更何况是一对三。"一名女记者边问边流泪。

"危险也没有办法。那个胖子是我们的工头,他欠了**俺们村十几个人两年多的差不多十万块的工钱**,大家派我跟着他几天了。如果他死了,我如何能向我那十几个兄弟交差?"

救护车走了。记者们面面相觑。或许他们不知道如何报道这个重磅新闻吧。

借　钱

在城里打工的二愣一个电话打给了他媳妇水月:"**水月,我被砸了头啦。**"

水月被吓得一激灵:"好好的怎么会被砸了头呢? 严重不?"

二愣说:"脑袋一直晕乎乎的,已经两天一夜没合眼了。"

水月大哭:"那可怎么办啊?"

二愣粗着嗓子吼了声:"哭有个屁用,还不赶紧借钱去,三百五百,能借多少是多少。"说完,他便把手机挂了。

水月开始四处借钱。

二愣家本来就穷,这回听说他被砸了头,村里人更是避之不及。水月跑了两天,村里的亲戚朋友都转了个遍,一分钱也没借到,再打二愣的电话,却关机了。

水月愁得满嘴起泡时,这天晚上,二愣竟好好地回来了。

水月上前就去看他的头,可左看右看没看出什么异样。水月就问:"你不是被砸了头吗?"

二愣呵呵一笑,说:"老子是被大奖砸了头,我只花了 2 元,就中了 20 万元。"二愣掏出一张崭新的存折来,"你看,交了税,余下的钱都存在这里呢!"

水月抢过存折,左看右看,确信二愣没有说假话,她又哭又笑地捶打二愣:"那你发哪门子神经,还让我四处借钱?"

二愣说:"借到没?"

水月说:"借你的头哟,别说乡亲,连你那几个亲戚都说没钱。"

二愣一拍大腿,咧开嘴大笑,说:"好,这回脸面都撕破了,看他们以后谁好意思找我借钱!"

龙艳

龙艳 / 贵州省作家协会会员，中国散文学会会员，中国闪小说学会理事,贵州省闪小说学会会长,黔东南州作家协会副主席。

土　酒

　　一省领导到乡镇去视察工作,晚餐就在乡镇里吃。如今上面查得严,接待不能超标准。但上有政策,下有对策,这次的接待看上去并没有超标,吃的是本地土鸡、土鸭,喝的是本地"土酒"。

　　土鸡、土鸭的确很地道,味道很好,没想到那本地产的"土酒"竟也那么好喝,简直与国酒茅台一样!"土酒"是用土坛子装着的,但省领导是何许人也,酒一入口,他就喝出了茅台酒的味道。但他没有点破,只在心里暗暗盘算着。

　　他端着酒杯,一喝再喝,赞不绝口:"哇!你们这里产的土酒可真好啊,简直可与国酒茅台相媲美!"

　　"哪敢呀,谢谢领导夸奖!"乡镇领导谦虚地说。心想只要省领导喝高兴了,事情就好办了。

　　"这土酒确实是好,你们这卖多少钱一斤啊?"领导又喝了一大口酒,眉开眼笑地问道。

　　乡镇领导不知省领导的用意,说:"不贵,只要 25 元一斤。"

　　"刘秘书,这土酒这样好,一会儿回去时买上 50 斤带回去。记住,一定要付钱啊!"

　　这下,乡镇领导傻眼了,这"土酒"可是用茅台酒冒充的啊!

母女连心

一心从十六岁起就深深地相信,她与母亲是母女连心,能够互相感应,哪怕她与母亲相隔十万八千里。

一心在很远的学校上学时,一次不小心摔了一跤,把脚踝摔肿了,痛了好久。她本不想告诉母亲,以免母亲担忧。后来一心才知道,那时母亲的脚踝也忽然痛了好久。而母亲为了不影响她学习,也没有告诉她。对此,一心感到很惊讶。

又一次,一心患了重感冒,嗓子疼浑身酸痛。母亲打了电话来问她:"女儿呀,你是不是感冒了很不舒服,要多注意身体呀!"

一心好奇地问母亲:"你咋消息这么灵通呢?我感冒你也知道?"

母亲说:"因为你一感冒,我也感冒啊,怎么会不知道。"

一心惊得好半天说不出话来。

还有一次,她与好友闹了矛盾,心情差透了,饭也吃不下,做什么事都没心思。母亲又打了电话来:"一心啊,你是不是遇到了烦心事啦?"

"什么?这你也知道了?!"一心差点跳起来。母亲与她之间的联系真是太奇妙了!居然如此相通!

从此,一心不敢再轻易地生气,更不敢让自己的身体受到伤害了,因为她与母亲母女连心,她的伤痛就是母亲的伤痛。

后来,一心无意中知道了一个秘密——母亲为了让她相信她们母女连心，曾费了不少心思从同学、老师那打听她的一些消息。

原来如此，她说呢，怎么会有那么奇怪的事！一心并没有揭穿母亲。她的眼里慢慢地浸满了泪花……

再后来，一心还知道了一个秘密，母亲其实不是她的亲生母亲。这一次，一心泪如雨下，她紧紧地抱着母亲说："妈妈，我们母女连心！"

意外收获

一位年轻的姑娘拿着坏了的背包对年轻的鞋匠说："师傅，我这包的带子断了，能不能帮补一下？"

年轻的鞋匠看了看姑娘和背包，说："这个我补不好。"

姑娘说："补不好没有关系，只要补上能背着走就行了。"

可年轻的鞋匠没等她说完就又说："没看我正忙着吗？没时间补。"

姑娘愣了愣，看着自顾自忙活的鞋匠，收回了背包。她看了看旁边的另一位老师傅，他也正手脚不停地忙着，他脚下还有一大堆鞋子在等着他修理呢。姑娘失望地转身准备离开。那位年老的师傅叫住了她："来，我帮你补补。"

"谢谢老师傅！"姑娘感激地谢过老师傅，把包递了过去。

老师傅只用了几分钟就补好了。

"老师傅，多少钱？"姑娘其实早已准备好 10 元钱，她知道补这包要不了这么多钱，可她想给老师傅 10 元钱，一是感谢他解了自己的急,二是想气气那位年轻的鞋匠。

"不用给了! 你走吧!"老师傅客气地说。

"那怎么行! 来,给你 10 块!"姑娘把钱给了老师傅,趁机瞟了年轻的鞋匠几眼。心想:"哼! 让你后悔去吧!"

可年轻的鞋匠只顾忙着手里的活,没有看姑娘和老师傅。

"不用给那么多,拿 2 块钱就行了!"老师傅说。

"就要给你 10 块!"姑娘故意大声地说,又看了年轻的鞋匠一眼。

"姑娘,你不用介意他刚才的态度,他其实是个好人。"

"他是好人?"

"是的,他修补的技术其实很好的,但很多时候,他却把好挣的钱故意让给我去挣。"

"真的吗?"

"真的,我不骗你!"

"原来这样……"姑娘脸红了。

完美女人

一天,一位著名的节目主持人找到著名的外科专家张大夫说:"请您给我好好修复一下这个伤疤。"

张大夫看了一下她的伤疤,对她说:"其实你没有必要花很多钱修复一个那么小的伤口,这样的小伤口,不仔细看是看不出来的。"

可她却说:"不,我就是想要让自己的手指看上去更完美无缺。我可不想省这个钱!"

这时,一位拉板车的男人匆匆赶到医院,他右手的无名指断了。

医生说:"你的手指可以接好,手术费用是17000多。"

他强忍住痛苦,急切地问:"不接上去呢? 只要消炎就好!"

"那就只要700元,你要尽快做决定!"

男人看看自己的手指,狠下心说:"不接了!"

医生让他再慎重考虑一下,这可是关键时候,如果现在不接,将来想后悔都来不及了。

男人想也没想就说:"这个手指又起不了多大作用。我儿子上大学正愁钱呢,我就不接了,省下些钱来供他上大学!"

这时,仍站在旁边的主持人对专家说:"手指断了,怎么可以不接呢! 请您帮他接上! 他的手术费我出了!"

这时,男人惊喜地说:"你是《百姓帮办》的主持人陆红! 你可是我们百姓心中最完美的女人!"

陆红一听,幸福地笑了。

麻坚

麻坚 / 中国闪小说学会理事,贵州省闪小说学会副会长,《故事会》签约作者。曾获 2012 中国闪小说年度总冠军大赛冠军、"清风扬州"廉文化微型小说大赛特等奖、梧州廉政微小说大赛一等奖等诸多奖项。

爱　人

　　雨生是文州地下党负责人,在一次送情报的途中被文州特务头子吴雄抓住了。这是一条大鱼! 如果把他肚子里面的东西都掏出来,那我……想到这里,吴雄得意地哼起了京剧。

　　但任凭吴雄用尽了种种酷刑,雨生就是不开口,没办法,吴雄决定枪决雨生,对于地下党,吴雄向来不心慈手软。具体由谁来执行呢? 吴雄想到了一个美丽的女人,他手下的文员,也就是雨生的爱人张戍梅。自从雨生被捕后,他一直怀疑张戍梅也是地下党。

　　行刑那天,天空阴沉沉的,几只乌鸦,在树尖上鸣叫着来回盘旋。雨生被五花大绑着,站在五米开外,背对着她。张戍梅拿枪的手在轻微颤抖。

　　"转过身来!"吴雄命令道。

　　雨生被人押着转了过来,面对张戍梅。看见张戍梅,雨生吃了一惊,面部肌肉微微抖了一下。

　　"好!"吴雄说道,"我现在开始数数,数到三你就开枪!"

　　"一。"

　　张戍梅看见雨生的面部开始苍白起来。

　　"二。"

　　雨生的眼睛露出了恐惧。

223

"三。"

雨生的嘴巴微微张开了,没等吴雄的话音落地,张戌梅就扣动了扳机。硝烟弥漫处,雨生的胸前开了一朵火红的花。受惊的乌鸦怪叫着飞上了天空。

多年后,有人问张戌梅:"面对雨生,你怎么就下得了手?"

"如果我不开枪,"张戌梅哭着说,"就会有更多的人死在吴雄的枪下!"

"为什么?"

"因为我看见了恐惧!"

其实张戌梅不知道,那天,她的背后也有一个黑洞洞的枪口,她没有看见,而雨生看见了。

汤姆的导盲犬

每隔三五天,老约翰就会到乡下的麦考家小饮几杯。可是自从双目失明后,别说麦考家,就是对面的超市老约翰也去不了。

小约翰为父亲买来了一条叫芭比的导盲犬。芭比对城市很熟,可对乡下就不那么熟了。它经常认错门,常常把老约翰带到别人家,有一次甚至领着老约翰进了寡妇家的院子,气得老约翰火冒三丈。

必须为父亲换一条导盲犬!经过打听,小约翰得知城西的盲人汤姆有一条叫波比的导盲犬,对乡村很熟,如果把它换过来,以

224

后父亲去麦考家就方便多了。小约翰按捺不住激动,牵着芭比兴冲冲地来到了汤姆家。

汤姆正坐在妻子的遗像前喝酒,当他听明白小约翰的来意,马上激动地吼了起来。"滚!谁都别想打波比的主意。"那样子好像把小约翰当成了进门抢劫的强盗。

"汤姆先生!"小约翰缓缓说道,"我的芭比有权威部门发的特别通行证,它可以出入超市、酒店、机场等任何公共场所,而波比没有,所以你和我交换不亏。"

汤姆没有吱声。

小约翰又说:"我的芭比已经上了保险,如果出了意外,你可以得到相应的赔偿。"

这时候汤姆忽地一下站了起来,瓮声瓮气地说:"你的芭比就是黄金打造的我也不换。"

"为什么?"小约翰吃惊地问。

"因为波比知道去我妻子墓地的路!"

湖边的船

湖边有一条客船,可是船上一个客人也没有,船长就把船开到对岸去,边开还边吼着山歌,很惬意的样子。

过了半个多小时,船长又把船开回来了,船上依然一个客人也没有。

"你就不能把船停下来吗?"如此七八趟,我忍不住了,便跑去问船长。

"这是我的工作！我不能因为一个客人也没有,就停止自己的工作。"说完船长看了看手表,歉意地说,"我得把船开到对岸去了。"船吼叫一声,劈开浪花,向对岸驶去。

"等等!"船刚开出没多远,岸边就跑来了十几个客人,边跑还边招着手。

船长扭头看了一眼,加大油门,不一会儿,船便没入了对岸的芦苇中。

等船长再把船开回来的时候,那十几个客人已生着气走了。

"你就不能等等他们吗?"我问,"这样还能挣回点油钱。"

"我不能因为他们,而让对岸的客人等着急了。"

"可是那边也没客人啊!"

"那是另一回事!"船长的手有力地挥了一下。

过了一年,我又去湖边。

船还是那条船,船长还是那个船长。不过这次很奇怪,船上已经挤了很多人,船还不开走。

"船怎么还不开走?"又过半个小时后,我忍不住了,跑去问船长。

"你没看见吗？船上还能再坐几个人。"船长说。接着他告诉我说公司垮了,他包下了这条船。说话间又上来了几个人,大副问:"老板,船是不是可以开了?"

"你没长眼吗?"船长瞪着眼吼道,"船上还能再挤进一个人。"

正义先生

　　阿求坐在日不落城的城墙下,他的左边是一位干瘪的老人,老人眯着眼睛,似睡非睡。右边是个十一二岁的孩子,孩子很淘气,正用一根树枝扒拉着地上的蚂蚁。

　　"唉!"阿求忍不住叹了口气。

　　"你叹啥气啊?"孩子耳朵灵,凑过来问阿求。

　　"我在寻找正义先生!"阿求说,"可是我鞋都走烂好几双了,也没看见正义先生。"

　　原来阿求老是听人议论正义先生,可是又没人见过正义先生的庐山真面目,于是阿求就动了寻找正义先生的念头。就这样,阿求一路风餐露宿地来到了日不落城。

　　"哈!哈!就你这样的找法,就是走到猴年马月,也不可能见到正义先生!"孩子笑道,"我告诉你一个办法,马上就能见到正义先生。"

　　"什么办法?"阿求眯着眼睛问。

　　"抢他的鸡腿!"孩子指了指一个正走过来的乞丐说。

　　阿求一惊,瞪着眼睛说:"那怎么行?"

　　"你还想不想见正义先生了?"孩子耸了耸肩膀。

　　阿求想,反正也不是真抢,于是就动了手。

　　"干啥呢?"干瘪的老人忽然站起来,一拐杖敲在了阿求的身上。

"他为什么打我?"阿求看着老人,问孩子。

"因为他就是正义先生!"孩子说。

阿求愣了一下,抱了抱拳,转身走了。

"见到正义先生了吗?"回到家乡后,有人问阿求。

"见到了!"阿求说。

"正义先生长什么样?"

阿求犹豫了一下,说道:"很威武。"

马长山

马长山 / 中国作家协会会员,国际谚语学会会员,汉语闪小说发起人,中国闪小说学会首任会长,现为名誉会长,中国社会科学出版社编审。主要作品有寓言集《马长山寓言》、《伟大权力与财富》,格言集《思路花语》、《智者的色拉》等。

间 谍

我是一个间谍,已经潜伏 30 年了。

我不想过白天是人,晚上是鬼的日子了。

可是一想到婷,我又失去了自首的勇气。

婷还像个脆弱的小女孩儿。她多愁善感,看见别人的一点不幸就要难过,她甚至为小狗而流过眼泪⋯⋯

离开了我,她还怎么生活?

圣诞夜,我们宽衣解带⋯⋯

"把灯关上。"婷红着脸说。

"可咱们以前一直⋯⋯"

"把灯关上。"

"你说什么?"

"把灯关上!"

天啊。"把灯关上"——这正是当年上峰告诉我的接头暗语。

必须决斗

两个男人共同爱上了一个美人。

"除了决斗,我们别无他法了。"男人甲提议说。

"也只有如此了。"男人乙附和道。

甲乙二人执剑上场,一场大战迫在眉睫。

"等等!"美人大叫一声,她不愿意让这两个男人因为她而受到伤害。

"你有什么妙法?"甲乙二人齐声问道。

"我……我有一个妹妹,长得比我还要国色天香。你们中的任何一位都可以娶我的妹妹为妻,另一位可以娶我。你们没有必要再决斗了。"美人羞答答地说。

"不行,我们还得拼个你死我活。"男人甲气势汹汹。

"就是,我们必须斗个鱼死网破。"男人乙义无反顾。

"你们这是为什么呢?"美人绝望地问道。

"为了得到你的妹妹呀!"两个男人异口同声地回答。

海　伦

"海伦,进来一下。"我把女秘书叫了进来。

"马总,有什么吩咐?"海伦微笑着问。

"我想让你晚上也加班。"我望着海伦美丽的大眼睛,"如果你接受,就拿上这个。"我从抽屉里拿出一个信封。

"新的合同?"

"也可以说是。"

"不。我不能接受。上夜班太辛苦了。"

"好吧,我收回我的建议。你可以走了。"我非常遗憾地说。

海伦轻手轻脚地走了。

我抽出信封里的信纸,把它揉碎,扔进了纸篓里。

信纸上面有我写的一句话:"海伦,辞掉这份工作,做我的全职太太,好吗?"

虎猫对饮

老虎请猫过来喝一杯。

"您不会拿我当下酒菜吧?"

"哈哈,朕也是猫科动物,彼此照应还来不及呢。"

酒过三巡,天色渐晚。

"大王,您要是没别的事,我就告辞了?"猫喝得有点多了。

"还早呢。朕今天叫你来,是有件事同你商量。"

"只要有用的着臣的地方,就是赴汤蹈火,臣也万死不辞。"

"朕最近得了一种奇怪的病,尾巴痒得夜不能寐呀。"

"臣这就四下打听灵丹妙药,医好大王的痒痒。"

"不必了。昨天狐狸献了一个偏方,说是用一只小老虎或者猫的骨头煮的水涂在尾巴上,几天以后就好了。"老虎用爪子紧紧抓着猫背,放声大哭——"朕真是于心不忍啊!"

"大王的意思是?"猫的脑袋一下子大了。

"朕只有四个孩子呀!小小年纪,朕怎么忍心使用它们的骨头呀!看来只有暂借爱卿的骨头一用了。"

"大王,自古道,'君要臣死,臣不得不死'。只要能医好大王的病,臣死而无憾。只是臣有一家妻小,很是放心不下。"猫热泪滚滚地说。

"一切都包在我身上:爱卿死后,朕只要你的骨头,厚葬你的皮肉。至于你的家小,朕将照顾到底。"

"臣就怕老狼欺负它们……"

"它敢!朕的病每年都要犯一次!"

满震

满震 / 江苏省作家协会会员,中国寓言文学研究会常务理事,中国闪小说学会理事,江苏省闪小说学会副会长,南京市作家协会理事。主要作品有寓言集《黑鸡和白鸡》等。曾获第九届全国微型小说年度评选一等奖,第四届中国寓言文学研究会金骆驼奖,第七、十届金江寓言文学奖金奖等诸多奖项。

钥匙插在锁孔里

我打算出门去办一件非常重要的事情,打开门,发现对门邻居家的门锁孔里插着一把钥匙,估计是主人进门时忘了取下。我想提醒他们取回钥匙,就摁响了他家的门铃,丁零零——丁零零——屋里没人。看来邻居是进门时忘了取下钥匙,出门时也没发现钥匙忘在锁孔里了。我想,要是遇上小偷还不遭殃啊。我得赶紧把钥匙取下来,一会儿遇见邻居再还给他。

我噔噔噔下楼来,转念一想,待会儿我把钥匙递给邻居的时候邻居肯定很感激;但日后要是邻居家里失窃少了什么东西,想起钥匙曾经在我这里"停留"过几个小时,那我就是第一"嫌疑人",那我就有口难辩跳进黄河也洗不清了。

于是我噔噔噔又上楼来,掏出钥匙插进邻居家的锁孔里。

我又噔噔噔下楼来,赶紧去办我那非常重要的事情去。没走几步,再一想,这个时候如果恰好有窃贼光临,那邻居家就在劫难逃,那岂不完全是我坐视不管造成的? 俗话说,邻居好赛金宝。我这样做不是太不近人情了吗?

钥匙插在锁孔里,取也不好,不取也不好,怎么办呢? 我想来想去终于想出一个两全其美的主意:非常重要的事情也不去办了,坐在家里看着对门,等着邻居下班回来;不过,得仍旧装出什么也不晓得的样子。

你 没 错

到新单位上班的第一天早上。

我提前来到办公室,去卫生间找来拖把,把地面拖干净,然后去卫生间清洗拖把。我把拖把放在墙角的水池子里,打开上面的自来水龙头,水哗哗地冲,我前后左右使劲地晃动着拖把。

这时候从外面进来一个中年妇女,她看看我说:"你干吗?"

我说:"我在洗拖把呀。"

她说:"拖把能这样洗吗?你这样前后左右地晃把水都晃出来了,弄了一地的水,别人走路会不小心滑跌倒的。"然后从我手里拿过拖把,"你看看我是怎么洗的。这样这样,你上下上下动,水就不会晃出来了。"

然后,我又在热水器上冲了一瓶开水提了就走。

她又说话了:"你看你看,你又把水淋到了地上。你冲好了水要把瓶口的水淋干净了再提走。"

我说:"不好意思不好意思。"

她说:"看来,你在家里也是一个不干家务活的。"

我说:"是的是的。不好意思不好意思。"

我回到办公室。一会儿,有人敲门:"局长,我是保洁员,来打扫卫生。"

那个中年妇女提着拖把走进来,看到我她愣住了:"你是——"

我说:"没错,我是新来的局长。"

她不好意思地说:"刚才,刚才我不知道你是局长……"

我说:"不要紧的,刚才你没错。"

买 菠 萝

路边停着一辆卖菠萝的小货车,车厢的挡板放下来,所剩不多的削好的菠萝被装在塑料袋里整齐地码在车厢底板上。摊主是个中年男子,他斜靠在车边看报纸。

妻子说:"菠萝是好东西呀,营养价值非常高。我们买几个吧。"

我就问:"菠萝怎么卖的?"

摊主说:"十五块钱一袋两个。"

我还价:"十二卖不卖?"

摊主说:"十二就十二吧,自己家种植的。"

妻子说:"拿一袋吧。"

摊主一边拿一袋菠萝递给我,一边说:"菠萝里面含有丰富的营养,还有一定的食疗效果,经常吃菠萝可以减肥、美容,还能清理肠胃和消除感冒。注意,吃前先用盐水或者糖水浸泡一下。"

妻子夸他说:"你懂得不少嘛!"

摊主说:"哦,还有,过敏体质的人不能吃菠萝。"

妻子说:"是吗? 我可就是过敏体质。不能吃——那我就不买了,不好意思啊,对不起啊。"

摊主说:"没关系的,没事的。"

我们转身走不多远,妻子说:"这卖菠萝的人多说一句话就丢了一笔生意,说明他是一个多么实诚的人。就冲这一点我们就应该照顾他的生意,你说是不是?"说完她又转过身来,回到摊主跟前,说,"我们买两袋菠萝。"

兵"慌"马乱

村庄很远,听不到鸡犬之声,四下里静悄悄的。虽然是青天白日,新媳妇一手提个包袱一手夹把雨伞一个人走在这旷野的路上,心里还是有点怕。

这时候,远处传来了嘚嘚的马蹄声。渐渐地,就看到一匹高头大马逼来,马上是个日本兵。新媳妇想找个地方躲一躲,可四下里连一棵小树也没有,往哪里躲呢?

说话间,日本兵已到近前。日本兵见了新媳妇心花怒放,一边叫着"哟西,花姑娘的",一边跨下马来。

新媳妇吓得连连后退。

日本兵丢了马缰绳,扑向新媳妇。

新媳妇意识到向禽兽求饶肯定是徒劳,心里盘算着,如果能拖延时间,遇到有过路人来,或许能够得救,就说:"老总哎,你的马要跑了。"

日本兵丢下新媳妇忙去牵马。马牵来,日本兵想找个地方拴上,可是四下里光秃秃的连一根小树桩也没有,往哪儿栓呢?这个日本兵真叫聪明,一下发现一个现成的"马栓",只见他将缰绳拴在自己的脚脖子上,然后又扑向新媳妇。

路上一个行人也没有,这可如何是好啊?新媳妇急中生智,一

240

边退让一边假装哀求说:"老总哎,我是刚过门的新媳妇,光天化日的,要是让过路人看到了,我还怎么活呀? 你等一等,让我找个东西遮挡一下好不好?"然后抽出随身带的花伞,对准马头猛地撑开。

马从没见过这花花绿绿的东西,大惊。

新媳妇又将花伞迅速收起,撑开,收起,撑开……

受惊的马扬起前蹄,一声嘶鸣,向远方狂奔而去。

惊慌失措的日本兵被惊慌的马倒拖着,他哭叫着,被拖出去好远好远……

我们的新媳妇终于脱险。

梦凌 / 本名徐育玲，泰藉华裔，祖籍广东省丰顺县，海外华文女作家协会会员，泰国《中华日报》副刊主编。曾获中国台湾"文学原乡"奖，泰皇赏赐优秀教师徽章，国际诗歌翻译研究中心 2006 年度国际最佳诗人奖等诸多奖项。

秋天,叶子红了

"老伴,快来! 看看是不是儿子来信了。"谢妈妈在庭院里喊着。

"是吗?"谢爸爸手里拿着一份报纸,从里屋走出来。

"一定是儿子小军来信啦!"谢妈妈说。

"老伴,你咋知道这是儿子的来信?"谢爸爸看着老伴手中的信。

"我刚才摸了摸,好像是邮票,这么大的信封啊,一定是从法国寄来的。"

谢爸爸低头看老伴,不再说话。

去年,到英国出公差的儿子在车祸中去世。不久,谢妈妈的眼睛也看不见了,精神时好时坏,听到邮差经过的声音,总以为是儿子的来信。

谢爸爸决定,每隔一段时间给家里寄一封信。

撕信封的声音很清脆。

"儿子在信里说什么来着?"

"儿子说,秋天,叶子红的时候就回来。"

"秋天到了吗?"

谢爸爸看着手上空白的信纸,悄悄地拭去泪水:"快了,秋天马上要到了。"

谢妈妈别过脸。泪水,悄悄滑下。

影　子

　　天空一片漆黑,没星没月,不远处的佛寺里微弱的灯光一闪一闪地跳动着。

　　他猫在墙角边已有几个小时,没办法,失业后一家老小还等着他找钱过活,他铤而走险,在佛寺里干着偷摸的事儿。

　　昨晚听负责火化的工头说死人的这家很富,棺材里陪葬的东西很值钱,死者的孩子们再三交代好好看守。

　　凌晨四时多,负责火化的工人已经撬开了棺材的铁钉,等待天明死者亲属看最后一眼,然后火化。

　　他只能等待,等待时机。

　　终于,火化工人的脚步声在黑暗中消失了。

　　他慢慢地移动脚步,左看右瞧,然后迅速跑到棺材的旁边。

　　停下脚步,聆听。周围静悄悄的,连猫的叫声都没有。

　　他用力,再用力,然后把棺材打开。

　　"呼!呼!呼!"的声音在耳边响起。

　　他相信这世上没有鬼,只有胆怯的人心中有鬼。

　　那可能是风的声音。

　　打火机亮起。

　　雪白的脸,那是死人的脸。

　　他呼了一口气。

不敢再看死人的脸,他的心怦怦地跳着。

一只手在死人的身边游动着。

什么都没有。

他摸到一张相片,就放在死人的身边。

壮着胆子,他匆匆瞄一眼。

是一张姣美的面容,相片后面写着:

"亲爱的妻子。"

他的脸倏忽变了,他认识相片中的女人。

一张熟悉的面孔很久以前曾经亲切地对他说:

"孩子,妈妈是永远爱你的。"

他清楚地记得父母离异时母亲最后跟他说的那句话。

打火机悄然地灭了,棺材旁边的死者遗像忽然对他笑了。

箱　子

午后的阳光把我晒得舒舒服服的,这是我第二次接受肩骨化疗,我辞掉了报馆副刊的工作。

五岁的儿子不知何时为了寻找他的宝贝足球爬到了床底下。

"爸爸,箱……子。"幼稚的声音响起。

儿子费了好大的力气,半拖半推。一个木制的正方形箱子呈现在我的眼前。

是妻子的私房钱？

是电影里的出轨日记？

是她的个人隐私？

隐私？

这个字眼让我心跳，我毫不留情地打开了没有上锁的箱子。

一个、两个、三个，一共有四个包裹，用紫色花朵的手绢整齐地捆绑着。

我按捺不住好奇，打开了包裹。

第一个包裹，里面是一大沓书信，那熟悉的字体，我记得这是我们初恋时的来往书信。

第二个包裹，白纸黑字，我心又跳了一下，那是结婚后我们第一次吵架后我的保证书。

第三个包裹，是我的肩骨癌前前后后所有的医疗单。

第四个包裹，三张金饰的当铺收据和一张折叠了好几层的纸张。

纸张被打开，鲜红的印章跳跃在我眼前，那是一张卖血单。

我记得几天前妻子苍白的脸，还记得她抿嘴笑着说："近来的工作太忙啦！"

我眼角一热，忙操起身旁的手机，拨给正上班的妻子。

"您拨打的用户暂时无法接通。"

医院里，妻子躺在病床上，目光沿着输血架，暗红的血袋将要灌满。

孤 独 剑

她孤身上山,为了向他挑战。

美人如玉剑如虹,江湖上多少英雄豪杰跪倒她的裙下,唯独他……虽然住在对面的峰岭上,他却冷漠如霜。

她提剑而立,明眸横怒。

他兀自低着头,悠悠地吹着箫。

箫声鬼魅般哀怨,如诉如泣。

除掉他!一代剑宗又如何?冷漠无视就是耻辱。

她倏地袭来。

他似乎感觉到了面前好重的杀气!

箫声一转,从缓慢到急骤,似千军万马,十面埋伏。

她手中的剑在颤抖,周围的杀机重重。

整座山林似乎都在动摇,野兽猛虎的啸声此起彼伏。

她萎倒于地,盘足,用内力抵抗他的箫声。

许久,一切都恢复平静。

他冷冷地看着脸色苍白的她,突然,心底一颤,长啸一声,向山下疾奔。

她挣扎着起身,拭去嘴边的血。

这时,她看见了他刚才所坐之地的后面,立着一块灰白的墓碑:爱妻潇潇女侠。碑边,插着一柄银光闪闪的剑,与自己手中的一模一样。

她呆怔着,失散多年的双胞妹妹,原来……

她望着手中的剑,在灰色的天空下,剑是如此孤独。

飘尘 / 本名曾明辉,中国闪小说学会理事,贵州省闪小说学会副会长。曾多次在全国各类闪小说赛事中获一、二等奖。

余 香

情人节这天,她在繁华的步行街提着花篮卖玫瑰。

到晚上九点,百来枝玫瑰全部售罄。望着街上成双成对的恋人,她的心突然伤感起来——约定的时间到了,他怎么还不出现?掏出手机准备问,女生的矜持又让她放下。

晚上十点,他终于来了,手持一枝玫瑰,眼带歉意。

他说:"厂里临时加班,走不开。给,情人节快乐!"他把玫瑰递给她。

她说:"我也经常不定期加班,来了就好。"

两个人手牵着手,跟着都市里的帅哥靓妹走在繁华的步行街上。帅哥靓妹们陆陆续续进了高级场所感受浪漫,她和他仍旧只是在街上十指紧扣地散着步。

挣钱不容易,她和他舍不得花,能在一起散散步就是最浪漫的事情了。

晚上十二点,她和他决定奢侈一回,打车回家。

司机载着他们路过一家花店时,突然惊呼:"啊,今天生意太好了,我忘了给老婆买花!"

她安慰司机:"这条路上还有几家花店,说不定有没关门的。"

直到目的地,也没见着开门的花店。

她看了他一眼,他会心一笑,点点头。

下车关门的时候,她对司机说:"情人节快乐,花在后座。"

赠人玫瑰,手有余香,她和他感觉路灯里弥漫着浓郁的玫瑰香味。

手　指

树林里,团长扣动了扳机。枪一响,敌人右手的食指就掉了下来。接着是敌人惊恐的哭声。

团长的枪法很好,但这次却失手了。本来是要一枪打掉敌人的脑袋的,可当敌人蓦然转过身的时候,团长清清楚楚地看到,这是个十一二岁的孩子。

军令规定,见到敌人要毫不手软地干掉,团长将这条军令刻在了脑子里。敌人稚气未脱的脸庞,如一颗子弹,将刻在团长脑海中的这条军令,击得晃了一下。一晃,手就抖了,只射掉了敌人的食指。

"叔叔,为什么要杀我? 我觉得这身衣服很好看,就从一个死兵身上扒了下来,可惜有点大了。呜呜,我的手指,好疼啊。"

"我,我……"团长想说,在看到你稚嫩脸庞的一刹那,我就没有了杀机。可是,从军数十年,手指已和敌军,甚至是敌军的衣服,构成了不共戴天的仇人,就忍不住扣动了扳机……

后来,战争结束,团长被授予少将军衔。

团长所在的城市要拍战争题材的电视剧,拍摄现场,看着身穿敌军军服的演员们,身为该剧历史顾问的团长,食指剧烈颤抖,蓦地拿起枪,手指飞动,啪啪啪地射向"敌军"。

团长因情绪失控被制片方解雇。制片方说:"将军,幸好您用的是道具枪。"

回到家,团长穿上从片场要来的敌军军服,取出收在锦盒里的真枪,然后猛然拉开试衣镜的布帘,一个"敌军"出现在了镜子里。团长手指扣动扳机,射掉了右手食指。

左手枪,是团长在战争结束后练就的,目标只有一个:射掉自己右手的食指。

团长的手指再也不会颤抖。

夺妻之恨

中州大侠石开山之妻水精灵被武林盟主劫走,石开山极为震怒。身为一代大侠,夺妻之仇不可不报!

磨剑,策马,石开山疾驰三日三夜,杀到武林盟主所居住的天下第一山庄。一番激战,石开山打进了第三重院落,最终被武林盟主重创,小喽啰将石开山狗一样地扔出大门。

石开山浑身是血地爬回家,修养两个月方才痊愈,立即广发英雄帖,求天下英雄助其夺回妻子。天下男儿多血性,应者云集,浩浩荡荡杀向天下第一山庄,诛杀厚颜无耻抢人妻子的武林盟主。

见来者不善,武林盟主说:"各位英雄想必有所误会,我没有劫天下第一美女水精灵,不信,各位可以搜庄!"

石开山怒道:"恶贼休得狡辩,搜庄能搜出什么? 谁知道你把我爱妻藏哪里了?"

255

谈不拢,只有打,打是江湖解决纷争的不二法门。石开山剑指武林盟主,与之单挑。第三百零一招,武林盟主被一剑封喉,直挺挺倒下。群雄感叹,仇恨的力量能让弱者打败强者,并说武林不可一日无主,提议石开山接任武林盟主。石开山推辞再三,终是难违众议,接任了武林盟主之位。

夜,石开山对水精灵说:"让你受委屈了。"

"了"字刚吐出,冰冷的剑即穿透石开山的喉咙。

剑,是水精灵出的。

看着石开山满是惊讶与不信的眼神,水精灵冷冷地说:"我杀的,是伪君子石开山,为当武林盟主,不惜将结发妻子锁在不见天日的地窖里整整三个月!"

追鹰少年

先是天空中小小的一点,逐渐变大。继而一道凌厉的风,在他眼皮子底下迅捷掳起一只鸡,掠过他的发梢,蹿上云霄。

你等着! 他攥紧拳头。

伐细竹、制黏胶、提鼠笼、扎绑带,他追上山顶。一个带着劲道的口哨,惊得鸟雀乱飞。另一山头,那只鹰盘旋翱翔,唳声挑衅。他眼睛盯着鹰,脚下逢山跨山,遇水涉水,穷追不舍。

从早至午,鹰与人都未歇息。几次将黏胶浸泡过的细竹布阵于地,置鼠其中,都被鹰识破,下来后又上去。鹰不停,他亦不停;鹰停,他仍追。各不进食,舍命追逃。

一悬崖横于脚下,他一脚踩空,直入深潭。水压将他挤晕过去,幸被渔翁所救。父亲赶到,几耳光扇他脸上:"多大能耐,追鹰!"

他一把抹掉脸上的血,仰天一个口哨,着湿衣上路,甩给父亲一句:"你当年行,我也行。"

山风猎猎,树吟锐耳。他倒要看看,是鹰熬了他,还是他胜了鹰。

六十年弹指一挥。

他在摇椅上闭目养神,孙子提了鸟笼请他逗鸟,瞅一眼,是只漂亮的画眉,羽翼渐丰。他一笑,接过鸟笼,咔一声,笼门打开,画眉振翅飞于钢筋水泥筑成的城。

"追到它。"他命令。

孙子"哇"一声哭了。

他一跃而起,肉体朽木般摔在地上,灵魂电光一样闪到六十年前。

他看到,那个一身湿衣的少年,按住大鹰,盯着鹰锐利的眼——我不杀你,但要记住,我能抓到你。而后,手一振,将鹰放飞。

少年回头对他一笑,说:"上路吧。"

他回以一笑,变为少年,身子一轻,追向鹰消失的天际。

秦德龙

秦德龙／中国作家协会会员。主要作品有小小说集《水中望月》、《好望角》、《英俊少年》等。名列中国作家协会评选的中国当代小小说风云人物榜，中国小说学会评选的 2006 年中国小说排行榜,《小小说选刊》评选的中国小小说十大热点人物、金牌作家。

囚 者

八年后,他走出了监狱。减刑释放,表明他经历了脱胎换骨的改造。

听说他出狱,朋友们都张罗着为他摆酒接风。他一一婉拒了。他把自己反锁在梦境的空间里,将钥匙扔在了梦之外。

他梦见自己仍被羁押在监狱的斗室里,两眼茫茫地望着窗外。牢房里有两扇窗子,一扇朝向塔楼,一扇朝向阳光。他知道,哨兵随时都在监视牢房,而他已经习惯了这种监视。他的心,日复一日地被狱规洗涤着。每时每刻,似乎总有一双无形的眼睛,从塔楼里射出监视的目光。渐渐地,他变成了自己对自己的看守,形成了自我约束和自我控制的能力。

经过沉睡和复苏,他对人世间的一切,看得更清晰了。

他神情自若地出现在一个酒会上。设宴的是曾经的一位朋友。

朋友说:"今天请你喝酒,就是想知道你是怎么被提前释放出来的?"

他打断了朋友的话:"我明白你的意思! 请问,人心中最深刻的革命是什么? 就是从自己受监护的状态中走出来!"

朋友们面面相觑。没想到,住了八年监狱,他变成哲学家了。

他微微一笑:"接受阴影,才会看到阳光;拒绝阴影,永远都不会有阳光!"他拍了拍胸脯,接着又说,"我的心里,有一扇永远的门。这道门,通着监狱。任何人的心里,都有这扇门,都通着监狱!不过,只有做到能自己监视自己,才能从这道门里走出来!"

朋友无奈地说:"看来,关押了你八年,等于关押了你一辈子。这辈子,你再也走不出监狱了。"

他平淡地笑了:"我每天都会回到梦里。在梦里,我既是哨兵,又是囚徒。"

别开玩笑

老顾爱开玩笑,见了谁,都要打两句岔。老家伙们都防着他,只要他一开口,大家都有些神经紧张。

这天,老顾在街上遇见了老蔡,又忍不住嘴痒说:"呀,我是不是看见鬼啦?上个星期,我明明参加了您的遗体告别仪式嘛,怎么,您报了个到,又拐回来啦?"

老蔡脸一白,笑道:"我不够级别,阎王爷不收!"

老顾说:"不对吧,是您没带礼品吧?是不是成克杰和胡长清在门口把着,不叫您进?"

老蔡没想到老顾说话这么损,居然把他和贪官联系到了一块。老蔡一时语塞,憋得眼珠子鼓泡,气哼哼地走了。

马路上只剩下一个老顾,高兴得他哈哈大笑。

第二天,老顾就不笑了。因为他听说老蔡死了,昨天一回家,就死了。老顾感到悲伤,就摸到了殡仪馆,给老蔡献了个花圈。老顾又见到了一些老熟人,都是来吊唁的。老顾就很想和他们打招呼。可没等他开口,熟人们都纷纷躲开了。

当天晚上,老顾梦见了老蔡。老蔡自己戴着黑纱,从遗像里走了下来。老蔡说:"老顾啊,我也死了,您就嘴上留情吧,别再到处嚷嚷我了,我不就那点破事儿嘛。"

老顾心中一惊,从梦中醒来。"我嚷嚷他什么啦? 他到底有什么破事儿?"

以后,老顾在街上见到熟人,再也不敢胡说八道了。其实,就是他想开玩笑,也没人理他了。不等他开口呢,对方就连连朝他摆手:"别开玩笑,您千万别开玩笑!"

测 谎 仪

也不知老总从哪弄了台测谎仪,笑眯眯地招呼大家过来测试。"不用怕,怕什么呢? 心里没鬼,不怕喝三碗凉水。"

测谎仪吱吱地响了起来。老总亲自操作电脑,很快就有各种图谱显示了出来。老总指着图谱说:"我的皮肤电阻、血压、脉搏、呼吸等数据,都正常,一目了然。你们看看,我没有说谎!"

在老总期盼的目光中,有人鼓足了勇气,第一个吃蛤蟆了。这个人很配合地坐到了测谎仪面前,根据老总事先编制的测试题,完成了测谎程序。结果是很乐观的。这个人的各项数据都在指标范围内,回答的任何问题都没有疑点。老总兴奋地说:"怎么样? 测谎仪对无辜者是百分之百准确的!"

有一个人带头了,大家就只能顺从了。值得宽慰的是,老总拿到每个人的图谱,并没有发火,也没有冷笑。这表明,测试结果,老总是满意的。

就这样,只要老总高兴,随时就可以喊人到测谎室测谎。

当然了,每个人都明白,老总为什么要用测谎仪,还不是为了培育员工的忠诚意识嘛。忠诚是一种效果,要的就是这种效果。而忠诚,说到底是对个人的崇拜。只有达到了崇拜,血液里才会产生自觉,才会无怨无悔地追随。公司里悄悄流传着一句话:"你要忠诚,就必须崇拜;你不崇拜,忠诚即是撒谎。"

只有老总自己知道,测谎仪根本就没有测谎功能。那不过是一台经过改装的不伦不类的破机器。而所谓的测谎软件,本身也是个谎言。老总对每个人都撒了谎,但他却丝毫也不脸红。

过年杀猪

要过年了,矿里决定,把那几口猪杀了,办成年货。

丁科长说:"这几个猪八戒的外甥、外甥女,长得真丑,一天到晚傻吃闷睡,净长膘了。"

徐矿长说:"这几个憨货没少给咱矿争荣誉,现在也是报纸上有名、喇叭上有声、电视上有影的新闻动物了。"

丁科长笑道:"新闻界对咱矿多种经营给予了充分的关注。把这几个猪八戒吃了,记者再来,可就没有精彩节目了。"

徐矿长说:"养猪就是为了吃肉,吃肉能提高劳动生产率。"

丁科长说:"吃肉不能骂娘,要吃出团结,吃出干劲。"

徐矿长说:"就看你怎么分肉了,分好了,大家高兴;分不好,这话怎么说呢——咱就成了猪八戒他大舅!"

丁科长脸一红说:"咋分这几口猪的肉,还真得琢磨琢磨,猪头猪蹄猪下水可以送到招待所,往下面分肉可是有前腿有后腿,有肥膘有瘦肉,含金量不一样啊。"

徐矿长故意绷着脸说:"我不管,你别分出矛盾来就行。"

丁科长笑道:"可能会有矛盾,谁不想要精肉?要不然抓阄?"

徐矿长说:"抓什么阄?别闹得乱哄哄得像自由市场。"

丁科长嘿嘿笑道:"要不开个职代会听听大家的意见?"

徐矿长一乐:"瞎说,净瞎说。你去找工会孙主席吧,看他有什么办法。"

丁科长恍然大悟:"我怎么把齐天大圣给忘了?"丁科长听了徐矿长的话,拔腿就去工会找孙主席了。

很快,丁科长跑了回来,红光满面地说:"徐矿长,老孙的脑细胞就是丰富,真是个好主意!"

徐矿长问:"老孙有什么高招?"

丁科长笑道:"他呀,让把猪八戒的后代们剁成肉馅,肥的瘦的好的赖的统统剁到一块儿,每个职工分一份肉馅!"

邵健

邵健／本名邵俊强，安徽省作家协会会员，中国闪小说学会理事，安徽省闪小说学会会长，安徽省散文家协会副秘书长，蒙城县作家协会主席，《中国楹联报》副社长。主要作品有儿童文学作品集《送你一台聪明机》，散文诗《少见散文》，诗集《少见诗笺》等。

买不到的东西

乡下的老宅已经破烂不堪,没法住人了。我便请假回到乡下,拆掉旧居建新房。拆房之前,父亲来到老屋里做最后的收拾。

陈年余粮早已处理完毕,旧衣物卖给了废品收购站,旧家具送给了亲戚。现在农村都实行机械化收种,家里的一些农具也都属于淘汰型的,只是收起来作为象征性的纪念,被收到了旁边的屋子里。老宅里基本上没有了什么。然而,父亲还是恋恋不舍,一天一天地守在老屋里,像一只老鼠一样,把角角落落搜罗了一遍又一遍,总能发现还能收藏的东西。

看着父亲陈芝麻烂谷子地把自己的住处都塞满了,还没有停下来的意思,我十分焦急。本来就是请假回乡的,时间给这样耽误真不划算。于是,我就劝父亲,说:"都是些不值钱的东西,留在家里只是占地方。现在网络那么方便,你想要什么便有什么,一句话我就给你买来了。你费这么大的劲干吗?"

父亲被我说急了,跑到自己搜罗的一堆旧物里,翻出一件东西来,赌气递到我面前,气呼呼地问我:"这个,网络上也能买得到吗?"

我接过来一看,泪水禁不住地流了下来。父亲给我看的是一个相框,里面镶着已辞世十多年的母亲的照片。照片里的母亲坐在老屋门口,抱着未成年的我,正对着现在的我甜甜地笑着。

受伤的天鹅

　　林业派出所接到一起报案,说濮水乡河湾村有人救起了一只受伤的大鸟,不知道是什么鸟,让他们过去鉴别一下。

　　接警后,所长魏大好立即带人赶赴现场,在报案的村民家中,见到了那只大鸟。村民介绍,自己早晨起来解手,在房后的树林里看到了地上有一大团白花花的东西。走近一看,发现是一只大鸟,翅膀已经受伤了。他赶紧将受伤的大鸟抱回到家里,因为看到电视里经常宣传要保护野生动物,就向村干部汇报,让村干部帮着向林业派出所报了案。

　　同行的技术人员仔细地检查了一番,判定大鸟是国家二级保护动物白天鹅。翅膀上的伤口是新鲜的枪伤,估计是前天晚上在栖息地被偷猎者打伤的。好在伤势并不太重,包扎一下,估计四五天就能痊愈。

　　魏所长肯定了村民的做法,对村民自觉保护野生动物的行为进行了表扬,表示将把受伤的天鹅带回城里,联系畜牧兽医人员抢救治疗。等白天鹅伤口痊愈后,再让干警们把白天鹅带到野外安全放生。为了鼓励村民保护野生动物,魏所长还让报案的村民抱着白天鹅合了一张影,准备作为图片新闻投给报社。

　　回来的路上,魏所长立即拨通了林业局王局长的电话,汇报了这一情况。王局长听了非常高兴,笑着说:"好事,大好事!李县长多次跟我说'宁食飞禽四两,不吃走兽半斤',没想到想睡觉你给送来个枕头!还是安排到老地方吧,我这就打电话请李县长约人!"

儿意娘心

突如其来的一场大火,把他们的专卖店烧成了一片灰烬。面对一百多万元的损失,夫妻俩以泪洗面,不知道以后的日子该怎么过下去。

这个时候,娘来了。看着满目慈祥的娘,建伟有些糊涂了:由于脑梗死后遗症,娘失去了一段记忆,做事总是丢三落四的。她是怎么找进城来的呢?

夫妻俩赶紧招呼娘坐下来。娘安慰愁眉苦脸的儿子和媳妇说:"伟儿,珠儿,烧了就烧了吧,花钱消灾,咱们再挣!"

建伟点着头说:"娘,我知道,也许保险公司能赔一点。可是因为责任难划定,时间不知道得拖多久。"

妻子一把鼻涕一把泪地说:"我们现在连进货的本钱都没有了。"

娘安慰夫妻俩说:"不要急,娘给你们带本钱来了。你们这几年给我的钱我一分钱没舍得花,全存着呢。还有你们给我买的金项链、金耳环和金戒指,你们拿去卖了,先凑点进货的本钱!"一边说,她一边把手朝怀里摸去,掏出了一个裹得严严实实的布包,递了过来。

夫妻俩愣了,互相看了一眼:"娘,这不合适!"

娘微微一笑,说:"有啥不合适的? 娘一个人在乡下有地种着,根本用不着你们的钱。我一分没花,有一万多块钱呢!"

妻的眼泪哗地就下来了，扑上前去一把抱住了娘，说："娘，别，我们不孝啊！"

建伟也哭了，巴掌狠命地朝着自己的脸上扇去："娘，我们……"

他实在没有勇气说下去了，因为，自从娘得了半疯半癫的健忘症后，妻子强做主张，不但给娘买的是假金饰，还把逢年过节给娘的钱也全部换成了假币，说反正娘在乡下也舍不得花，做个样子就行了，别弄丢了……

红　包

老段正在家里无聊地看着电视，老漆打电话说，一会儿上家来坐坐。

简单地客气了几句之后，老漆说明了来意，说自己的儿子看上了县城投资公司拍卖的一处门面房，他想在退休以后有个抓手，看两间门面房做点小生意，心里也不那么空虚，想请老局长帮个忙。

老段说："我已经退下来几年了，早已门前冷落车马稀，还能帮你什么？"

老漆说："现在参加竞拍的对手就是您家我那个贤侄，其他人都退下了，就是他想跟我儿子较劲，一直不松口。"一边说，一边递过来厚厚的一个红包，说："老局长，这是五万元整，算是赔偿贤侄撤拍的损失！"

老段心里一跳：这一辈子也没收过如此厚的红包啊！就半开

272

玩笑地问老漆:"这不算是受贿吧?"

老漆哈哈一笑说:"老领导,这哪能算是受贿呢? 这是贤侄做生意受损后的补偿费。您就心安理得地收下吧!"

老段觉得有道理,一挥手说:"行,就这么定了。"一边说,一边给儿子打电话,"那处门面房的事,你立即主动撤拍,什么原因不要问,千万不能再插手。具体情况咱爷俩见面再说!"

儿子回来了,问老段是怎么回事。老段兴奋地捧出了那个厚厚的红包,说明了事情的经过。儿子还没听完就气得直跺脚,说:"您是吃饱了撑的,那处门面在黄金地段,买后就能升值十倍。在竞拍前对手答应补偿十五万元我都没答应。这倒好,一个红包就把您给撂倒了,我起码少挣了十万块啊!"

"我……"老段无语了,恨不得打肿自己的嘴巴,"这红包之风,看来是非反不可啊!"

司马攻

司马攻／本名马君楚，另有笔名剑曹、田茵等，泰籍华人，祖籍广东潮阳。系泰国华文闪小说发起人，曾任泰国华文作家协会会长，现为泰国华文作家协会永远名誉会长，世界华文微型小说研究会副会长。主要作品有《司马攻散文集》、《泰华文学漫谈》、《司马攻文集》、《心有灵犀——司马攻闪小说 140 篇》等。

靠窗那张床

他和他父亲到泰北一小镇收购土产。

小镇上只有一间客栈。这天,客栈客满,只剩一个空房间。

他和他父亲走进房间。他说:"爸,你睡靠窗的那张床。那边比较凉爽。"

他下楼去买点东西,听到客栈里的伙计在谈话……

他回到房间,对他父亲说:"爸,换床吧,我要看风景。"

他父亲有些不愿意,但还是换了。

两天后,他们回家。

晚上,他母亲问他:"那晚在客栈,你为什么要换床?你一向孝顺,一出门就变了,你爸不大高兴。"

他悄悄地说:"我听到客栈的伙计说,我们住店前晚,靠窗那张床有一客人暴病死去。"

心有灵犀

他和她经两年的热恋,终于结婚了。

她对他事事关心,使他心中甜蜜蜜的,十分好受。

一年后,她无微不至的关心,使他有些被管得太严了的感觉。

两年后,他和她因小事而口角。

三年后,他和她的争执越来越频繁。

她对他说:"我们分居吧!"

她拿了一个皮包,回到娘家去。那天晚上她辗转难眠。

他独自一人在家,整个晚上没合过眼。

第二天,下午五点,她到香香咖啡店,在靠窗的咖啡店坐了下来。她们婚前经常准时在这里见面。

五点零五分,他走进香香咖啡店,在她对面坐下。他向侍者招手:"来杯……"

"不必啦,照旧我已替你要了一杯奶茶,两块三明治。"

"雯,喝完咖啡,我们回家吧。"

她从桌子下面,拉出一个皮包,向他微微一笑。

情深恨更深

明嘉靖年间,沿海一带倭寇肆虐,一些奸民也加入其组织。

一天,倭寇又来镇里劫掠。几个妇女逃进紫云庵。

十几个倭寇入庵来。一尼姑手握念珠,闭眼诵经。

倭寇大声叫骂:"臭尼姑,死到临头还在唱曲。快把财物献出来,还有几个女人都叫出来。"

倭寇一边叫骂一边冲向后堂。

尼姑双手一扬,十几颗念珠飞出,倭寇纷纷倒地。只有一倭寇安然无恙。

这倭寇向尼姑一揖:"你我夫妻情深,你手下留情,我走了。"

"慢,有一人要见你。"尼姑向后堂唤,"小莲,杀死你父母的奸贼在此。"

倭寇拔腿便跑,尼姑掌中的一枚念珠一闪,倭寇右腿中珠倒了下来。

一少女走上前去,将倭寇头颅砍下。

伤心河边骨

一百七十多年前，潮汕地区发生大饥荒，人们纷纷逃往南洋谋生，到暹罗的最多。

当年泰皇拉玛三世，为了交通和农田灌溉，掘了好几条小运河，由郊区通向谷曼中心。最长的是二十六公里长的伤心河。

来到泰国最容易找到的工作，便是当苦力掘小河。

郑大、李二、林三、张四、马六和几百名华工在一起掘小河。

午饭时，郑大叹了口气："没想到来暹罗开河！"

李二："开河是苦活，但胜过在家饿死。"

林三："听说工头马六扣我们的工资。"

张四："不会吧，马六是个老实人。"

郑大："老实人？他腰间那条水布有暗袋，鼓鼓的其中必定有财物。"

一天深夜，郑大等几人，偷偷地解开马六的水布，其中有七个油布小包，分别写着：黄大目骨灰、王阿猪骨灰……

唐和耀

唐和耀 / 福建省作家协会会员，中国寓言文学研究会常务理事，福建少年儿童出版社副编审。

猎　人

远古守株待兔的农夫,他的九百九十九世孙之中,有一个远近闻名的猎人。

一日,猎人来到远祖曾经劳作、捡兔、待兔的地方。稍事停留后,凭多年训练出的听觉和视觉特长,他判断远处有一只野兔正径直朝这边跑来,而且十之八九会撞到眼前的一棵大树上。

猎人赶忙脱下自己的棉袄,包在树上。

果然,一只野兔跑来,撞在棉袄包着的树干上,丝毫无损。愣了一下,野兔接着朝侧面奔跑。

"砰!"猎人毫不手软地从后面开了一枪,随后拾起了野兔。

猴子与马铃薯

猴岛上,一贯贪玩的猴子们居然变了,从去年开始种起了马铃薯。

岛上实行分仓销售制,每个猴子种的马铃薯分别放在一堆,随客户挑选。去年,干巴猴挑了一块最肥的地,却由于懒于耕作,马铃薯长得很瘦小,它的仓里几乎没动销。

出乎意料的是,干巴猴的舅舅三个月前当上了全猴营销协会会长,最近猴岛分管销售的副岛长的桂冠竟然落到了干巴猴头上。岛上一片哗然,然后渐渐平静。

今年岛内岛外马铃薯大丰收,价廉而且销路不畅,猴子们高兴不起来。

干巴猴召开营销专题会议。猴子们你一言我一语,讨论得热火朝天。接着,干巴猴大谈营销理论,说营销不是简单地卖马铃薯,而是如何如何。

正讲得天花乱坠,长脸猴站起身打断它的话,问道:"副岛长,你为何不用你的营销理论去销掉你的那些积压的马铃薯呢?"

"你你你……散会!"涨得满脸通红的干巴猴恼羞成怒。

两家剧院

动物乐园里,几乎同时开了两家剧场。

东头一家的老板是黑熊,走的是平民路线,剧场布置得简朴整洁,演员都是乐园中动物兼职的,一张票才需一块动物铜板。

西头一家董事长是犀牛,走的是高端路线,剧场布置得富丽堂皇,演员都是从珍稀动物演艺公司高价雇来的,一张票需十块动物银圆。

黑熊剧场的观众越来越多,而犀牛剧场的观众越来越少。犀牛倒是一点不急,它逐渐将票价提高。

一场意想不到的经济危机袭来,动物乐园里许多行业陷入萧条。黑熊剧场生意却照常火爆。

犀牛剧场命运可想而知,最后只剩唯一的观众——大款活络猴。两个月后,活络猴在一场车祸中丧生。犀牛剧场随即寿终正寝。

哲学家与保安员

机灵猴是动物乐园里知名的哲学家,整天研究一些高深的哲学问题。

一天,它去幸福新村看望大姨一家。刚走到大院门口,保安员笨笨熊向它敬了个礼,然后拦住它。

"你是谁?"笨笨熊问道。

机灵猴如实回答。

"你从哪里来?"笨笨熊又问道。

机灵猴又如实回答。

"你要到哪里去?"笨笨熊再次问道。

机灵猴还是如实回答。

笨笨熊抬起了栏杆,微笑着放行。

回来的路上,机灵猴突然想:一个看大门的,怎么会精通哲学?它竟然一连问了我三个哲学问题。机灵猴百思不得其解。

五年后,笨笨熊的女儿进行硕士论文答辩,笨笨熊应邀参加会议。不料,女儿的论文议题就是:"你是谁?""你从哪里来?""你要到哪里去?"

笨笨熊提前退席,摔门而出,嘴里还嘟囔道:"我辛辛苦苦供你念书,你却研究看大门问话一样的简单问题。"笨笨熊越想越生气。

就在这年冬季的一个雨天,机灵猴、笨笨熊在同一次车祸中丧生。在联合葬礼上,司仪乖乖兔分别对它俩的尸体问道:"你是谁?""你从哪里来?""你要到哪里去?"

笨笨熊的女儿想道:这话怎么特别耳熟?

陶然 / 原名涂乃贤,祖籍广东蕉岭,出生于印度尼西亚万隆, 现定居香港。系香港闪小说发起人,现为香港作家联会执行会长、《香港文学》总编辑。主要作品有文集《与你同行》、《没有帆的船》、《岁月如歌》、《密码168》等。

职业刀手

手起刀落,一刀,两刀,三刀……寒光闪闪,杀得性起,红了眼,只看到一片血色晨雾,只听得坐在车上的肥超喝了一声:"撤!"他才惊醒。匆匆回头,那人瘫在地上,血流如注,他却不明白为什么。

他只是收人钱财,叫他做事就做事,从不过问为什么。办完了就潜往他方,幕后老板早就有安排,躲个一年半载,等风声过去再回来。

无冤无愁,他甚至不认识这个人,只凭一张照片认人,一刀砍去,钱就落袋。

逃亡中他东躲西藏,那晚他竟砍了自己一刀。血肉模糊中,那刀铺瘦小精悍的中年老板在斜眼冷笑。乍醒过来,他满头大汗,夜色冷冷,他孤独地躺在简陋客栈的单人床上,记不起究竟身在何地。

预　约

　　他蒙蒙眬眬醒来,强睁眼睛,只见一道白光一闪,他跌入半昏迷状态中,隐约记得登记预约时,窗口内那个姑娘从计算机上打出:2015 年 6 月 15 日上午 10 时 15 分。

　　"啊? 一年之后?"他张口讷讷地对那一脸冷然的姑娘说,"那太久了吧?"

　　那姑娘冷笑:"想快点呀? 到私家医院啦! 想要多快就多快!"

　　他想要回她:"谁不知道? 但很贵呀! 我付不起。"但望了望那不耐烦的脸色,他把话硬生生地吞回肚子里去,转身就走。

　　只听见她哼了一声:"鬼叫你穷啊? 顶硬上啦!"

　　一年就一年!

　　以为时光易老,谁知道突然便什么也看不见了。这时他才明白,钱很重要,但眼睛更重要。白光中,什么也没有,只有那个姑娘没有表情的脸在闪闪烁烁,听不见她在说什么。

寻

女儿两岁半了,必须上 M 班了,她开始着急,因为不知道谁是父亲。老天呀! 父亲一栏该怎么填?

问题是男人太多,也不知从何着手,只好天涯海角寻人,但又不可张扬。她想来想去,只得从可能性着手,去找几个曾经最亲密的男人试探,但又不能道出原委。她终于想到做不用申报姓名的 DNA 亲子鉴定。

她先约阿黄,因为跟他交往最多,可是与他断绝来往也有几年。他一接电话,那声音听得出惊喜:"你终于找我了?!"她嗲了两句,那阿黄就招架不住,在酒店里缠绵后,他倦极了便睡了过去。她假装抚摸他汗湿的头发,趁机拔下一根。他刺痛惊醒,嘟囔着:"啊呀干啥呀你?"旋即又翻身蒙眬睡过去了。

接着,她又陆续约阿陈、阿张、阿李、阿周……借机偷走他们喝过的咖啡杯、吸剩的烟蒂……然后拿去化验。但结果显示他们都不是孩子的父亲。

她大惑,莫非化验不准? 她翻查资料,上面明明写着人类唾液、精液等,都含有每个人的 DNA,准确度达九成以上。莫非他们都是属那一成的例外人士?

她迷惘极了,蒙眬中,她发狠地想:下一个,我不如给他放血,血液该无所遁形了吧?!

醉　酒

　　从兰桂坊"1997"出来,跨下梯级,有点立脚不稳,他一把抓住扶手,一面推开伸来的柔软的手,犹自傻笑,"我……没醉!"再下一级,几乎踩空,他一把搂住云妮,忽然觉得浑身酥软,想一直躺在温柔乡里,再也不想醒过来了。

　　梦中,云妮柔情万种,百般怜爱,立刻融化了他的心。正待扑上前去,猛然头颅着地,一阵剧痛。周围人群围了过来,隐约人声传出:"醉话连篇,快打999啦!"他口吐白沫,勉力睁开眼睛,灯光扎眼,众多诧异眼神。警车呜哇呜哇地叫,由远而近。他给抬了上去,惊醒过来,哪里有什么云妮了?旁边赫然是两个男警,一左一右把他夹在当中,铁钳似的,令他动弹不得。

王健

王健 / 笔名提拉米苏。曾获 2014 中国闪小说年度总冠军大赛冠军。

那年那羊

父亲去集市上卖那只大母羊了。一家人过年的花费全指望这只羊呢。

父亲走后,我们都眼巴巴地盼望着,盼望父亲给我们买回来猪肉、鞭炮、新衣、糖果……

直到半夜,父亲才踏着积雪归来。

一进门,父亲就一脸沮丧地蹲在地上——他说卖羊的200块钱给小偷摸了。

在母亲的叹息中我们那个年过得凄苦而愁闷……

……

多年后我去外地读大学,和同村的小敏成了室友。在遥远的异乡,我们相互慰藉,很快成了最好的朋友。从小到大,虽然和小敏一直同窗,我俩却很少交往。听说小敏的母亲和我父亲曾是一对恋人,因为家里反对才没有走到一起。母亲来了以后,就因为这个原因,一直反对父亲和小敏家有来往,我们小孩子之间也就很疏离。

那天,我接完父亲的电话,小敏突然说:"徐叔叔真是个好人……"

"这还用说?——咦?你又如何得知?"

"我的命都是徐叔叔给的……"

啊？我差点惊掉下巴，难道……

"那年冬天我得了急性脑炎,要不是徐叔叔给交上了 200 块住院费,抢救及时……"

我一下子联想到父亲卖羊的那个春节。

见到父亲,我不禁问道:"爸,那年卖羊的钱你真的丢了吗？小敏……"

"嘘……"父亲连忙阻止我继续说下去。

"当时,我不能见死不救啊……可别给你妈知道了,她这人心眼小……"

我虽赞同父亲的做法,可总觉得不能让母亲这样蒙在鼓里。

这天,我忍不住和母亲说起这事,母亲淡淡地答道:"你是说卖羊的那 200 块钱吗？你卢婶十年前就还我了……"

意　外

一场洪水退去以后,有人在河套的淤泥里发现了只缺了口的老碗。

很快有个专家组就赶到了。

经鉴定,这是宋朝的民间瓷器,价值连城,可惜破了,但还是有很高的研究价值。

河边发现宝贝的消息迅速传开了。莲花也挤在围观的人群中,突然她睁大眼睛,差点叫出声来——这不是她前些时候丢出来的那个碗吗?只不过丢出来的时候还没破。这样的碗在她家柴房里有一大摞呢!真是喜从天降,这下要发大财了!

她记得爷爷在世的时候跟她讲过,以前不兴分家,一大家人都在一起吃饭。那些男人饭量大,为省去添饭的麻烦,太爷爷一气从镇上背回十几个状如小盆的大海碗。分家后这些没用的大碗就堆在柴房里。前些日子莲花用其中的一只碗拌老鼠药,用完就将碗远远丢到河套里了。

喜出望外的莲花找到专家,说明来意。

戴金丝边眼镜的专家拿起莲花家的碗,表情凝重地一点一点挪动着手里的放大镜,镜片后的眼睛睁得老大。良久,专家眉头拧紧,摇头,最后给出结论:这只碗是比较新的东西,市价5元左右。

莲花惊愕地张大嘴巴,怎么可能?这和那只破了的碗明明是一起买的!

"你们再好好看看……"莲花心有不甘地央求着。

专家脸上挂着怪异的表情,摇摇头走开了。

莲花看着他们戴上白手套,小心翼翼地把那只破碗装进袋子,忍不住喊道:"这只碗就是我扔的!和这里的就是一回事!"

专家脸上带着不屑的表情:"添什么乱你!"

少 女 像

十八岁的少女雯是一所山村小学唯一的老师。

邻近村子的孩子来上学,要经过一座摇摇欲坠的小木桥。每天放学,雯都会把孩子们送过桥去,从不间断。她深深爱着她的事业和孩子们,孩子们也从心里喜欢雯。

一个大雨滂沱的黄昏,雯护送孩子们回家,突然暴发了山洪,孩子们毫发无损,雯却被洪水冲走了!

孩子们哭泣,家长们惋惜,雯的母亲更是伤心欲绝。

后来人们讨论决定,用石头雕刻一尊石像来纪念这位可亲可敬的少女。反正这里最不缺的就是石头,据说天安门广场的条石和人民英雄纪念碑的石材都出自这里。

很快,一尊少女像就伫立在了村口。过往的人们争相传颂着雯的事迹,对着石像肃然起敬。

……

雯被洪水冲到了江边,被当地的渔民救了。虽然保住了性命,可是她的头部受到了猛烈的撞击,丧失了大部分记忆。

无家可归的雯,一路漂泊流离,凭着残存的零星记忆,几经辗转,回到了自己的家乡。

当然这已经是多年后了。村里发生了很多变化,雯的母亲因为哀痛,也早已故去。唯有村口的少女像,风采依旧。

见到雯,人们大吃一惊,但实在无法将眼前这个衣衫褴褛、目光呆滞的妇人和雯联系在一起。后来大家一致认为,这只不过是和雯长得极像的一个疯婆子而已。大家纷纷敬而远之。

雯就像浮萍一样飘来荡去,饥一顿饱一顿的,有时就在少女像下面栖身。

一个寒风呼啸的清晨,人们发现疯婆子蜷缩在少女像下面,已死去多时。

青山不寂寞

黄昏时分,青山把他的羊群赶进圈,就开始生火做饭。

袅袅的炊烟升起时,他又想起那个差点成为他老婆的人。

那时村里善良的哑女麦苗总喜欢往他的小屋跑,常常在他出去放羊时偷偷做好热腾腾的饭菜。他给她摘回香甜的山莓、野葡萄……麦苗的眼睛会说话,她说:青山哥,我要永远陪着你。

可是麦苗的大哥嫌弃青山:他不善言辞,样子还难看,额上几条刀凿斧刻的深纹,更显老相,除了一间摇摇欲坠的土房和几只羊别无他物……麦苗大哥为了几千元彩礼钱硬是逼妹妹嫁到了山外……

木讷的青山更加寡言,他一个人和几只羊,面朝远山,一年又一年……

……

村里一个8岁的小女孩患了白血病,一家人把能卖的全卖了也远不够给孩子治病的,女孩的爷爷全富更是愁得头发全白了。

好心的乡邻自发地捐起了钱:你5元,他10元……都是穷家薄业的,谁能有多少钱?

青山一下子拿出1万元——这些年全部的积蓄。那天全富涕泪横流,一下子跪在地上……全富就是麦苗的大哥。

……

青山还是每天去放羊。他点燃一支烟,走进漫山遍野的阳光里。

山里,有麦苗坟上郁郁葱葱的野草陪伴,他不会寂寞。

王蒙 / 当代著名作家、学者。主要作品有长篇小说《青春万岁》、《活动变人形》、《这边风景》等。作品被翻译成英、法、德、俄、日等 20 余种文字，在 30 多个国家和地区出版发行。

雄 辩 症

一位医生向我介绍,他们在门诊中接触了一位雄辩症病人。医生说:"请坐。"病人说:"为什么要坐呢?难道你要剥夺我的不坐权吗?"

医生无可奈何,倒了一杯水,说:"请喝水吧。"

病人说:"这样谈问题是片面的,因而是荒谬的,并不是所有的水都能喝。例如你如果在水里掺上氰化钾,就绝对不能喝。"

医生说:"我这里并没有放毒药嘛。你放心!"

病人说:"谁说你放了毒药呢?难道我诬告你放了毒药?难道检察院起诉书上说你放了毒药?我没说你放毒药,而你说我说你放了毒药,你这才是放了比毒药还毒的毒药!"

医生毫无办法,便叹了一口气,换一个话题说:"今天天气不错。"

病人说:"纯粹胡说八道!你这里天气不错,并不等于全世界在今天都是好天气。例如北极,今天天气就很坏,刮着大风,漫漫长夜,冰山正在撞击……"医生忍不住反驳说:"我们这里并不是北极嘛。"

病人说:"但你不应该否认北极的存在。你否认北极的存在,就是歪曲事实真相,就是别有用心。"

医生说:"你走吧。"

病人说:"你无权命令我走。你这是医院,不是公安机关,你不可能逮捕我,你不可能枪毙我。"

……经过多方调查,才知道病人当年参加过"梁效"的写作班子,估计可能是一种后遗症。

常胜的歌手

有一位歌手,有一次她唱完了歌,竟没一个人鼓掌。

于是她在开会的时候说道:"掌声究竟说明什么问题?难道掌声是美?是艺术?是黄金?掌声到底卖几分钱一斤?被观众鼓了几声掌就飘飘然,就忘乎所以,就成了歌星,就坐飞机,就灌唱片,这简直是胡闹!是对灵魂的腐蚀!你不信!如果我扭起屁股唱黄歌儿,比她得到的掌声还多!"她还建议,对观众进行一次调查分析,分类排队,以证明掌声的无价值或反价值。

后来她又唱了一次歌,全场掌声雷动。她在会上又说开了:"歌曲是让人听的,如果人家不爱听,内容再好,曲调再好又有什么用?群众的眼睛是雪亮的,群众的心里是有一杆秤的,离开了群众的喜闻乐见,就是不搞大众化,只搞小众化,就是出了方向性差错,就是孤家寡人,自我欣赏。我听到的不只是掌声,而且是一颗火热的心在跳动!"

过了一阵子,音乐工作者会议,谈到歌曲演唱中的一种不健康的倾向和群众趣味需要疏导,欣赏水平需要提高。她便举出了那一次唱歌无人鼓掌作为例子,她宣称:"我顶住了!我顶住了!我顶住了!"

又过一阵子,音乐工作者又开会,谈到受欢迎的群众歌曲还是创作、演唱得太少。她又举出另一次唱歌掌声如雷的例子,宣称:"我早就做了! 我早就做了! 我早就做了!"

电　梯

老王上电梯,发现了一个陌生的青年。

青年先老王下了电梯。老王问电梯工:"谁?"

电梯工答:"不知道。"

他是谁呢?

你管他是谁呢。

如果他是小偷呢? 恐怖分子呢?

如果他不是呢? 如果他只是一个客人,某个住户的新成员,或者人寿保险推销员……呢?

有物业,有保安,有电梯工,有110、112、派出所、武警……他们都会负起保卫居民的责任的,老王如果不是吃饱了撑的,何必操心陌生人是谁呢?

然而他还是忍不住想:"他是谁呢?"同时,他还想:"我为什么要想他是谁呢? 我难道不能根本不考虑他是谁吗? 我为什么每天要想那么多毫无意义的问题呢? 我能冷静理性地衡量自己应该吃什么或者不应该吃什么,我能确定我去哪里或者不去哪里,我甚至于能明白我要说的是什么或者不是什么,难道我就不理解我想什么不想什么吗? 但是,但是,我为什么要管一个陌生人到底是谁呢?”他觉得自己的脑子乱了,痴了,呆了,病了。他有点惊慌。

这时太太让他到物业管理处缴纳水电煤气保安与清洁费用,他的脑子一下子就痊愈了。

发　型

老王去理发,洗剪完毕,理发师给老王分头,把大部分头发梳到一面。

老王觉得不对,就说:“我的头是往另一面分的。”

理发师说:“是这样,您的头后偏这一面处长着一个旋儿,在那里分比较好,否则您的旋儿上的头发,很难梳顺当。”老王觉得也有理,便同意改为向这边分。老王觉得奇怪。他是从十岁开始理分头的。说来好笑,那一天他本来要跟着大同学一起去参加抗议国民党政府的游行示威,母亲坚决不让他去,一怒之下,他跑到理发馆,留了一个小分头,而且使用了发油,吹了风。此前,他一直是推平头,从这次尝到了不准革命的滋味,他才留了油光光的小分头。

从那时到现在,整整六十年了,他的分头一直是往那边分的,怎么这次往这边分起来了呢?难道六十年来他的头发梳错了?难道端正方向真的这样艰难?

改为向另一边分后,他的头发能够显得顺当了吗?

他拿不准。

王平中

王平中 / 四川省作家协会会员，中国闪小说学会副会长，四川省闪小说学会会长，四川省小小说学会副会长，资阳市作家协会副主席兼秘书长。主要作品有小说集《今夜门为谁开》、《满姑告状》等。曾获资阳市"五个一工程"奖等诸多奖项。

英雄无双

这是一场惨烈的战斗。

双方经过一天一夜的恶战,阵地上只剩下他和波尔。

他知道,对方阵地也所剩无几。

突然,他见一敌人的枪口瞄向波尔,忙抬手一枪抢先将对方击毙。

突然,一敌人端着带刺刀的枪向他猛刺过来,波尔忙将他扑倒在一旁,敌人的刺刀从他身边刺过……

终于,敌人全被歼灭。他和波尔紧抱在一起。

英雄怎能有两人呢? 他扳动枪机的同时,听到波尔的枪也响了……

你猜我看到什么

我同老公吵架后,一气之下从楼顶跳下去。

我瞧见——

七楼:男人将女人骑在胯下,左手按住女人,握成拳头的右手像雨点般落在女人身上……女人在男人身下号啕……

六楼:女人指着男人臭骂……男人蹲在地上抱头不语……

五楼:女人将麻将摔了一地……男人将热水瓶啪地摔在地上……

四楼:男主人破门而入,床上一对男女在瑟瑟发抖……

三楼:女人将扫帚打在跪在地上的小孩身上,小孩护着背哇哇哭叫……

二楼:……

唉,家家都有本难念的经,我只同老公吵了一下嘴,有啥想不开呢? 可我还在往下坠……

别怕,我是只壁虎!

头到哪去了

张三坐在桌前,觉得心里空空的。他拿起桌上的文件夹,好像里面一份文件也没有,又随手拿起一张报纸看了看,好像上面什么字也没有。

张三想不起今天该做什么了。

张三泡了一杯茶,端起来抿一口,又抿一口……他感到不对劲,茶水好像从颈子处喝下去的!"妈的,日怪了!"

张三一摸颈子,惊得从椅子上一下弹了起来:"哎呀,头不见了! 我的头不见了!"

张三在屋里踱来踱去,寻找自己的头……

张三边找边喃喃地说:"我的头呢! 我的头到哪去了呢?"

吱——秘书小张推开门走了进来。

张三焦急地说:"小张,你看到我的头了吗?"

秘书小张莫名其妙地看着张三说:"县长,市政府通知你今天下午开会!"

张三听了,大喜,一拍脖子说:"哈! 找到了,找到了! 原来我的头在你肩上呀!"

二 娘

爹是亲爹。娘是二娘。

娘虽然是二娘,却像亲娘一样。每天他起床时,娘已将洗得干干净净的衣服放在了床边。中午,他放学回家时,娘已将香喷喷的菜端上了桌,笑眯眯地等着他呢。

但这样的日子随着爹的去世便戛然而止了。

那天中午回到家时,家里却冷冷清清的。他肚子饿得咕咕咕地叫,揭开锅盖,锅里空空如也。他对坐在椅子上闭目养神的娘说:"娘,我饿!"娘仍坐在椅子上,闭着眼睛说:"你饿了自己煮呀!"他含着泪,将米淘好后倒进锅中,煮沸,然后用筲箕滤饭。当时,他还没满 14 岁,人还没有灶台高呢! 他站在板凳上滤饭,娘也没有帮他。焖饭时,火才烧了一会儿,煳味便在屋子里弥漫开来。这时,娘终于睁开眼说话了:"焖饭时,要微火慢慢煨才不会煳!"

第二天,娘破天荒没将洗得干干净净的衣服送到他身边。他在床上冲着娘喊:"娘,我的衣服呢?"娘冷冷地说:"你换的衣服还没洗! 要换衣服自己洗啊!"

从此以后,他学会了煮饭、炒菜、洗衣,星期天还被娘喊到地里干活呢。看到邻居家的小伙伴还在娘怀中撒娇,他心中便对娘充满了怨恨:毕竟是二娘,不是亲娘呢!

　　想不到一年后,娘竟然离他而去。弥留之际,娘拉着他的手说:"儿呀!娘这一年来,看到你小小年纪做了这么多事,心里也不好受呀。你知道娘为什么这样狠心吗?你爹去世后,我就查出得了绝症!我想,我走了,你还得生活呀,不自立咋行?……"

　　"娘!我的亲娘哎!"他泪水涟涟,说不出话来。

王万华

王万华／江苏省闪小说学会理事。曾获 2014 中国闪小说年度总冠军大赛优秀奖、首届《光明日报》微博微小说大赛三等奖、江苏环保微小说大赛一等奖、"陀螺文化杯"幽默闪小说大赛三等奖等诸多奖项。

灯 塔

他光着脚踩在江畔的沙滩上,任凭浪花打湿了裤脚。

夕阳下,江中的灯塔闪烁着微弱的黄光,摇摆着的身体,仿佛在向他招手。想起这么多年的辛苦,如同这东流的江水一去不复返,他不觉泪水溢出眼眶。他把手里的鞋子整齐地摆放在江边,向着江中摇摆的灯塔缓缓地走去。

醒来时,他发现自己躺在一条渔船上。他决定放弃轻生,他发誓,一定要东山再起。

数年后,他成了本市有头有脸的富商,不但还清了高额的债务,还成了拥有许多工厂的大老板。公司总部"江海化工"就坐落在这条江边。他从办公室内能清楚地看到当初的那座灯塔依旧在江中摇摆。他决定,寻找当初救他的那艘渔船以及船的主人。

几经周折,他终于寻到当初救他的那个渔夫。只是,渔夫已经不再打鱼,而是靠打捞江中的垃圾度日。

他表明了身份后问渔夫:你想要什么样的报答,我一定满足你。

渔夫吃惊地看了看他,又把目光转向浑浊的江面,冷冷地说:我什么都不要,只求你不要说出是我救的你。

……

在他张口结舌的时候,渔夫摆动起双桨,向着江中摇摆的灯塔划去。

老 船 长

阳光,沙滩,海浪。当然少不了老船长。

船上的绞缆机、吊臂、铁链,都是刚上的油,船舱也给擦得锃亮,但老李更爱他的那条老渔船。自从老渔船沉没在这个岛的不远处后,老李就一直住在这个离海岸不远的荒岛上,他说,舍不得那条老船。天气不错,适合下海。老李从石棉瓦搭建的屋里拿出干粮和水壶,准备一天的工作。安静的海水不算清澈,老李把船开到离岛很远的地方。这片海域原本是伪虎鲸最喜欢待的地方,不知从何时起,老李就再没见到过它们。

就这了,老李放下鱼钩,慢慢地开动小船。鱼钩是老李自制的。硕大无比的磁铁拴在铁链上,像一只大秤砣,铁链哐啷哐啷顺着船舷滑入海里。阳光下,老李黝黑的脸布满深深浅浅的沟壑,一双眼睛却异常明亮,死死地盯着铁链。忽然,小船被重物拖慢。老李兴奋地扔掉手中的烟头,摇摇铁链——绷得紧紧的。老李转身按下绞缆机的开关,铁链又顺着船舷哐啷哐啷地提起。磁铁终于露出水面。老李拉过吊臂上的钩子,钩住磁铁,猎物是一块锈蚀的汽车厢门。放下猎物,接着,老李又把磁铁放入海里。

太阳偷偷地转到西边与海水拥抱。老李点上烟,揉着僵硬的胳膊,看着如血的海面长长地吐出烟圈。唉!真是老了,一天活干下来胳膊酸痛酸痛。老李想:我死了谁来接我的班哪?

重重的船舱压着水花,慢悠悠地向荒岛驶去。老李望着海水那边的沙滩,突然想起一个人来。那个人曾挽着他踩在柔软的沙滩上说:"以后,你接我的班,做船长。"

桃花红了

哑妻喜欢笑,因为男人说:"你笑起来真美,像盛开的桃花。"

哑妻不识字,偏偏嫁了个远近闻名的穷书生。不识字的哑妻心可灵着哩!院里的桃花是哑妻生女儿那年叫男人栽上的,女儿乳名就叫桃花,哑妻起的。

暴风雨来得凶猛,打落了一地桃花。哑妻躺在床上咿咿呀呀,手举了举,又无力地垂下。心有灵犀的男人握着哑妻的手,笑着说:"放心吧,我会再给女儿找个妈。"哑妻笑。男人绘声绘色:"不信?我是谁?风流才子吴三郎哩,女人还不踏破咱家的门槛?放心吧,啊!"哑妻笑了,男人哭了。

院里的桃花开了又败,败了又开。女儿说:"阿爸!找个伴吧,女儿也好放心嫁。"男人笑呵呵地说:"放心吧,阿爸有伴哩!"女儿笑,笑起来真美,像她的哑妈,像院里开着的桃花。女儿咯咯地笑:"阿爸,还瞒着女儿哩,到底是谁啊?村东的刘婶?村西的张妈?"男人笑而不语,看着院里,院里有桃花。

女儿嫁了,院子一下子空了,那一树桃花,悄悄地开在月色下。男人在桃树下摆个桌子,搬个凳子,一壶"女儿红",两个杯子。男人举起杯子对着一树桃花说:"老伴啊,女儿出嫁了,咱俩好好喝一杯吧。"月色朦胧,醉了男人,醉了桃花。

桃 花 渡

桃花渡,没有一棵桃树,半棵都没有。

桃花渡,却实实在在因为桃花而得名——桃花是个女人,一个摆渡的女人。我喜欢乘坐桃花的小渡船,不是因为桃花是个女人,而是因为桃花会讲故事,讲他或她的故事。

桃花提起湿漉漉的撑竿,故事就算开了头。

桃花说,从前有个渡娘,她用渡船把她的男人送过了岸,男人不愿在河上待一辈子,去了远方。湿漉漉的撑竿再落进水里时,渡娘的男人没有回来。桃花的撑竿,再提起,再落下,船就到了岸边。

我问:"渡娘怎么不去找她的男人?"桃花说:"她去了,又回来了,带着一脸泪水回来的。"我问:"你就是那个渡娘吧?"桃花没有否认。我又问:"你天天在河上是在等你的男人吗?"桃花摇头:"不……我舍不得放下手中的撑竿。"我不知道,桃花说的"不"是说她不是那个渡娘,还是,不是在等她的男人。

我还想问,桃花的撑竿弯了几个弯,桃花和她的渡船又回到了河的对岸。

王雨

王雨 / 本名王佩，中国闪小说学会副会长。主要作品有闪小说集《一物降一物》、《谁说亲情不管用》。

元 首 们

各国的元首们为了人类的进步呕心沥血,鞠躬尽瘁。

上帝感其诚,莅临人间,请他们去"开会"。

上帝说:"我要帮助你们人类! 今天,各位只要轻启按钮,便能决定地球是飞速向前发展一千年、三千年还是五千年!"

元首们惊喜万分。

"但,我要善意地提醒诸位,哪怕地球只是向前发展一千年,地球上国家也将不复存在,所以各位也将面临……"上帝提醒道。

元首们沉默了。

结果,地球仍是现在这个样子。

蔬菜无价

买了新房,搬进城里。丈母娘心疼女儿,常从郊区赶来,送些新鲜蔬菜什么的——岳父、岳母他们住在城乡接合部,还有半亩多田,种点粮食也种了些蔬菜。送的菜,有时吃不完,就敲开对面的门,送上一些。有时是顶花带刺的黄瓜,有时是青亮圆润的菜椒,有时是碧绿碧绿的一小捆青菜——不值钱,却是自己田里长的,不施化肥,属于天然无污染绿色食品……

对门收了菜，很高兴，也很客气，也常常"知恩图报"，回送些茶叶啊进口水果什么的。这样，就更不好意思了，滴水之恩当涌泉相报，有了菜，就更不能忘了对门。

次数一多，两家就熟了。楼道里见了，都很热情地打招呼。有时，对门大人都晚回来，他们上三年级的小女儿就先到我家里来做作业。

年底，也不知怎么回事，天上掉馅饼了，无缘无故，毫无征兆，局长提我做了科长。按说，像我这么嫩的一个大学毕业仅仅三年的毛头小伙子，能当科长，不说夸张了点，也的确是太一鸣惊人了！仿佛一夜之间，同事们看我的眼神都走样了……

当初，局长找我谈话时，我都不知道是怎么回事，也不知道说什么好。

局长也没多说什么，只是拍了拍我的肩膀，说了一句："好好干吧！"

局里年底聚餐时，因为咱是科长了，所以必须得单独给局长敬酒。碰杯时，局长很随意地问了我一句："你跟赵处长很熟？"

赵处长？我一愣，当时真的没反应过来——幸亏又有人过来敬酒。

回到家，我一下子清醒了：只知道对门男的在组织部上班，姓赵，他是赵处长？！

说什么好呢？只剩下万千感慨。

一物降一物

某县"一把手"前仆后继,接连落马。又来一新官,新官上任,大兴土木。县委大院正对过,有百年历史的"老天泰"茶庄也在拆迁之列。

茶庄老板急了,这可是祖上传下来的产业,生意兴隆,日进万金,拆了的话,损失可就大了。茶庄老板上蹿下跳,求爷爷,告奶奶,能请的都请了,该求的也都求过了,仍然没用,上面说了:"纵你有一千条一万条理由也没用,你必须服从大局,一个字,'拆'!"茶庄老板急火攻心,病倒在床。

关键时刻,有人泄露"天机":"没事的,只要你肯出一千块钱,我保你化险为夷。"

茶庄老板一下子从床上坐起来:"一千块? 两万块也没问题!快说,怎么办?"

来人道:"这次拆迁,是赵书记上任后为了祛除晦气搞的'风水工程',你拿上一千块钱去找'赵半仙',只要他说不能拆,赵书记绝对不敢拆!"

钱到祸除,两天之后,果然有人通知:"老天泰"茶庄用不着拆了。

一群大骗子

今年年休假,我去千里之外的某县看望和大哥大嫂住在一起的老爸老妈。住下后的第二天一早,我便领了任务——陪小侄女参加县里组织的"环保志愿者"誓师大会。小侄女聪明活泼,胳膊上挂着两道杠,是中队长。爸妈说,小侄女现在特别热心绿色环保工作,已是学校"环保志愿者"组织里的片区队长了。就为这,大哥一家到现在还没买私家车,因为小侄女坚决反对。小侄女说:"绿色环保首先要做到低碳排放,我是绿色志愿组织的领导,当然要带头起到表率作用!"

誓师大会在市民广场举行,天上气球飘飘,地上彩旗招展,人山人海,场面非常大。会场四周整齐摆放着许多宣传牌,有介绍碳排放对地球影响的,有介绍生活中如何降低碳排放的……

一小时后,慷慨激昂的誓师大会结束了,主持人大声宣布:"同学们,让我们以热烈的掌声欢送领导退场。"只见主席台上两排二十余位官员纷纷起身退场,然后各自钻进了停在广场树荫下的小轿车里,二十余部小轿车呈长龙状,绝尘而去……

广场上霎时一片寂静。

有位陪孙子来的老奶奶喃喃自语:"刚告诉孩子要多骑自行车,多乘公交车,自己倒好,个个坐'乌龟壳'……"

小侄女闷闷不乐地回到家。嫂子问她活动情况。小侄女憋了一会儿,终于爆发了:"骗子,一群大骗子!"

韦健华

韦健华／广西省作家协会会员。主要作品有长篇小说《蓝色虹》、小小说集《流泪的理由》等。曾获全国微型小说年度评选二等奖、《人民文学》征文奖和省市级文学奖等40余个奖项。

检 讨 书

新年爆竹的硝烟还没散,张雄和唐芳铁了心似的要离婚。

不做家务、不懂得体贴她、动不动就对她发火——唐芳看张雄是满身的缺点。

整天婆婆妈妈,有事无事地找架吵,不理解他——在张雄眼里的唐芳。

他俩产生隔阂也是近两年的事。这两年他俩吵架已超过二十次,闹离婚也有十来次。这次朋友们已没了调解的劲,双方父母也没了劝阻的意思。

两人在协议上签了字就等春节假期结束后去办离婚证。

这天,唐芳收到一封信,笔迹是张雄的。信的开头写着"芳",里面说他对她关心不够,以后要好好地体贴她……与其说这是信还不如说是检讨书。

也是这天,张雄也收到唐芳的一封信。唐芳在信中认识到自己对他温柔不够,还说了好多"对不起""请原谅",并说以后一定做个好妻子。张雄觉得唐芳写检讨信用的几乎就是十年前给他写情信的口吻。

收到信后,唐芳就发现张雄对她的脸色好多了。唐芳想既然他写了检讨,也应该给他下台的台阶。

张雄发现唐芳软了下来,心想:女人悔过了,大丈夫就没必要跟她计较了。

他俩把离婚协议书撕了！

经过这事以后，两人比以前更亲密了。

"你怎么想到写一封检讨信给我？"一天，唐芳问这事。

张雄奇怪："我写检讨给你？倒是你写信向我做了检讨，你忘了？"

"你没写？我还给你写信做检讨？"轮到唐芳奇怪了。

两人都拿出各自收到的信，那又千真万确是他们的亲笔信。

此时，他俩想起十年前市里开展的"留给十年后一封信"活动。这信是那时写好，由活动组委会封存到现在才寄出来的。

兄　弟

二伟老婆执意要在这过道上安一个门，大伟夫妇虽然难过，但还是同意了。

大伟与二伟没分家时，这过道就是两套房子之间的通道，两套房子的后门就在过道的两边。就是兄弟俩都结了婚刚分家那会儿，谁到对方家送点东西，或借点还点什么的仍通过这通道。可没过一年，二伟的老婆就弄出了这门。

这是用钢筋焊成的简易铁门，彼此可以看到对面，还能伸手递东西过去。但这铁门上有两个锁扣，按二伟的说法两家各在门上锁一把挂锁，要两家同时开锁才能打开这门。

后来他们有了儿子，过道虽仍锁着，但大伟的儿子大宝经常从这门的钢筋间的空隙递些玩具和他用纸折的船和坦克过去给二伟的儿子小贝;小贝有新连环画也从这递过来给大宝看。

　　小贝八岁那年的一天,大伟接到电话,二伟在电话里哭着说他在离家两里路的圩上,家里起火了,火把大门封住了,小贝在里面出不来,过道那门上二伟家的锁小贝自己能打开,二伟求大伟把他那把锁打开,让小贝能通过过道从大伟家逃出去。大伟告诉二伟他们夫妇都在七八里外的镇上卖菜。二伟听了绝望地大哭起来。

　　这时,大伟在电话里告诉二伟,他那把锁是虚锁的,只要轻轻一拉就开。他让二伟告诉小贝,进了他家后用桌上的钥匙从里面打开反锁了的大门出来。

　　小贝按二伟在电话里说的,打开自家的锁并把大伯家的锁拉开后,通过那门从大伟家逃出来了。

　　二伟赶到家时,邻居已把火扑灭。他看到大伟那把一直虚锁着的锁没有半丝锈迹,知道大伟经常在那锁上打油。他真无法止住自己的眼泪了。

裙链开了

　　绝对算得上美女的徐萱从龙均身边经过,龙均不是回头,而是目光跟着徐萱转一百八十多度,那目光先是惊奇,最后变成了惊讶,尤其是最后那一刹那。

　　他立即追上去,拉住素不相识的徐萱的手臂,然后双手握住她的双臂把她轻轻地按在街边花店的墙上。那动作虽突然但很温柔,除了徐萱可能其他人都不会发现这个"突然"。他这个动作使她背靠着墙、面向着他。

她还没弄明白是怎么回事,只听见他那温柔而不容拒绝似的声音:"别慌,像恋人一样,脸保持着笑容,听好下面我说的话。"

她先是有些慌,但看到他的脸时,便稍有些镇定。因为,她看到的是一张英俊且很有气质的脸,在那脸上看不到丝毫的邪恶。渐渐地,她的脸上也像他说的那样露出了一些笑容,她想听他接下来要说什么。

她背靠着花店的墙,他双手握着她的双臂,面对她微笑着。她微笑地看着他,那神情真有些害羞。这情形,在路人眼里绝对是一对情人在忘情地呢喃着情话。

徐萱只听见他轻轻地说:"美女,我说了之后你不要惊慌,不要回头,手也不要马上动,要笑过之后才慢慢地去做。"

徐萱虽然是微笑着的,但眼神里却充满了不解,她在等着答案。

他轻轻地说:"美女,你连衣裙背面腰部的拉链开了。"

红绸布下的真相

东明街头又有一家商店要开张了。从挂出来的店牌上可以看出这是一家皮衣商店,但店牌上前边几个字被一块红绸布盖着,只见"口口皮衣店",人们还看不见这家皮衣店的全名。

按说新店开业要放鞭炮举行揭牌仪式,可这家皮衣店没揭牌就开门营业了。据老板说在正式开张之前先试营业一段时间。有人问老板这店名是什么,老板笑而不答,指着红绸布说:"你猜猜看!"

老板越不说,人们越好奇。这家皮衣店的店名究竟是什么,一时间便成了一些人议论、猜测的话题。有人猜是"财源""吉鸿""鸿达""祥瑞",有人猜是"雪花""企鹅""北极熊"。街头的王飞猜是"冷莲",街尾的邓宏猜是"雪豹",两人打赌谁输了就在大酒店请三桌上等的酒席。灯具厂的张正和刘学为猜这店名争得还差点打了起来。

小县城本来就不大,一传十、十传百,对这店名的议论和猜测渐渐地扩大到整个县城。人们慕"名"而来,来看看这皮衣店,猜猜这店名。店里的生意自然红火起来,效益十分可观。

一个半月过去了,店牌上的红绸布仍没揭去。这就更让人觉得神秘,议论和猜测就更多,皮衣店的名气也更大了。

一天,忽然一阵大风刮来,将店牌上的红绸布吹落了。人们见到店牌后都大吃了一惊。

原来,红绸布遮盖着的地方根本就没有字。

吴宏鹏

吴宏鹏 / 原名吴雄飞，中国寓言文学研究会会员，中国闪小说学会副秘书长、特约评论员，闪小说阅读网、闪小说作家网站长。主要作品有闪小说集《不肯下跪的羔羊》等。曾获首届、第二届、第三届中国闪小说大赛铜奖、银奖、金奖。

不肯下跪的羔羊

小羊羔吃奶都是跪着的,小不丁却从不下跪。有一次邻居婶婶见到了,就故意提高声音说:"我家小咩咩真孝顺啊,总是跪着吃奶。"小不丁听了,心里哼了一下:"肉麻死了,净做些表面功夫!"

羊妈妈对小不丁百般呵护,把最嫩的草让给他吃,把最干净的地儿让给他睡。小不丁感激在心里,却从不说出口,他觉得真正的感恩不是说漂亮话,而应该用实际行动来回报。

有一次,羊妈妈正和小不丁在山坡上吃着草,来了匹狼。狼扑向羊妈妈,小不丁决定用身体去救妈妈,可是,在他转身的时候,他摔倒了,更丑的是,竟然连尿都摔出来了。狼就转而攻他,羊妈妈见了,奋不顾身地蹿过来,紧紧护住小不丁,狼顺势咬向羊妈妈的屁股。

幸亏这时主人赶到了。

羊妈妈命是保住了,可屁股上的伤口发炎了。小不丁想,为表孝心,我得把妈妈的伤口舔好,可是,他感觉那里好脏啊!他犹豫徘徊了好久,直到主人带着医生进来。

小不丁每天都想问问妈妈疼不疼,好点了没有,可他又觉得,关键时刻帮不了妈妈,现在问这些不是太虚伪了吗?于是就干脆沉默了。

转眼小不丁长大了,妈妈老了,小不丁就想,等妈妈走不动了,他一定嘴对嘴地喂妈妈吃饭。

小不丁的计划又失败了。

这一天,天刚蒙蒙亮,主人就单独把羊妈妈带走了。当门外传来羊妈妈凄厉叫声的瞬间,小不丁明白了,突然感到了一种刻骨铭心的痛,他扑通一声跪了下来,放声痛哭。

从那以后,小不丁每天天蒙蒙亮就会朝着妈妈被带走的方向咩咩地叫三声。他还是什么都没说,他觉得现在说什么都晚了。

高调行乞

我可不是普通的乞丐哦,一般的十元八元那种小钱我是不会要的哦。喏,看到那位穿白短裙的小美女了吗?她叫小荷……哦,瞧我这啰唆劲,算了,还是先举个例子吧。

前天下午,我俩走到东街向春阁门口,正好从一部咖啡色轿车里钻出一位穿着油光发亮的黑色皮制西装的四十来岁的男人,我就赶紧凑过去,我知道自己这身褴褛的打扮会吓跑他,所以一见面就直接递上名片:"老板,我不是来向您要钱的,我是给您递名片的。"他露出惊讶的表情,稍微犹豫了一下,就接了。我不再多话,转身就走。没走多远,他的电话就来了。

他还在原地,一见到我就微笑着递来几张百元钞票。我不接,我说:"感觉您这笑容好像有点儿不自然哦。"他"哦"了一声,那张原本皮笑肉不笑的脸立即换上一副慈爱的微笑。我这才把上身前倾,做出一副感恩戴德的样子,伸出脏兮兮的双手接住钱。但我没有马上把它抓过来,就着那姿势停住,我还得等,等什么呢? 呵呵,就等她,小荷,现在该她上场了。

喇喇声中,一张张记录着这具有特殊意义的时刻的照片就出来了。我也就完成了一单几百元的行乞业务了。呵呵,至于照片下配什么标题,什么文字,要发到哪个网站,我可不管,那是她的工作。

嘿嘿,我这点子还可以吧?

说句心里话,现在有些人,平时让他施舍一元钱都会心疼,可只要旁边有个照相机,他就是愿意大把大把掏钱。你知道吗,我们已经开始有陌生人预约了,照这样发展下去啊,我可非开一家乞丐出租公司不可了。

铁拐李李铁拐

我的腿瘸了,无病无伤,你说怪不怪?

那是半年前的事了。那天晚上回家,我打开车门下车,没走两步就觉得左腿不听使唤,这才想起忘了拿拐杖,可转念一想,这不对啊,没拐杖我这腿也应该能走啊。

我去看医生,医生说,或许是退化了吧,只能这么解释了。

唉,我这左腿依赖拐杖确实由来已久,该有十年时间了吧。十年前,李铁拐红遍大半个地球那会儿,我非常喜欢他的歌,就整天模仿。唱着唱着,后来不但声音和他的声音难分真假,连动作神态也惟妙惟肖。我就买了拐杖,为自己起了个艺名叫铁拐李。我去找那些歌舞团合作,专门模仿李铁拐,没想到,我就这么在民间走

337

红了,连我录制的唱片专辑《铁拐李专辑》也卖疯了,销量大有盖过《李铁拐专辑》之势,当然,我的专辑价格便宜多了。由于太投入,我就习惯了拐不离身,这左腿也就这么被长期闲置了。

在我为瘸了左腿而沮丧的当儿,又发生了一件怪事,李铁拐竟然找上门和我谈交易来了。

李铁拐说,他愿意出钱为我整容,让我变成真正的李铁拐,但我得替他行走歌坛,所得利益大家分成。我说可得把缘由说清楚了,不然万一这是个火坑呢? 他说整容后我自然会清楚,事关个人私密,不能提前让我知道,干不干由我。我就想,反正都为他贡献出一条腿了还怕啥,干吧。

出院后第三天李铁拐来了,一进门见到我,他就做了一件令我目瞪口呆的事情。他转身用力把拐杖狠狠甩出门去,然后回头朝我奔来,紧紧地抱住我:"谢谢你,谢谢了,我终于可以过上正常人的生活了。"

我是一只鹰

有一天,鸡妈妈对刚出生不久的小鸡们说:"你们中间肯定有一只是鹰。"

小鸡们异口同声地问:"妈妈为什么那么肯定?"

鸡妈妈说:"我当时在孵你们的时候,主人曾经拿了一个鹰蛋放进来,我记得是放在左边,当时为了挤进那个鹰蛋,他还用力抬起我的翅膀,但那段时间我整天昏昏沉沉的,根本没办法记清楚到底是哪一个。"

有一只小鸡就说:"那我们问主人去吧。"

鸡妈妈说:"主人是不会说的。"

小鸡们异口同声地问:"为什么呀?"

"因为主人要的是鸡而不是鹰,他肯定希望那只鹰以为自己是鸡。"

"为什么呀?"

"因为鹰迟早是属于蓝天的,你们想想,主人怎么会去养一只到头来不属于自己的鹰呢? 他让鹰和我们一起成长,目的就是要让它变成鸡。"

"难道以为自己是鸡就真的会变成鸡了吗?"

"对啊,自己都把自己当成鸡了,当然就不可能变成鹰啊!"

"那怎么办啊,这样一来,我们都不知道自己是鹰还是鸡了。"

"现在只有靠你们自己了。"

那天以后,这群小鸡中有三分之一觉得自己就是那只鹰,它们想,再怎么也不能让自己变成鸡,最终任主人宰割,于是它们平时就以鹰的标准不断训练自己。

而另外三分之二的小鸡则认为自己怎么看都不像只鹰,所以它们就本本分分地生活,什么也不想,什么也不做。

后来,那三分之一的小鸡几乎全部飞上了蓝天。

那一天,它们一起试飞,当它们展翅飞起的那一刻,场面多么壮观啊!看着儿女们在蓝天白云下那矫健的身影,鸡妈妈开心地笑了。

武红燕

武红燕 /笔名红颜花开,山西省作家协会会员,山西省闪小说学会副会长,祁县作家协会主席,祁县《丹凤阁》杂志副主编。主要作品有小小说集《红颜花开》、闪小说集《每个孩子都是天使》等。

俺 娘

俺是老生子,生俺时俺爹六十八,俺娘六十。人们不信,说六十的女人是生不了孩子的。

娘说的话哪能有错,俺娘说话向来一言九鼎,娘说俺是她生的,那就一定是她生的。

在俺们家,俺娘的话就是圣旨。四十岁有儿有女的哥一早睡在被窝里没出来帮俺爹扫雪,俺娘提着笤帚掀开俺哥的被子就打,俺嫂子的脸阴得能够滴出一碗水来,也不敢放个屁出来。

俺姐看上了在外面有工作的王富贵。俺娘说:"你就嫁给咱村里的王大傻吧,王富贵靠不住。"俺姐哭闹着不嫁。俺娘说:"这个家里我说了算。"俺姐最后乖乖嫁给了王大傻。

俺眼馋对门的小宝有奶糖吃,吵着让娘买。俺娘说:"吃了糖虫子会坏牙的,坏了牙就像娘这样子啦。"

俺娘要走的时候,让哥把箱子底的一对玉手镯留给俺以后当嫁妆。俺嫂子不乐意,说:"她一个捡来的野孩子,凭啥给她咱家的传家宝。"

俺娘憋着一口气举起拐棍给俺哥一棍子:"丑女是俺六十岁那年生的,对不?"

俺哥点头:"娘说得没错,丑女是娘的老生子。"俺哥给了嫂子一巴掌,让嫂子滚回去做饭。

俺娘拉着俺的手,笑着走了。

出　走

夜半,手机铃响,她翻身查看,是他的来电,响铃三声。

出来半个月了,收到他两个短信,这个电话是第一次。

她恨透了他。他醉酒伤她太多太多,虽然从没有动手打过她,但家中伤痕累累的物件,哪一件都是辛苦所得,摔烂可以再买,心伤了却千金难买。

知道离婚不易,她离家出走,在异地租了房子,找了工作,等到了一定时日,再做了断。

拥挤的公交车上,男孩一手牵着拉环,另一只胳膊护着女孩,昔日他也曾如此护着她。

入夜,他入梦来,事事对她关怀备至。

给他打电话,不待回应,她赶紧挂断。

有短信提醒:"你在哪,我接你回家。"

归家后她问到夜半的三声响铃,他说:"梦中有男人欺负你,怕你有事,告诉你,有我在。"

她落泪。

枕边《意林》中有一篇文章,一对深爱的夫妻两地分居,为了表达爱意,天天相互响铃三声:我爱你。

那夜,她也只给他响了三声铃音。

老　梁

老梁原来是梁教授,一辈子没说过一句脏话,没和人红过脸,对办了极大错事的学生,怒其不争,反应最大的态度只作一声长叹:"唉! 你呀! 去吧。"

"老梁,吃饭了!"

"老梁,睡觉吧!"

"老梁!"

退休在家的梁教授成了老伴口中的老梁。其实没退休之前,老伴也是这么叫的,只是频率没在学校学生嘴里那么高,现在听着,怎么听他觉得怎么刺耳。

老梁和小区看门的老王、搞卫生的老刘有什么区别? 学富五车的梁教授怎么能够和不识字的老王他们平起平坐? 他们之间应该是平房和高楼的距离。

老伴还叫——老梁。

梁教授充耳不闻。

老伴给儿子打电话,说:"你爸刚退休耳朵就不好使了。"

儿子在电话那头说:"给爸爸买个好的助听器,钱我出。"

龟儿子,梁教授想,我一个月退休工资将近一万块,稀罕你买的破助听器。

梁教授在心里又骂老伴:一辈子没有共同语言,我耳朵没聋,倒是你心瞎了,根本看不懂我。

老伴说:"你在家等着,我给你买个助听器去。"

梁教授装聋作哑没有回应。

这一去,老伴就永远没有回来,突发脑溢血去了另一个世界。

恍惚中,梁教授总能够听到老伴在叫:"老梁,起吧。老梁,吃饭吧。"

想再细听,又没了。

儿子给梁教授雇了一个保姆,梁教授的耳朵真不好使了。

保姆说:"梁教授,吃饭吧。"

梁教授没听见,保姆把嘴巴凑在梁教授耳朵边叫:"梁教授,吃饭了。"

"哦!"梁教授说,"以后叫我老梁吧。"

拜　师

爹是得了肺病走的,我才八岁。

寡妇娘二十八岁,院墙还是低矮的土坯,拦得住君子拦不住小人。夜半,院里总有响动。

娘养了狗才三天,狗就被药倒了。

晚上睡觉,娘用水缸挡住门,窗外有人影晃动,我不敢睡觉,躲在娘怀里。娘也不敢睡,搂着我坐一夜。

娘带我拜练武的师父。师父望一眼寒酸娘寒酸的衣装:"学费,有吗?"

娘点头,从怀里掏出手帕,手帕里包着娘的娘给女儿的陪嫁——一对碧玉手镯。

师父对着太阳看手镯的成色："不错,不错,价值连城,放心,这孩子跟我没错。"

我想抢过手镯跟娘回家。娘死死摁住我："快,师父收你了,给师父磕头。"

踢腿,腿不直,师父一棍子过来,我腿肚子立刻青紫一片。劈叉,裆部不开,师父的脚踩到大腿根,疼得我哭爹喊娘,师父眼不眨一下,更用了力踩着。

夜半,等师父睡着了,我偷跑回家,在门外叫娘："我不练了,我要回家。"

娘隔着门缝说："娘给了你师父一对手镯,那是娘的陪嫁。"

为了娘的手镯,我也得继续练。

夏练三伏冬练三九,我咬了牙要练一身功夫保护娘不受恶人欺负。

十五岁上,我出师了。师父说："回吧,好好照顾你娘。"

临行前,师父把娘的手镯给了我,我不解。师父说："回吧,你娘会告诉你的。"

娘对着太阳举起手镯："傻孩子,这是玻璃做的,你姥姥过世得早,哪有什么陪嫁给我,怕你不用功,你师父才想出这么一着,他是娘一个远房兄弟。"

希尼尔

希尼尔 ／原名谢惠平,祖籍广东揭阳,出生于新加坡。系新加坡闪小说发起人,新加坡作家协会会长,世界华文微型小说研究会副会长。主要作品有诗集《绑架岁月》、《轻信莫疑》,微型小说集《生命里难以承受的重》、《认真面具》等。曾获新加坡书籍发展理事会颁发的书籍奖(1990,1994)及新加坡文学奖(2008),新闻与艺术部颁发的国家文化奖(2008),泰国皇室颁发的东南亚文学奖(2009)等。

退 刀 记

干了这么多年的店员,我遇到的新鲜事可真不少。

就说前些时候吧,一位老妇人来到柜台前硬说要把东西退回来。

"老太太,这把刀您已经用了一段时间了,退不得的呀!"

"可是——可是这种刀子太阴冷了,用了令人心寒!"

"呵呵,老太太您看看,这类牌子与款式市面上流行得很啊!"

"我知道,我知道。不过,以前被用来杀了不少人呢!"

"不可能吧? 这是最新设计的呀!"

"有,有,杀了人的!"

"您看见了?"

"哦! ——那倒没有,我若看见了,我也没命了!"

"您可别乱说话,小心警察找你问话!"

"但是,我老伴,还有幼弟的一家是被杀了!"

"全家? 真的? 报警了没?"

"没有! 不可能的……听说还歪曲了真相……"

"哦——"

我不知道如何接下去才好,老妇人见我态度强硬没有接纳她的退货,也就怅然离开了。

她临走时,我想,不可能吧! 这么一把小刀子,杀不了这么多人的,我扯开喉咙问道:

"老太太,是在哪发生的呀?"

"南京。"

"什么? 南京街?"

我蹲下,从柜台里把那个款式的刀子取出来,研究了好一阵子,没什么特别的,只是刀锋较光亮些吧! 还有一排小小的横行字样:日本制造。

身 影

雨后,我抄公园的小径回家。在草丛处我踩到一只独角仙甲虫,"吱"的一声,来不及闪避,那黑色的犄角好像是被压断了。

回到家,妈在做例常的晚祷。都过了晚餐时间,老爸灵位前的香坛有蠕动的影子。我趋前一看,竟然是一只沾满了香灰的独角仙,丢失了坚硬的角。

"它前晚就来啦!"妈半睁着眼,"下午被我赶了出去,怎么,又飞回来啦?"

"哦——"那用力挣扎的熟悉身影,如童年某次的雨天,老爸撑伞来接我回家,不小心滑倒却努力爬起来的样子。

青 鸟 架

提着鸟笼,来到那被"安不落壳"(En – Bloc,集体搬迁)后的老家时,一切已面目全非。

他那一只白头翁要挂在哪里呢?那嘹亮清脆的鸟语与沉静的老街坊构成的悠闲美景呢?那一伙赏鸟的乐龄遛鸟迷呢?都失散了!都不知道被"安"到哪一个"壳"里去了?这仅存的一只鸟笼,要挂在旧壳里的哪一个角落?

那挂笼子的青色鸟架棚,已被推土机推倒,四脚朝天;锈黑的钩子,像一个个的问号,朝断垣处一只被惊吓的黑狗对质。

叭——! 一不小心,那铁钩子缠着布鞋,他扑倒在被翻开的泥地上,手上的鸟笼往前方滚去;在刚定神的黑狗赶来之前,那白头翁使劲地挣扎,逃脱而去。

之前他腋下夹住的报纸,因为风的缘故,散落满地。一篇有关房地产降温的措施的报道,随风远去;另一页报纸——刊登一则集体出售家园供拆毁的新闻,盖在他的脸孔上,久久,他透不过气来。

签　字

那氛围，令人难以承受，其他人选择坐在那扇厚重的门外等候。

"看清楚了才签字。"管理人员在我的背后，例常地提醒家属。

怎么会看不清楚呢？虽然那神态枯槁。

我转过身去，是模糊的高大身影，正握着我的小手，一撇一捺地写着"人之初"的"人"，那看似简单的两笔，构建了成长与衰老、快乐与烦恼、顺境与逆境；然后，他签写我的成绩单。这两笔，是责任与关爱，穷尽一生的精力来完成。

我摸着那冰冷的手心，我犹豫。终于为他的下半生——

签了字。

"可以回去啦。"管理人员说，"交代殡仪馆的人别太迟来，我们就快要关门了。"

关上厚重的门后，太平间保持一贯的冰冷。走到外头，一片阴湿的天气，像是下过一场小雨，路边的雨树都合上了叶子，雨水断断续续滴在心头上。无法合上的，是树静风止的心情。

晓星

晓星／原名石志民，祖籍福建同安，出生于印尼苏北省民礼市。系印尼华文闪小说发起人，印华作协总会秘书，印尼《国际日报》苏北版主编。主要作品有文集《星光灿烂》、《晓星极短篇》、《花儿可会再醒来》等。曾获中国国际广播电台征文比赛一等奖，印尼多届金鹰杯征文比赛冠、亚军，第一届"千年古盐茶杯"海内外华文闪小说大赛二等奖等诸多奖项。

绝 招

　　幸福村村民并不幸福。

　　东古瑟拉宛带领幸福村农民到乡公所示威,要求维修通往县府的道路。农民通过乡长向县长申诉,骑着摩托车运载农产品到县城贩卖,一路上洞穴星罗棋布,满筐番茄还没运到县城都给颠簸砸烂了半筐。县长通过乡长回复村民表示理解,答应向公共工程局反映。一个月过去,没有下文。

　　东古瑟拉宛带领幸福村学生到乡公所示威,学生通过乡长向县长申诉,公交车颠颠簸簸驶到县城,上课钟早敲响了。县长回复表示关注,答应尽快处理。一个月过去,没有下文。

　　东古瑟拉宛带领幸福村工人到乡公所示威。工人通过乡长向县长申诉,两天前,一辆运载工友上班的卡车撞进洞穴翻了车,三名工人受伤。县长回复表示同情,答应立即向上级反映。一个月过去,没有下文。

　　三个月后,东古瑟拉宛带领幸福村农民、工人、学生扛着锄头,抬着香蕉树和一桶桶的泥土,把泥土填进马路上的洞穴,把香蕉树栽进洞穴里。一时之间,蕉叶婆娑,景色迷人。记者纷纷前来"取景"。

　　三天后,来了数辆铲土机、压路机和运载碎石的卡车,铲除香蕉树,往洞穴里填上碎石,铺上沥青,开始修筑马路……

遗　嘱

聚宝艺术品拍卖会快落下帷幕,本次拍卖佳绩斐然,不少已故书画大家作品拍卖成交价极佳。成功拍卖的作品共有 36 件,成交价都超过预期目标价,刷新了作品个人拍卖纪录。现在轮到最后一出压轴戏,拍卖者缓缓地打开了一个精美的大匣子。全场的目光都聚焦在这个匣子上。

突然,拍卖师又把匣子合上:"这最后一出压轴戏就卖一个关子,让大家猜一猜是谁的作品?"

语音一落,全场哗然,是哪一位"大家"的作品,搞得那么神秘兮兮?

突然,有人发现报纸上的"拍卖公告"载明今天拍卖的作品只有 36 件,怎么会突然多出一件?

谜底揭开了,拍卖师以低沉哀伤的声调说:"这是一位刚在一个小时之前逝世的本地著名画家的遗作。"

一听到"遗作"这两个字,听者无不动容。没人不知晓书画作品只要与"遗"字挂钩,立即奇货可居、身价百倍。

全场再次哗然。拍卖行的消息可真灵通,这么快就把"遗作"弄到拍卖行,可谓神通广大!

拍卖师从匣子里取出一幅书法作品,缓缓展开来。宣纸上只有两个大字:遗嘱。下角盖着一个印章,署的是一个人人熟悉的本地书法家的名字。

全场一片宁静,这位屡屡在国际书法大赛上夺冠的本地书法家与世长辞了。这不能不说是本地文艺界的一大损失。

"这幅书法作品是这位书法家的遗孀,在十分钟之前送到我们的聚宝艺术品拍卖行的,要求我们破例当天拍卖。现在,她就在拍卖行客厅等候拍卖结果,因为她在等着这笔钱给她的夫君办理后事。"

无价之宝

检验出是患上了致死率最高的肺癌,耄耋之年的杜道昌坦然面对,都快九十了,膝下儿孙近百,各从其志、各得其所,还有什么放不下的? 如今,他唯一放心不下的后事就是如何处理他的"无价之宝"。

杜道昌从书橱里抽出了一本小说集。他吹掉了封面上的灰尘,轻轻地打开了首页。熟悉的笔迹出现在眼前,这是一位写作界的前辈赠送他的个人集子。他轻轻地抚摸着封面内页的亲笔签名,一笔一画都是深深的情呀! 如今,他就要追随这位已经作古的作家前辈去了。他可不能对不起这位前辈,亵渎了留在世间的这本集子。

杜道昌再抽出另一本散文集,这是一位外国作家来印尼开会时赠送的,世间没有什么比"千里送鹅毛"更珍贵的,何况赠送的是"黄金屋"。

杜道昌又抽出一本诗集,这是一位患有残疾的诗人写的诗集,想想诗人以憔悴的身心,一笔一画艰难地写成的诗集,更是糟蹋不得……

他饱含深情地注视着这书橱,目光从书橱上的每一本书上慢慢地滑过去,每一本书都在他脑海中掀开了一段刻骨铭心的情。情皆因缘,注定了自己一生缠绕在填方格子里的情缘;缘亦为劫,在离开世间的前夕,又为这笔"遗产"的劫难感到痛彻心扉。

一个小时之前,杜道昌打了近百个电话,给这笔"无价之宝"寻找"归宿"。近百儿孙的答复,理由不胜枚举,但归纳起来却只有一句……

杜道昌按住胸口激烈地咳嗽了起来,内心的悲凉一层深过一层……

巧施妙计

"稀客呀稀客!请进请进!"美迪摊开双手,一迭声的"稀客"。

"别那么客气,大家都是老邻居,只是我太忙,很少到你这儿走动走动。"米娜笑容可掬。

搭讪过后,米娜就进入了正题。

"美迪。我这次来是有点小事,想请你帮帮忙。"

美迪惊讶地张大了嘴巴。家无隔夜粮的她实在想不出在哪一点可以给米娜帮上忙。

"也不算什么大事,只是我想把家里的两辆摩托单车寄放在你家。"米娜边说边环顾美迪家狭窄的客厅,接着说,"你家狭窄,我明白,但摩托单车不会寄放太久,最多一两天。到时候我会给你一些报酬。"

"没问题,小事一桩。别说什么报酬。只是……"

"你就别问是什么原因,到时候你就会明白。"

两辆摩托单车一放进美迪家的客厅,把客厅挤得连转身都难。但美迪毫无怨言,能给米娜这位村主任的远亲帮点忙,她心中还有点沾沾自喜呢。

翌日,从县府来的几位官员在村主任的陪同下在村子里挨门挨户实地调查,进行贫苦家庭登记。到访官员一看到美迪家客厅里的两辆摩托单车掉头就走。美迪并不在乎,她才懒得和这些官员打交道。

当天下午,米娜把摩托单车拿走了。

隔天,当美迪出外工作时,惊讶地发现米娜就在领取政府分发给贫苦家庭的赞助金的等候队伍中。

谢林涛

谢林涛 / 中国闪小说学会理事，湖南省闪小说学会副会长。曾获 2013 中国闪小说年度总冠军大赛冠军、"牡丹疾控杯"中国第三届闪小说大赛银奖等诸多奖项。

回　家

门突然开了。门外,一个小女孩眼睛睁得大大的,呆呆地看着屋里的我。

"你是?"小女孩后退一步,两手张开来,撑住两边的门框。

"呵呵,我是谁? 你猜!"我一屁股坐在身边的沙发上。

小女孩骨碌着眼睛,上上下下打量了我好一会儿,突然大声喊道:"你是爸爸!"

我一弹而起,竖起右手食指,"嘘"了一声。

"我们给妈妈一个惊喜。"我笑着轻轻地说。

小女孩回头看看,然后飞快地跑到我面前,把书包往地板上一甩,扑进我怀里。

"爸爸,你怎么才回来呢? 我都上幼儿园了!"

"爸爸……爸爸也想早点回啊,可爸爸要到外面挣钱,让家里过上好日子。"

"我不要爸爸挣钱,我要爸爸跟我在一起!"小女孩仰起头,用她嫩嫩的手掌抚摸着我滚烫的脸颊。

我颤抖了一下,闭上眼睛。

"啊……"门口传来一声女人的惊呼。

"妈妈妈妈,爸爸回来了!"小女孩像兔子一样蹦出我的怀抱,又使劲拽着我的手,硬把我从沙发上拉起来。

我的目光与女人的目光对撞了一下,又很快弹开。女人扫视着屋子,张开的嘴巴久久没法合拢,身子抖着,脸色苍白。

我赶紧跨前两步,在她耳边小声说道:"别吓着孩子……"

很晚了,小女孩才听着我的故事甜甜睡去。我把她小心地抱到坐在旁边的女人怀里,起身告辞。

临别,女人告诉我,孩子她爸,还得在监狱里待几年。他和我一样,也是个小偷。

不速之客

我只是上了趟洗手间,再回房间,电脑旁的椅子上,居然坐着个陌生女人。

"您好啊,先生!"女人扭转头看着目瞪口呆的我,冷冷地说。

"您好! 请问,您是?"

"先生真是贵人多忘事!"

我仔细打量那张幽怨的脸,猛然省悟,她就是我刚刚瞎编的闪小说中的倩倩。

"无事不登三宝殿,我要向您讨回清白!"

"啊,难道我侮辱您了?"

"岂止侮辱,您不负责任的瞎编让我生不如死!"

倩倩边说边移动鼠标。

"您看您写的什么屁话?'然后她,真的就跟其中一个男人走了',我这不成了野鸡?"

"我这样写,也是万般无奈啊! 煤窑塌方,丈夫遇难,索赔无果。您年纪轻轻,想另外嫁人,或去找一份体面的事做,残疾儿子却牵绊着您,难啦! 您想自食其力,摆个小摊谋生,人家又砸了您的摊子。您光靠捡废品,能活下去? 况且您的儿子也该上幼儿园了,这城里,差一点的幼儿园,一个月费用也得好几百。钱呢? 钱啊! 您太需要钱了!"

"我是需要钱,但我正告您,就算我儿子上不了学,就算我穷得跳楼,就算我饿死,不干不净的钱我也决不会去挣!"倩倩的身子颤抖着,越说越激动。她被太阳晒黑的脸颊上,热泪滚滚,吧嗒吧嗒掉在键盘上。

"嗨,死猪,困了躺床上去,开着电脑不费电啊!"

我抬头,睁眼,就看到鼠标正握在妻子手里。

"别,刚写的文章还没保存!"可是晚了,电脑呻吟一声后,停止了工作。

爹的红苕酒

雨还在下,还在下。

堆在屋角的红苕,散发出醉人的酒味。

那是一家五口两个多月的口粮。

娘的叹息,一声响过一声。

"剁碎,风一吹,干了,就不会坏。"爹呵呵笑着安慰娘。

爹和娘轮番挥舞菜刀,堆成小山的红苕,在唧唧声里,很快变成指尖大小的颗粒。

雨还在下,还在下。屋子里的空气潮潮的,能攥出水来。

屋子太小,剁碎的红苕,还是像小山一样堆在角落。

酒味越发浓了。

娘的叹息,一声响过一声。

哈,干脆把这些红苕用来酿酒吧,喝酒也可以当饭的!

几天后,已经变质的红苕,经过爹的一阵折腾,变成了两满坛子红苕酒。娘从来不喝酒,小孩子不能喝酒,那酒,便成了爹一个人的专利。

家里很快断了粮,爹一连跑了好几个地方,终于借到一担稻谷。以后的两个多月,靠了这担稻谷,我们才能每天喝上两顿稀饭。

爹每顿都要先喝一海碗红苕酒,眯着眼,嘴里吱吱有声,一小口一小口,慢慢品着,脸上的表情赛过神仙。等到我们都放下碗筷,爹才最后揭开饭锅,锅里还剩娘特意为他留下的半碗稀饭。

红苕酒真是好东西,爹也就喝了个把月,身体竟然胖了。我也想喝红苕酒,但爹坚决不肯,一滴也不让我沾。

身体胖起来的爹,突然有一天晕倒在田里。爹的腿肚子一压一个深窝,好久也恢复不过来。

娘流着泪,倒掉了爹喝剩下的半坛子红苕酒。娘尝过了,那根本就是水!

小　雅

屋檐下,一只芦花母鸡不知从哪里啄出一条小蚯蚓,咯咯报喜。一只毛茸茸的小鸡叽叽欢叫着,张开翅膀,摇摇晃晃飞奔过去。

小雅目不转睛地看着小鸡摆着头,一点一点把细长的蚯蚓慢慢吞下去。

晌午刚过,太阳光斜射到屋檐下。芦花母鸡倚着墙根蹲着,微闭眼睛悠闲地晒太阳。淘气的小鸡在妈妈的翅膀下钻进钻出。

小雅这时想画画了。她要画鸡妈妈,画小鸡。

小雅用彩色粉笔在爸爸给她的小木板上画着画着,突然觉得木板太小了。她索性蹲下去,在平整的水泥地面上画起来。

小雅画了一个苹果圆的脑袋,又在脑袋上画了些黄色的卷发。眉毛是黑色的。眼睛是……小雅忘记了,站起来跑进屋子,在嵌有一面大镜子的立柜前,盯着镜子中的自己,做了个鬼脸,又赶紧往外跑。

嘴巴是红色的。身子呢? 穿了衣服,看不到的! 那就画一条长长的连衣裙,有玫瑰花的绿裙子!

大功告成,小雅看了看,在不满意的地方又改了改。小雅再把目光投向墙角的鸡妈妈和小鸡——淘气的小鸡正伏在妈妈宽阔的背上打盹呢。

我又有妈妈了! 小雅正要扑过去,低头看到了自己满是泥巴的鞋子。弄脏妈妈的裙子,妈妈又会不高兴的。

　　小雅赤着脚,小心地移到妈妈怀抱的位置。阳光灿烂,妈妈的怀抱好温暖,小雅轻轻地躺了下去。

许国江

许国江 / 江苏省作家协会会员，中国微型小说学会会员，中国闪小说学会副会长。主要作品有《许国江微型小说选》、《感觉什么是什么》等。曾连续 11 次获中国微型小说年度评选奖。

一串念珠

来鹤寺青云禅师,经过多年修炼,已成正果。

青云禅师寿限已到,阎罗王命黑白两无常,将他勾回地府。

两无常找遍了整个来鹤寺,也未见青云踪影,无奈,便回地府,向阎王禀报。阎王不信,命再去阳间。两无常再到来鹤寺,仍未见青云踪影。如是再三,均无功而返。阎王大怒,责其再去阳间,如不能将青云捉来,将严惩不贷。

原来,青云已非凡夫俗子,他早已超俗脱尘,达到了无我无物的境界,不用说黑白无常两个小鬼,即使阎王亲临,也奈何他不得。

这期间,国王外出巡视,途经来鹤寺。国王喜禅宗,召见了青云,见他禅语惊人,高深莫测,甚喜,便敕封他为国师,赏赐他一串用玛瑙制成的念珠,九九八十一颗,价值连城。因是国王赏赐,青云就偶尔将它挂在颈项上,打坐参禅。

再说那黑白两无常,虽受了阎王责备,但仍不能捉住青云,无法向阎王交差,只得在寺庙附近逡巡,待机行事。这天,他俩在来鹤寺,意外发现青云正在坐禅,大喜,立即用铁索将他套住。

黑白两无常押着青云回地府交差。行走间发现青云脖子上的那串熠熠发光的念珠,立马将它取下。

失去念珠,青云顿时觉悟。就在两无常商讨如何平分这九九八十一颗玛瑙念珠的瞬间,青云已沉浸于禅定之中,进入了无我无物的境界。待两无常回过神来,青云禅师已无影无踪。

对 弈

将军是一位儒将,精通琴棋书画。

大敌当前,大战在即。将军邀乡绅李老先生至军营对弈。

李老先生乃当地名士,棋艺高超,几无匹敌。

开局不久,将军攻势凌厉,李老被动应付,连连失着,输了第一盘。

第二局开始,双方鏖战甚久,将军力挽狂澜,险胜李老。

第三局,将军的棋艺发挥到极致,李老竟无还手之力。

李老先生执将军之手,赞叹道:"将军棋艺高超,老夫佩服!下棋布局如用兵布阵,将军此战,定所向披靡,稳操胜券。"

一月后,大战告捷。将军至李府与李老再次对弈。与前次不同的是,将军连输三局。

将军说:"老先生棋艺超人,名不虚传,只是前次对弈为何连输三局?"

李老先生笑道:"一月前,将军正面临强敌,我是怕挫伤将军锐气,故连输三局,借以鼓舞将军之斗志,以坚定必胜之信念。今日,将军虽已大获全胜,但将军任重道远,为防止因胜利而轻敌,故连胜将军三局。"

将军闻之,立马站起身来,恭恭敬敬地向老先生行了一个军礼,叹道:"李老先生真是本将军的良师益友!"

借　道

　　汛期。一渔翁在棠河入江处,布了一张拦河大网,独自坚守岸上,密切注视水面鱼情,适时扳罾起网,收获颇多。

　　一日中午,渔翁正在河边的草庐里吃午饭,突然有一位红胡须老者来访。老者向渔翁打躬,说有一事相求。

　　渔翁注视着这位不速之客,问:"相求何事?"

　　老者说:"请求将拦河大网扳起,暂时让开河道。"

　　渔翁问其缘故。老者不语,只求借道片刻。渔翁不从。

　　须臾,老者再次登门请求渔翁网开一面,并且赠送了一件礼品——一颗熠熠发光的珍珠。

　　渔翁接过珍珠,看了一眼,竟不屑一顾地说:"凭这小小的珠子,就让我让道于你? 哼哼!"说罢递回珠子,不予应允。老者再三请求,渔翁执意不从。

　　渔翁有眼无珠,老者失望离去。

　　渔翁吃罢午饭,来到罾边,不禁大吃一惊。他的拦河大网,被撕开了一个很大很大的缺口,水面上漂浮着殷红的鲜血。

　　原来,就在渔翁午饭时刻,有一入江鱼群,被大网拦阻,进退不得,其首领变成一红胡须老者向渔翁借道,无功而返,箭在弦上,情况紧迫,首领无可奈何,遂使尽全力,豁出性命,一头将拦河大网撞破。

来生再做母女

母亲身患绝症,女儿守候在她的身边。

弥留之际,母亲的神志仍很清楚。女儿注视着母亲苍白灰暗的面庞,见她眼珠稍稍转了一下,嘴唇在微微地嚅动。女儿俯下身子对母亲说:"妈妈,你还有什么事要交代?"

母亲干枯的眼眶里渗出了一滴浑浊的泪水,断断续续地说:"假如……还有……来生,我们……还做……母女。"

尽管声音极其微弱,但女儿听得十分真切。她取出手帕,拭干了母亲的眼泪,贴在她的耳边,哽咽着说:"妈妈,假如还有来生,我们一定再做母女。不过,妈妈你得答应我,到时我俩得换个位置,我做母亲,你做女儿。"

说罢,泪雨滂沱……

许澜心

许澜心 / 现居泰国。曾获第四届"苍生杯"全国征文一等奖,2014中国闪小说年度总冠军大赛1月、2月、6月冠军及3月亚军。

蝴 蝶 兰

她咬破食指,血蘸双唇,在纸上轻轻一抿,揉成团,又打开,沉吟半晌,食指飞舞,慢慢写,一个字,一行泪。

她正梳头,特务进来:"跟我走!"

哗啦哗啦的脚镣声传来。他皱起眉,探出头,看到憔悴的她。他仰望铁窗,窗外月色阴郁。他不知道,那个她,将要穿过这月色,去哪里。

她是他的同志,只有三面之缘。

第一次,组织让她传递一份机密文件。她说:"秋叶。"他说:"蝴蝶兰。"信有点潮,却带着体香。他送她走。她挥挥手,他莫名惆怅,心里默念蝴蝶兰。

第二次,又是她执行任务。她说:"清泉。"他惊呼:"蝴蝶兰!"她瞬间红脸,低头问:"你……叫什么?"他局促起来,刚想张口,却忍住,轻轻摇头:"革命者身不由己,你……不问得好!"

她走得很失落。他心头也黯然一片。没想到,很快,因叛徒出卖,他和她就困在监牢。

此时,经过他的牢房,她加快脚步,故意被脚镣绊倒。她顺势扑倒押送的特务,回头望他,深深一眼,抛出纸团。特务爬起来,咒骂着,上去一脚。他多想冲出铁栏打死那个浑蛋!

她再也没有回头望他。他目送她的背影,穿过长长的走廊,渐渐缩小,缩小,缩成窗外月亮一般大……

379

展开她的血书,他的脸发烫——"有时,我不想干革命,我只想和你……我叫玉蝶,23岁,湖北恩施人,党龄8年。你呢?"

"砰",外面一声枪响。星月沉寂,树影呜咽。他僵着,灼热的唇紧紧贴在她的血唇印上。窗外的月亮,渐渐模糊……

喜 签

男孩和养母一起上香。寒风微微,他衣衫单薄,瑟瑟发抖。养母斜瞥一眼。

方丈皱眉,这孩子衣衫单薄,已经不是第一次了。那妇人曾说过,捡来的娃,当小狗养养罢了。方丈对小和尚耳语几句,小和尚转身离开。

养母参拜完毕,小和尚主动上前:"女施主,抽个签吧!"

女人抽出一签,看后却双目圆睁,泪水充盈,转过身定定看男孩几秒,一把搂住。

男孩惊愕地依偎在女人怀里。从记事时起,她从未这般紧紧搂着他。软语难求,多半是冷言冷语吹面寒风。他早已习惯,只希望隐忍着长大,待可自食其力时便离开。此时,紧紧的拥抱让他胆战心惊。

她捧着他的脸亲着:"孩子冷不冷,走,妈给你买衣服去。"

方丈眯起眼笑。

男孩愣愣的,被养母带走了。

男孩穿着新棉衣回到家,嘴里被养母不容分说塞进一只肥鸡腿。他诚惶诚恐地吃完,养母在厨房忙活。他擦了擦手,偷偷从养母包里取出竹签,上面写道:"喜签。身边小儿是施主前世的亲生子,今世寻母报恩而来。偏偏施主不能生育,只好辗转托生到附近,名义上是养子,实为亲生子矣。"

男孩似懂非懂。

十年后,他海外留学归来,再去上香。询问之下,当年为给他求一份母爱而说谎的方丈已经圆寂。他正要走,和尚说"慢",跑去抱来一个包裹,"师父临终交代,若眉心有痣的男子前来询问便将包裹送他"。

他到无人处打开包裹,是一筒竹签,内有七支,每支都和养母抽到的那支无二,唯竹筒底下是一个刀刻的"孝"字……

素　描

他是个穷画画的,用着最便宜的颜料,却配着百分之二百的专心。隔壁的她,身材高挑,每日衣裙艳丽。

他对她一见钟情,终日偷偷观察,战战兢兢画好一幅素描,从她门底塞进去。她惊呼,像极,精心装裱挂于床头,心甘情愿做了他的女友。他搬来同住,转瞬间,两种寂寞,一处空虚。

宁静的小屋里,他点起熏香,布好幔帐珠帘,光影点点。她轻纱遮玉体,粉面含羞,一朵蔷薇盛开耳际。他眼角微湿凝神静气,画笔如有神。点山成山,点水成水。每每画成,他面色欣然,她啧啧称赞。她奉上一吻,他说去洗手。她说何必,一把把他按倒……

他省着颜料,给她零花钱。她三五天一件新衣,雷打不动。知道他窘迫,她不再张口。当荷包渐空,她便浓妆艳抹,夜夜晚归。

他眼里有泪,凝望画。画里的她,美得一尘不染,美得让人不省人事。可,今夕何夕,画中人安在?

她手头宽裕时,买了最贵的颜料。他蘸着她用身体换来的颜料,越画越抓狂,索性一团糟。她骂他蠢,蠢死了,蠢极了。他扔了画笔,撕了画。她一把扯下幔帐,涂好猩红的唇,抓起挎包摔门而去。第二天,她带回一个男人。他躲进卫生间,泪一颗颗滚下。

第三天,她又带男人回来。打开门,他已经搬走,幔帐珠帘和她的画像一概不剩。只有卧室的整面墙上,画着一幅巨大素描。素描里她玉体横陈,春光尽泄,眼里秋波四顾……

声 声 慢

石非,听说过吗,写闪小说的,小有名气。

他是我的文友,亦是我的对手。他写文有锋芒,寥寥数笔,一朵花开,一阵风起。我喜欢他的才。只是,他对我,言辞颇多调侃戏弄。我学蔺相如,一步退,步步退,退到河界,静观其变。

我细细读他的文,一字一字品,语速缓慢,设身处地,进入主人公的心,感同身受,惺惺相惜。懂了那人的苦楚、失落、心结、彷徨。为他闭目祈祷,凝眉嗟叹。受了他的苦,增了我的智。

石非微信问询:"蓝心,蜗牛明珠网的闪小说大赛,你可参赛?有我在,你别想当状元。你一个姑娘家,整日涂脂抹粉,能成什么大器?莫要以为自己是女中木兰,涂得了红妆,上得了战场。"

我回信:"我不参赛,知道写不过你,何苦费时劳神。罢了罢了,祝你得冠。"

他只回一字:"切!"

我静心,闭关,开始写文。字字句句,细细打磨,圈圈点点,起承转合。一声一声,心声雷雷。一句一句,锻造精良。写毕,静置。摆弄花草,莺莺燕燕似仙人。再置,品茶,听书,游走,四面春光。三五日过,文已发酵,似旁人之作,逐句细细改之,再经历一次文里烟波。江水滔滔,打湿眼。心里有爱,暖日月。

文成,弃之书房,野外寻蝶。

五月后,三甲外泄。

石非来信:"丢人哪,败给一人,名奚月,你可认识?"

"不认识。"

他只一字:"切!"

我描眉画唇,对镜梳妆。笑意然然,吟一曲《声声慢》——"雁过也,正伤心,却是旧时相识。"

你知奚月何许人也? 小娘子我也。

杨世英

杨世英 / 湖南省闪小说学会副会长。曾获 2013 中国闪小说年度总冠军大赛亚军、首届《光明日报》微博微小说大赛二等奖等 20 余个奖项。

钟馗捉鬼图

　　那个晚上，我去了我学生家。学生是个领导，他在市里任要职。

　　学生热情地把我迎进客厅。

　　墙上一幅画引起了我的注意——《钟馗捉鬼图》。

　　画面上，钟馗豹头环眼，铁面虬髯，相貌奇丑，虎虎生威。钟馗的大手紧攥"鬼"的脖子，那"鬼"微显透明的胸内，隐约藏着一颗黑色扭曲的心，黑黑的心上长着一只灰白的眼睛，很邪恶。

　　让我感到奇怪的是，那"鬼"居然没有脑袋。

　　我问学生："这幅画是哪位大师的杰作？"

　　学生笑笑说："先请老师评评画。"

　　我说："我不会评画，但看得出，这画很有功力，只是不完整。你看看，那鬼没脑袋嘛！"

　　学生呵呵地笑，说："这鬼最好没脑袋。"

　　学生告诉我，这画是他妻子十年前画的。他妻子读中学时学过画。她是有意不给这只鬼画脑袋。当时，年轻俏皮的妻子说，他什么时候变坏，就把他的脑袋画上去。

　　学生说："十年来，我时刻提醒着——不能！千万不能让这只鬼长脑袋！"

　　我笑了，说："你这里我会经常来，我要看看，画上的鬼是否长起了脑袋。"

我愉快地告辞离开。

其实,我是有事来的,但我一句都没说。

雕 刻 师

"龙师傅,在雕傩面具?"我跨进龙师傅家堂屋时,他正坐在一张小方桌前,低头雕刻一块面具。

"哎呀,喜鹊叫,贵客到,请坐请坐!"

我就坐下,拿起那张即将完成的傩面具看,面具散发出一股扑鼻的香气。

我说:"楠木做的?"

"嗯,只能用楠木。其他木材不能做,放久了,会开裂,也会被虫蛀。"

"哦,那是!这面具是啥人物?"我说。

"你猜猜?"他咧嘴一笑。

这张面具的形象,似人非人,似兽非兽;夸张变形、怪异奇特;狰狞凶猛、咄咄逼人。我说:"鬼?嗯,是鬼!"

"太笼统了点。"

"嘿嘿。"我说,"龙师傅,听人说,天井寨傩戏表演的面具都是您做的?"

"做得不好,呵呵。"

我说:"这种面具是不是经常做?"

他说:"不常做,政府需要给天井寨添置面具了,来找我做,我才做。"

我说:"您咋不做出一批拿到天井寨去卖给游客呢?您给政府做,那是计划经济;您给游客做,才是市场经济啊。"

"会有人买?"

"怎么没人买,北京的人还打电话问着要呢。"

"哦。"

我看着头发花白的他,有些惋惜地说:"别人要有您的这个手艺,早就发了,可是您,还在这里'羞答答的玫瑰静悄悄地开'。"

"呵呵。"

"这样吧。我们给您好好地宣传一下,让您的工艺品走向全国。"

"不、不,宣传不得! 有害无益啊。"

我大吃一惊:"什么? 有害?"

"我们这里,楠木并不多。我一年只砍一棵树,雕刻面具二十张。你倒提醒了我,我得给天井寨签个协议,我做的面具,专供演出,不能流走!"

守

元宵节一过,村里的男女"呼啦啦"地出去了,热闹的年,喧哗的村,静默沉寂下来。

林也要走,叫爹同去。爹说:"不,我放不下傩戏'咚咚推'。你也不能走,在家学戏! 三十晚夜你答应了的。"

"哈,那晚喝高了。爹,学戏过两年再说,先挣钱要紧。您不看看寨上元灿、昌木他们,都建成了楼房,买上了小车?"

林又说:"爹,您都七十多了,留在家里,我们不放心,万一有个头疼脑热的,咋办?"

爹不高兴,瞪林一眼,说:"我这身子骨,棒着呢!"

林和妻出门那天,带走了儿子小启。爹站在尚有积雪的门口,眼神恍惚而迷离。寒风如刀,把爹脸上的菊刻得更深了。爹的身后,雕梁画栋的百年木屋,在朝阳下闪着亮光。

林走上院坪,回望老爹,心里"咯噔"一下。爹目光如线,牵扯着林,林被定住,举步难移。

爹却笑了,说:"出去好生做事,小启好好读书,不用挂念我!我一个人在家也不会闷的。我是戏师嘛,可到别的村找徒弟。"

爹笑声爽朗,林的心里稍觉安慰。

爹跑了几个村寨,村里头头都说,老伯,戏是好戏,也该传习,可年轻人都已出去了啊。

这天,春光明媚。爹身穿关公袍,手握青龙刀,独自起舞,高唱:"三弟三弟把门开,我是二哥关云长……"

脚步踉跄,声音苍凉。

爹沿着屋外那条青石板路,一路向前,且舞且歌,如痴如醉。迷醉中似有掌声"哗哗"响起,爹停下歌舞,颤声叫道:"林他娘啊,谢谢你的鼓励!"

山包上,一座芳草萋萋的坟墓,里面住着林的母亲。墓的周围,丛丛绿树,在风中摇摆,叶片翻飞、拍打,"哗哗哗"地……

砍 脑 袋

很多看客围在院外四周的高处，等着观看砍脑袋。

包着蓝色头帕的梓，被反绑着双手，正跪在大院里的石板上。

"梓，你年纪轻轻的，不好好谋生活，竟然当上了土匪，抢人又抢粮？"

说话的是张清，他上过黄埔军校，干过少将旅长。因不满国民党内部派系斗争而解甲。回县城后，他将搬运工、黄包车夫等出苦力的共五六百人组织起来，成立工会，自任理事长。后来他又被选为省参议员。

梓抬头看天，没说话。

张清又说："我说过，在峰县境内，我要保境安民，不许土匪作乱，谁要作乱，我就砍他脑袋！你不知道？"

梓咬牙鼓腮不出声，似一头倔强的牛。

这时一乡绅在院外高叫："长官，砍吧！"

"你是谁？"

"我是西溪的姚福全。梓这穷小子太可恨，他哪有资格和我女儿好？还把我女儿……我要嫁女了，他纠合了几个土匪去抢人，还抢走了我家的两担谷。"

张清仔细地看着梓，梓的嘴角扯了扯。再看姚福全，急得跟猴子似的。张清方正的脸上蓦然流光溢彩，大声宣布，半个时辰后，砍脑袋！

张清叫人取来白鳝泥,兀自在桌上鼓捣起来——

地上取泥,桌上拍捏,弄了个泥人坯子。又用泥刀在泥人的脸上细致雕刻,一个抿嘴倔强的泥人梓活脱脱地出现了。

张清环顾四周,说:"时辰已到,砍脑袋!"

泥刀一挥,泥人梓的脑袋"噗"地掉在桌面上。

张清转身进了高墙里的窨子屋。

太阳下,姚福全脸色青黑,梓脸色红亮,看客们表情各异。一个人说了句:"真没劲!"

殷茹

殷茹 / 河南省作家协会会员,中国闪小说学会特约评论员,河南省闪小说学会会长,《闪小说》编委。主要作品有小小说集《开满阳光的午后》。曾获首届《光明日报》微博微小说大赛一等奖,"我们不要怀念她"小说同题赛一等奖,第二、三届中国闪小说大赛银奖等诸多奖项。

恋　歌

她说:"真的吗?"

她说:"好冷。"

他说:"到我这里来吧,我这里温暖。"

他说:"你来了就知道了。"

她犹豫着,什么也没说。

他说:"我这里,有田田荷叶,有声声蝉鸣,有杨柳婆娑……你来,我要你做我最幸福的新娘!"

她动心了。她对他居住的那个地方充满了向往。

她不理亲人们的劝阻,她谢绝姐妹们的挽留,执意要去他那里。

她在旅途上奔波了很久,依然离他千里万里。

当她看到了满地的绿,她开心极了。她终于找到了他居住的地方,她欢呼着欲投入他的怀抱……

忽然,她感觉到了热,致命的热。

她在热浪中香消玉殒。而他,还在痴痴地等。

她是雪花。他是夏天。

不是一个纯粹的人

审讯室里,警察正在审问犯人。

"这个包是不是你抢的?"

"是的。"

"包里的钱呢?"

"送人了。"

"送给谁了?"

"我在路口抢一女子,她身上只有八块钱,我嫌少,她说都被老板克扣了,想回家,没有路费,已经在路口站一整天了,没有车愿意载她。我看她可怜,就让她等着,我又抢了五十元送给了她。"

"有个老乞丐说你还抢了他一块钱,这事是真的吗?"

"那不算抢,是借。"

"说说怎么回事?"

"因为我太饿了,就向他借一块钱,想买两个烧饼吃。我告诉他我说话算话,既然是借,就一定会还的。他还磨叽,我就从他手里夺了一块钱。走不远,我遇到一瞎子,见他比我还可怜,就给了他五毛,剩下的五毛我买了两个包子。"

"我们的民警追你时,据说你已经跑了,可后来为什么又回来了?"

"嘿嘿,那警察没我跑得快,当时天色已经暗了,他只顾追我,没留意身边的车辆。我听到响声时,看到他已经倒在地上,撞他的车跑了,我就回来了,我是当时唯一的目击证人,我知道车牌号,只想回来给他做个证。"

警察站起来,在屋子里踱步,转了几圈,猛地一拍桌子:"你这个人,怎么这么不纯粹呢?!"

美丽的背影

他清楚地记得那是一个星期六,天气阴沉,他去一个街道办事,前面一个女子的背影吸引了他的视线。

那女子身着天蓝色外套,一头油亮的黑发在脑后盘成了一个优雅的髻,珍珠在她颈部与耳际闪闪发光。她身材曼妙,一双小巧的手轻盈而自然地摆动着,看起来楚楚动人。

他忘记了自己要办的事,像猫一样轻轻地跟随着她,闻着她身上散发出来的茉莉花香,心里有一团火焰在燃烧。

他跟着她走过大街,穿过小巷,拐进一条窄窄的弄堂,最后终于在一扇雅致的木门前停了下来。她摸出钥匙准备开门,一缕头发刚好从前额搭下来,他仍是看不到她的脸。眼看她就要没进门里,情急之下,他轻轻咳了一声。她似乎被吓了一跳,然后他听到了一声轻微的叹息,仿佛女子对他的心意早已洞晓。

他的心怦怦跳着,看着她慢慢转过身来。

尽管他早有心理准备,还是被她脸上堆积的皱纹吓了一跳。他为自己的莽撞和尴尬感到后悔。

"对不起!"女子一脸的歉意。

"哦,没关系。"他慌乱地附和着,忽然又觉得她的道歉和自己的回答都很奇怪。

"你没做错什么,为什么要向我道歉?"

"你走吧。"她微微笑了,笑得很温和,然后轻轻合上了门。

他站在门外,一脸愕然,其实,他都懂了。

后来,他仍常常想起她和那个阴沉的星期六。奇怪的是,他仍然觉得她很美,不仅仅是她的背影。

最安静的地方

雨早已停了,风还在刮着。

岸上的人越聚越多,骑车的和步行的都停下来,伸长了脖子朝湖面上张望。

那个挤在人群中的孩子,像一只受到惊吓的小鹿,突然,他跑出人群,一边跑一边哭喊"妈妈,妈妈——"

我也想妈妈了,虽然才离开她两个小时,却像分别了一个世纪。

回到家,推开院门,我看见屋子里围了一群人,有亲戚、邻居和一些我不认识的人。他们把母亲围在中间,每个人的嘴唇都在嚅动,反复说着一些意思相同的话。母亲好像刚刚哭过,脸上还留着泪痕。她累了,一定累了,她的眼睛半开半合,似乎在听,又似乎睡着了。

夜幕落下,那些人渐渐散去,我小心地守护着母亲,一步都不敢远离。

天刚破晓,我听到有人敲门,门外来了许多人,我又看到了那个孩子,他被他妈妈牵着,站在一群人身后。他的妈妈一进门就长跪不起,泪雨滂沱:"您的儿子救了我的儿子,用什么也报答不了这份恩啊,以后我的儿子就是您的儿子!……"

我看见母亲又一次流下了眼泪,她说:"不要哭了,不要哭了,再怎么哭我的儿子也回不来了,只要你的儿子好就行了。"

人群静下来,我看见小孩的脸上挂着泪珠,温顺地依偎在他的妈妈和我的母亲之间。我的鼻子发酸,想哭却哭不出来。

我随着一行人走出家门,往西山走去,那里正在举行着一场葬礼。我好奇地注视着这里正在发生的一切,这是我所见过的最肃穆最隆重的葬礼。

后来,他们都走了,我留在了我的墓地里。

这里,安静极了。

余
途

余途 / 本名陈唯斌，中国作家协会会员，中国寓言文学研究会副会长兼秘书长，中国闪小说学会原副会长，现为名誉会长，系汉语闪小说早期倡导者、实践者与推动者。主要作品有《余途寓言》、《余途不多余》、《飘去桃花》、《心上荷灯》等多部闪小说集、寓言集。曾获中国寓言文学研究会第五届金骆驼奖一等奖、全国第九届金江寓言文学奖。

我 的 马

我被击中了,从马背上跌下来,血一股股涌出。我的马刹住奔跑,站到我身边。

我试图爬起来,抓到缰绳却没了向上的力气。我摸到了黏稠的血,再度趴倒。

马向我低下了头。

风卷起了身边的沙土。荒野能见到的只有我的马。

我挣扎着想再抓起缰绳,身子却已不听使唤。

我的马垂着头凝望着我,我抹了一把血拍向马屁股,用尽力气喊:"走吧!"它转身飞奔而去。

风呼啸着压抑我的呼吸,沙土意欲掩埋我的身体。

地在震动,那是我熟悉的节奏。

我的马,是它带来了马队。

断颈老人

老人戴着颈套被固定在病床上。

年轻时戴过钢盔的他没想到年老时戴上了坚硬的塑料箍,子弹都不曾射穿过他,现在他的颈椎被两根钢钉穿过固定着。止痛泵向他一动不动的身体滴注麻醉药。

感觉神经麻痹了,可以转动的眼睛也麻痹着。床侧坐着雇来照顾他的女人。

他的老伴去世了。

没了老伴,两个人的床猛然变大了,他能去的地方却变小了。一个漆黑的夜,睡梦中他一头栽下床,摔断了连接头颅和身躯的脖子。

梦中,老人想去帮老伴捡起失落的手帕。

铁轨深处

嫁到京城两年我还没有回过家。虽然坐火车三个小时就能到省城,再坐汽车到家也超不过五个小时,我总是自己找理由搪塞爸妈。

树叶快掉光的一天,接到老爸的电话,让我到北京南站去接他,我又惊又喜。老爸从没来过北京,怎么说来就来了呢?

下了地铁,站在月台上,我望着空旷的铁轨深处,呼出的气让我感觉天是凉的脸是热的。

老爸老了,眼神却亮了。

我拉着老爸的手往站外走。他停下,把手里的提袋交到我手里,说:"你妈妈酱的牛肉,让我给你送来。我就不出车站了,坐下趟车就回家。过两天是你生日,肉还放得住。"

我的泪水随着铁轨走了。

吻

《吻》是著名画家的一幅油画新作,初上展厅,吸引了大批参观者。

人们试图从纯白的画面里找到吻的痕迹,但大都因为没有找到而失望。有人说吻在画里你想看到就能看到。找吻的人还是看不到。

突然间,一个女子情不自禁地亲吻了这幅画,她樱桃般红润的唇印在了洁白的画布上。

警方在接到报案后迅速逮捕了这名女子。法院很快以"破坏艺术品"的罪名审判她。

在法庭上女子陈述道:"我也是画家,画布的纯粹和洁白让我身不由己献上一吻。"

《吻》的作者为女子出庭辩护说:"你们指控的嫌疑人作为《吻》的作者,完成了画作的最后一笔,《吻》至此完美无缺了。"

曹心

曾心 / 泰籍，祖籍广东普宁。现任世界华文作家交流协会副秘书长、泰华作家协会秘书长、泰国留中总会办公室主任、厦门大学东南亚华文文学研究中心兼职研究员。主要作品有《心追那钟声》、《蓝眼睛》等。曾获第八届亚细安华文文学奖、首届国际潮人文学奖诗歌奖、2013泰华闪小说有奖征文比赛冠军等诸多奖项。

卖 牛

几年前,乃仑买了一头小公牛,每天一早,他就牵着牛到田头田尾吃青草。小牛一天天长大,强悍得像一头笨重的大象。乃仑却一天天消瘦,干瘪得如一根摇晃的芦苇。

一次,他牵着牛去吃草,突然晕倒。这头小公牛比人还有感情,含着泪用舌头苦苦舔醒了主人。

有人劝他把牛卖了,拿钱来治病和养老。开始他总是拒绝,后来觉得身体实在不行了,只好同意。他对来买牛的人,不仅要对方说出价格,而且还要说明买牛的用途。有人出 3 万铢,有人出 5 万铢,他都摇摇头:"不卖!"

一天,乃宽来买牛,说干农活的牛病死了,还把它埋了。乃仑只要价 1 万铢,就把牛卖了,引起村头村尾一片哗然。

乃仑病危时,乃宽去探望他,只见乃仑颤抖的手掏出一张纸条,便撒手人间。

乃宽看了纸条:"你那 1 万铢,我还没用,藏在枕头里,取回去好好养我的牛。牛老了,千万别牵去屠宰场。"

为了纪念

　　妈妈去世后,她交代邻近卖彩票的大婶,每期买一张尾号 83 的彩票。她已连续买了 3 年,未曾中奖。

　　大婶问她:"还是换个尾号吧?"

　　她说:"不!"

　　"为什么?"

　　"为了纪念。"

　　她妈妈原是某个华人孤儿院的教师,孩子病了,她就坐在床头唱起《好人一生平安》。几十年来,这首歌如一帖灵丹妙药,病童随着歌声都转危为安。后来她妈妈病了,孤儿们轮流给她唱《好人一生平安》,以为她能平安出院,结果唱了 83 天,她走完了一生,享年 83 岁。

　　今年妈妈的祭日,她买的那尾号 83 的彩票,终于中了头奖。她领了钱,如数捐献给孤儿院。

　　在捐献会上,孤儿们唱起"有过多少往事／仿佛就在昨天／有过多少朋友／仿佛还在身边／也曾心意沉沉／相逢是苦是甜／如今举杯祝愿／好人一生平安……"

　　歌声越唱越低沉,最后,全场失声痛哭起来。

鉴 别 家

　　一位老中医给刘高开了一张药方,都是道地的中药,如西藏红花、四川天麻等。刘高买药回来,请鉴别家阿明鉴别,发现六味药中没有一味是地道的,其中还有两味是假药。为了买到真药,刘高几乎跑遍整个曼谷。他不禁脱口骂道:"黑心! 连治病的药也可以假,罪孽啊!"

　　一晚,刘高带几位大陆来的老朋友到耀华力路吃燕窝,也邀鉴别家阿明同去。刘高怕路边卖的燕窝是假的,便走进一间老牌的燕窝店。大陆朋友尝到泰国的正宗燕窝,个个赞不绝口。只有阿明喝一口,便呆坐着。刘高附耳细问:"怎么样?"阿明皱着眉头不语。

　　"假的吗?"

　　"嗯!"

　　一时,大家吃"燕窝"的兴趣转移,七嘴八舌谈起目前市场充满黑心假货,如假皮包、假手表、假衣服、假鸡蛋、假肉、假水果、假菜什么的。

　　有人说:"现在的假人(机器人),跟真人一模一样,有感情,能说能笑能哭能闹。"

　　一个说:"我家就是请机器人当保姆的。"

　　另一人说:"我的进出口贸易公司,就用机器人鉴别真假。"

　　大家越谈越来劲,越谈越升级。

411

阿明听着听着,猝倒。大家以为他中风,七手八脚急送他去医院。

经检查,所有人都惊呆了:阿明是个假人(机器人);他不是中风,而是短路。

佛塔背后

曼仑滴寺的住持想建一座佛塔,久久不能如愿。一个穿着素装的信徒说:"我想想办法。"

一天,寺里的一尊十九寸宽的古佛失窃了。一个星期后,有人在寺旁的菩提树下,捡到一包东西,里面有一尊古佛,并夹着一张纸条:"佛爷显灵,搅得我不能吃,不能睡。我改邪归正,把宝物归还曼仑滴寺。"

此事,在几家报纸刊登后,没几天,赶到曼仑滴寺朝拜和"添汶"的善男信女,络绎不绝。

"添汶"多了,有了善款好办事,不到一年,佛塔建起来了。

一天,那位穿着一袭素装的信徒,在夕阳照耀下,来到这座佛塔,前后左右看了又看,压抑不住内心不知何滋味的拨弄,似笑非笑地照了一张全方位的佛塔相片。

他想,回去写一篇佛塔背后的故事。

张红静

张红静 / 中国闪小说学会理事。曾获 2014 年梧州廉政微小说大赛二等奖、2015 中国闪小说年度总冠军大赛亚军等诸多奖项。

夜　游

新婚后。她说:"我有夜游症。"他说:"正好,我失眠,你夜游时我跟在你后面。"

半夜里醒来,他发现她睡在另一个卧室的小床上。他悄悄把她抱回去,她很轻很轻,像个孩子。

第二天清晨,她真的以为自己有了夜游症,其实她只是想要一个自己的空间。

她问:"我可以单独拥有那张小床吗?真的与分居无关。"

他说:"我明白,你也有完全的自由,就像你给我的自由一样。"

她又可以拥有睡觉前的那种安静了。如果她想他了,会在任何醒来的时候像夜的幽灵钻进那个大大的卧室。他醒来后发现身边有个软软滑滑的身体,他们就会变成一对水蛭。对,就像夏日池塘里那些很快活的水蛭。

他从不失眠,尽管他也谎称自己有失眠症。可是自从结婚后,他常常在半夜里醒来。他想她时就到她的卧室里悄悄把她抱过来。第二天他就会说:"你的夜游症又严重了,怎么又过来了呢?"两人就笑着滚在了一起。

现在,她感到自己的夜游症越来越严重了。有时会从大床跑到小床上,有时又从小床跑到大床上。只是大床上仅剩下一只水蛭。

他出差后就永远没有再回来过,那是一场意外。

我有我的咳嗽

"对不起主任,我迟到了!昨晚咳嗽了一夜,到天亮才睡着。"

我想咳嗽一下表示真诚,但此刻无一个毛孔不舒服。白白挨了主任的白眼。

有人在打架。打人的恶狠狠地说,谁想管闲事就咳嗽一声。我正好路过,正好憋不住咳嗽了一声。

我鼻青脸肿地来到医院。我没有挂外科,而是挂了内科。

医生说:"错了,应该先包扎伤口。"

我说:"没错,我是来看咳嗽的。"

医生说:"你咳嗽吗?"

"是的。"

"可是,从你进来到现在五分钟,我没听见一声咳嗽!"

我于是佯装咳嗽了一下。

医生埋头在电脑上操作,又说:"我已经把这个号转到精神科了!"

"精神科能治好咳嗽吗?"

"放心,能治好!"

我来到精神科。

我说:"我只是有点咳嗽。"

可是,医生笑着说:"您满脸的伤,却来到精神科看咳嗽,还不要家人陪。"

我跟他起了争执,他叫了保安,警察不由分说把我带走了。

我妻子把我保释出来。妻子说:"我知道你装病不愿意见我,宁肯去医院耍也不愿意回家,你要想离你就咳嗽一声。"

我咳嗽了一声。其实我们那时快走到尽头了,这样一咳嗽,就一步跨到了尽头。

我不停地咳嗽。我再次去了医院,挂了内科。

医生还是那位医生。他说:"比你厉害的我见得多了,放心,我治疗咳嗽是出了名的。上个月有个精神病人还上我这治咳嗽呢!"

我的气不打一处来。由于他的建议,我没了家。我也要他鼻青脸肿。

这一回,没有人保释我。我不回家,我没有家,我只是憋不住,又咳嗽了一声。

回家往左

最初,我只是忘了盖暖瓶盖子。他说,换一个自动暖水瓶,一按,水就出来了,一松,水就自动停,不要紧的。

后来,我开了水龙头后总是忘记关。他说,换那种感应的,人一来就有,一走,就没了,没事的。

最让人担心的是,我出门常常忘了锁门还是没锁门。他说:"换那种智能防盗门,人一往外走,门就自动说,'请用您的美丽指纹锁门',人一回来呢,门就说,'请用您的美丽指纹开锁',你这忘性,没事的。"我问:"有这样的门吗?会说话?""会说话,比我还会说话呢!"我们都笑了。

出门的时候,我会忘记回来的路。一到路口拐弯我就要进行艰难的选择,到底往哪走,弄得我头痛。他说:"出门往右,回来往左,错不了,再说,我不会让你一个人出门的,除非我……"我掩住他的嘴巴,不让他往下说。

从警察局回来的时候已经是夜里十点。他一上来就要搀扶我,我不让。虽然后来我忘记了许许多多的事情,可是我们当年的牵手还记得。我一定要手牵手回家。回家往左,我对他说,你难道忘了? 黑夜里,我偷偷地笑了,这点记性,我还是有的。后来我就耍赖不走,让他背我回去。我听见他嘴角里飘出来的苦笑,他一定在想,老了还这样,不怕人笑话。

回到家,小男孩开了门。"爸爸,奶奶真的找到了? 奶奶,您去哪了,我们找了都一个月了!"我打量身边这个牵我手的男人,他是我儿子?"可是,他呢?"我问。

我还依稀记得,他说,他得出远门了,让我不要找,找也找不到,还会把自己丢了。我就不信,出门往右,回家往左,还能把人丢了? 他一定也得了跟我一样的病,迷路了。第二天,我又悄悄出门,去找他了。

长尾巴的城市

我走在大街上,把自己打扮成一只绚丽的孔雀。

我常常有许多很白痴的想法。比如,我看到彗星有尾巴,流星滑过也有美丽的尾巴,飞机隆隆飞过也留下细长的尾巴。爬行动物有尾巴,鸟儿身后也有尖尖的羽毛尾巴,鱼儿的尾巴悠然地摆动,猴子用尾巴来荡秋千。鼠标、手机、电视、冰箱、洗衣机,它们的身后都有细细长长的尾巴。有尾巴,就很强大。

为什么独独人没有尾巴? 这天,我的回头率猛然飙升,街上开始流行长尾巴。

我开了一间尾巴美容中心,也因此成了引领时尚的人物,甚至有些明星出席电影节时还要我专门来设计。我也因此圆了做模特的梦想。

T形台上,我拖着一条本世纪最漂亮的尾巴,有谁知道,盛装之下我满是雀斑的脸蛋?

现在,离去的男友迷途知返。跟我断绝关系的父母亲戚朋友都簇拥而来,跟记者编造虚假的故事。他们以我为荣,纷纷忘记了我的恶习。我的画像掉在人群里,我看到自己跳啊跳啊,在台上的我,心都要跳出来了。

从此,这个城市变成了长尾巴的城市。到处是夹着尾巴、拖着尾巴、摇着尾巴的人。有的人把尾巴缠在身上,像一条蛇,有的人把尾巴盘在头上,头和屁股跨世纪地连在一起。尾巴没有任何意义,但每个人,都感到无比骄傲。

渐渐地,我有了一个更白痴的想法。鸟儿长着翅膀就美丽轻盈,天使张开翅膀就飞到了每个人的心里,飞机长了翅膀就飞越大洋彼岸,蝙蝠有了翅膀就改变了血统……

张维

张维 / 安徽省作家协会会员,中国闪小说学会副会长,中国翻译家协会会员。

英雄的妻子

英雄的儿子考取了大学,分管文教的副市长来为英雄的儿子送行。

在咔嚓、咔嚓的相机快门声中,副市长把一个信封递给了英雄的妻子。"感谢你这些年来含辛茹苦,把孩子培养成才,你真的很不容易!"英雄的妻子用呆滞的目光盯着副市长看了一会儿,然后低下了头。

"有什么困难你尽管提出来,我们会尽量满足你的要求。"副市长恳切地对英雄的妻子说。

"我真能提要求吗?"半晌,英雄的妻子抬起了头。

"当然可以。"副市长笑容可掬。

"那请你们把它带走……"英雄的妻子指了指墙。

众人回头,见市政府授予的英雄称号奖牌就挂在墙上。

"请领导带走这块牌子,我想结婚!"英雄的妻子一字一顿地说,眼泪像断了线的珍珠从脸上一个劲地往下落。

苏　醒

他苏醒了。

他用那双戴着手铐的手把马队长那只腿从自己身上移开,慢慢从座位上坐起来。突然他的眼睛一亮:马队长那串钥匙就挂在腰间。

他取下钥匙用嘴叼着,艰难地打开手铐,然后踹开车门,爬到车外。

雪仍然在下,大地被蒙上了一层柔柔的白纱。

带着一种莫名的兴奋,他在心里反复地念叨:"我自由了,我要远走高飞,我要藏到一个他们永远找不到的地方!"

他转身把手伸进马队长的口袋,想摸点钱。

"2002年的第一场雪……"忽然一个男人沧桑的歌声吓他一跳,那是马队长的手机铃声!

等铃声消失,他掏出手机一看,有两个未接电话和很多条信息。他打开第一条信息,一行字跳了出来:"爸爸,下雪了,注意身体!"

他再打开一条信息:"老公,快点回来,我们等着你!"

不知怎的,他也想起了自己家中的妻子和女儿,他知道这么些年她们也一直在等他。

他就站在那里,百感交集,心里什么滋味都有。

忽然他狠狠地擂了自己一拳:"我真浑!"

他用马队长的手机拨通了一个号:"喂,是 110 吗? 这里发生了一起车祸,两名警官受伤昏迷不醒,地点是……"

打完电话,他爬进车里,从身上撕下一块布条,把马队长还在流血的手包好,把他的脑袋轻轻地枕在自己的大腿上,然后就静静地坐在那里等待着救援的人到来。

外面,雪依然下个不停。

后 来 呢

听见父母房间里传出匀称的鼾声,他悄悄地起身下床,蹑手蹑脚地摸黑穿过父母的房间。他用水浇湿了大门的凹槽,然后轻轻拉开门闩开门走了出去。夏夜清凉的空气,使他打了个激灵。他摇摇头,眨巴眨巴眼睛,顺着一条熟悉的小路飞快地来到一座屋子面前。他噘起嘴唇,咕、咕、咕地学了三声斑鸠的叫声,往院子里扔了一颗小小的石子。不一会儿,门也无声无息地打开了,他的心上人一下子扑进了他的怀里,随后二人手牵手迅速融入了茫茫夜色之中。

在小河边,他们双双跪在柔和的草地上,对着月牙儿拜天地,然后在小树林里成了亲。萤火虫在他们四周飞舞,潺潺的流水为他们歌唱……

"后来呢?"胸口挂着 MP3 的女孩问躺在躺椅上的老人。

"后来? 后来问你奶奶去!"白发苍苍的老人脸上露出了狡黠的微笑。

难开的锁

"麻嫂,开锁,让两个狐狸精看看,原配就是原配!"大娘举起一把钥匙,傲然地环视着众人。

厨娘麻嫂接过钥匙,跛着脚走向那口精致的红木箱。

众人知道那里面是老爷一生积攒的金银财宝,众人知道老爷临终留下了话:"谁的钥匙能打开这把锁,木箱就归谁。"

二娘的心在滴血。三娘的眼瞪得溜溜的圆。

麻嫂的脸忽然惨白,大娘一下子跌落在椅子上,口中恨恨地骂:"杀千刀的! 心始终向着外人!"

二娘、三娘同时起身,手上都多了一把钥匙。

二娘乜斜着眼:"哼,锅巴还想爬到饭头上? 三妹,还轮不到你!"

看到二娘的手粘在锁上动弹不得,三娘疾步上前,用肩膀抵开二娘:"二姐,我这把钥匙才真的是原配。"说着,故意瞟了大娘一眼。

可三娘的钥匙连锁眼也插不进。

众人面面相觑。

忽然,一个十五六岁的孩子举着一把钥匙对麻嫂说:"娘,俺把你枕头下的这把钥匙拿来了,你不是说它也是老爷送给你的吗?"

"别!"麻嫂大声地制止。

话音未落,那锁咔嗒一声在少年手中应声而开。

麻嫂一把拉过儿子,扯下钥匙:"走,回家去,咱不稀罕!"

堂屋里死一般地寂静……

周国华

周国华 / 浙江省闪小说学会副会长。主要作品有小小说集《驻足回眸》。曾在 2013 中国闪小说年度总冠军大赛、首届《光明日报》微博微小说大赛等赛事中获奖 20 余次。

将 军 泪

　　一天中午,总队政委林江少将前往某县消防大队突击检查。到了大队后,林江直奔食堂而去。

　　食堂的一角格外热闹,大队长刘骏正陪着几个人边吃边聊。一看见将军肩上的将星,一桌人全愣住了。刘骏见过林江,赶忙起身,高喊:"敬礼!"一桌人齐刷刷立正,敬礼。

　　将军回礼,脸上露出一丝不快。一桌人中,只有刘骏穿着军装,有一个便衣用左手敬礼,还有一位,身子有点打晃。刘骏向将军报告,建军节前,大队邀请了几位老兵回部队"探亲"。

　　"探亲?"回去几年,连最起码的军姿都忘了?! 将军心里有点窝火,一声不吭地来到左手敬礼的那人身旁,问:"你的右手呢?"那人伸出右手,高声回答:"报告,上等兵李浩在灭火行动中负伤,首长特批用左手敬礼。"将军愣住了——那人的右手,竟只剩下两根手指!

　　将军又转到身子打晃的那人身旁,问:"你呢?"那人身子一挺,说:"报告,二级士官章凯左脚负伤!"瞅着那人空荡荡的一只裤管,将军急忙按住那人的肩膀,哽咽着说:"快坐,全都坐下。"

　　圆桌上,摆着热气腾腾的饺子,刘骏说这些都是老兵们刚包的。将军来到一张空凳子前站定,指着桌上满满一碗饺子问:"这碗我吃,行不行?"刘骏说:"您还是换一碗吧。"说完,他又搬来了一张凳子。

为啥不能吃这碗？将军入座后满脸疑惑。

刘骏低叹一声，说："这一碗，是给前年光荣牺牲的王大毛烈士准备的。"

将军沉吟片刻，起身对着那张凳子敬礼。一桌人跟着立正，敬礼。

那一刻，含在将军眼眶里许久的泪水，终于无声地滚落下来。

味　精

月儿悄然行走在天幕。他雕塑般坐在床上，目光与月光连成一条直线。

护工进门，开了灯，端来一碗汤圆："刚热的，今天是元宵节。"

他收回目光。汤圆，他记不住曾经吃过多少回，多少个，在家中，军营里，养老院，一处比一处做得精致。

他从口袋里摸出个小玻璃瓶，里面盛着小半瓶粉末，灰黄灰黄的。

拧开瓶盖，戴起老花镜，他两指紧捏牙签，定了定神，屏住呼吸，小心翼翼地剔出些许。盖住瓶盖后，他急喘了好一阵子，这才对着瓶子牵牵嘴角，转而又叹气："不多啦！真的不多啦！"

或许是实在太少的缘故，小雪球般的汤圆上，那些刚放进去的调料一经搅拌，便无影无踪了。

他颤巍巍地夹起汤圆，咬了口粉皮，笑了："爹，您磨的粉，还那么细！"

嚼了嚼馅,他点头:"小翠,你拌的馅,还那么香!"

咽下一个,他的舌头围着上下唇绕圈:"娘,您下的,还那么透!"

再夹起一个,他说:"娃儿,你也吃一个……"

突然,他手一抖,汤圆掉入碗里,同时滚落的,还有两滴浑浊的泪水。

离家时,小翠正怀着娃,五十多年了,他竟不知道娃儿是男是女。

他呆望着小玻璃瓶。五年前,老乡从海峡对面的老家回来,带回了这点家乡的泥土。这以后,每逢佳节,他都会将它们掺入茶水里、菜肴中。

他还得省下一点儿,百年之后,将它们掺在自己的骨灰里。

母亲的墨镜

花了几个钟头才爬上来,啥也看不到,真是的! 雾气无情地吸走了她的叹息声,观景台四周混沌一片。

有欢笑声从浓雾中隐约传来,她循声走去。观景台边站着俩人,她听了听,原来是对母子。

母亲托着儿子的手指这指那,嘴里还不停说着:"这边全是奇形怪状的山峰,有的像神龟,有的像玉兔,下面啊,满是盛开的映山红……"儿子不住地点头:"美,真美!"

真有想象力! 她哑然失笑。

过了很久,俩人转身,母亲扶着儿子坐下后,说要上趟卫生间,慢吞吞地走了。她这才看清,眼前这对母子竟然都拄根木棒,戴副墨镜。

是对盲人?! 她惊呆了,不由自主走向那男青年。

"这儿的风景真好,你说是吗?"他突然问她。

"嗯,你的眼睛……"她欲言又止。

他脸上挂着灿烂的笑:"我五岁时眼睛就不行了,但妈陪着我,去看过很多高山和大海。"

看? 她茫然。

他的声音异常动听:"我学的是作曲,妈常说,没去过山顶和海边,写出来的作品,很难有高度和深度。"

她忍不住问:"你妈也是盲人吗?"

他收起笑容:"为啥这么说?"

她诧异,向他描述起他母亲的样子。

两行清泪从墨镜后面流出:"妈,您说是怕累着,才拄了根拐杖,可您干吗还要和我一样戴上墨镜?"

前方响起了木棒敲击石板的声音,就像无比美妙的鼓点。她抬起泪眼,两点墨色正倔强地冲破重雾由远而近,缓缓化为大雁展开的双翅,顽强地为雏雁遮挡着风霜雨露。

她确信,这一刻,自己看到了人世间最美的风景。

对　手

狭小的空间里,只有我和对手,谁也出不去。

黑暗中,我只能把耳朵当眼睛使。对手的挑衅声忽左忽右,我立直双掌,等待着打一场漂亮的伏击战。

这是个卑鄙的家伙,从不敢明目张胆地进攻,总是趁我懈怠时,溜过来刺上一剑。而今天,他竟敢狞笑着向我挑战。我悲,我愤,英雄末路,居然还要被一个小角色戏弄!

对手突然没了声,我竖起耳。左掌背划过一丝凉意,我一惊,右掌运劲。刚要拍下去,我又改了主意,隔空打出一道真气,那剑被震出老远。对手尖叫着躲入角落。

我累了。睡之前,我把自己包裹严实。我有神功护体,即便是被对手刺中,也无性命之忧,叫也不能便宜了你这个小丑。

没多久,我被一股杀气惊醒。我蓄势,准备投入新的战斗。

对手改变了策略,不再出声。不过,他每一轮的进攻,都会被我的掌风击退。他不甘心地叫,我开心地笑。

在这种反复较量中消磨时光,我乐此不疲,就像小孩子找到了新鲜有趣的游戏。

不知过了多久,我突然想起,他好久没来偷袭了。是不是死了?我害怕起来,故意露出破绽,焦急地等着。

他终于还是没来,我心底升起悲哀,早知道是这样……没有食物,我将会像他一样,一点点耗去生命的灯油。我不敢睡,我知道这一睡,可能就再也醒不过来了。

突然,切割机的声音传来,救援队来了! 外面一片欢呼声:"奇迹,在大地震后的废墟中,竟不吃不喝待了十天!"

我惊异地发现,对手俯卧在我掌背上。天哪,他来了,却已没力气进食。

记者递来话筒:"你最想感谢谁?"

"谢……对手,不、蚊子!"

朱红娜

朱红娜 / 笔名秋月、古棠、红海棠,广东省作家协会会员,中国闪小说学会理事,广东省闪小说学会副会长。主要作品有小说集《没胆人》等。

你的衣服真好看

"你的衣服真好看。"每次在电梯里遇到姜梅，吕荔总是无话找话，一副很热乎的样子。

姜梅眼睛向吕荔瞟了一瞟，嘴角向右撇下，吐出一句："是吗?"

吕荔是单位的副手，一人之下，百人之上，平时就像高昂的公鸡，头永远向上，连一把手也不在她眼里。

但吕荔怕一个人，怕姜梅。姜梅是市里领导的夫人，领导又分管吕荔的单位，姜梅在单位就比一把手还一把手，偏偏姜梅又讨厌嫉妒吕荔，谁叫吕荔既年轻又漂流，还喜欢往市领导那里跑。

两个人又一次在电梯里遇到，这次姜梅穿得很漂亮，但吕荔头向上昂着，装作没看见。

姜梅主动说："你的衣服真好看!"

吕荔眼睛向姜梅瞟了一瞟，嘴角向右撇下，吐出一句："是吗?"

"小人!"姜梅在心里愤愤骂道，"如果不是老公病逝，她敢这样对我?"

风乍起

走? 不走? 劳中天一直纠结。

时钟敲响了 12 下,劳中天的脚步还没停下,来来回回地,思绪转得比时钟还快。

"天气预报说,明天有强台风,夹带暴雨。"老婆说。

劳中天快步走进房间,随手拿了几件衣服塞进袋子。

他做出了一个重大决定:"走!"

汽车在无人的街道极速前行,很快驶出了灯火辉煌的城市。夜色似一块黑布挂在劳中天面前,他鹰隼一样的眼睛顿时失去了光亮,汽车在黑暗中左摇右晃,他感到从未有过的吃力、恐惧与慌张。

"欲速则不达。"父亲一直告诫他说。

但他从未听进父亲这句话,反而像支火箭,嗖嗖往上蹿,没几年,就做到了书记。

为什么早不听父亲的话? 劳中天后悔,但太晚了,世上从来就没有后悔药。

狂风突然掀起,雨滴像石子一样砸在窗玻璃上,瞬间,狂风暴雨铺天盖地,仿佛要把劳中天连同他的车子撕烂。

"不是预报明天才有台风吗? 他妈的,老天也跟我作对。"劳中天恨恨地骂了一句粗话。眼前已根本看不到路,但劳中天不能停下来,他已无法停下来。

第二天,与往日一样,日报上头版头条还是劳中天的图片加新闻,但不一样的是,他漂亮的照片已加了黑框,醒目的黑色标题磁铁般吸引了全市人的眼球:《台风强降,书记抢险遇难》。

　　劳中天的父亲顿足捶胸,口中喃喃不停:"罪孽啊,罪孽啊……"

送　礼

　　年终到了,晓风拿到平生第一笔奖金,盘算着该给爷爷奶奶、爸爸妈妈、外公外婆、叔叔阿姨们都买些礼物,还要给一直关心爱护自己的老师送上一份心意。这样算下来,奖金也就所剩无几了。

　　这时,办公室老吴凑上前来,瞅瞅周围没有别人,悄悄地对晓风说:"晓风啊,发了这么多奖金,没向领导表示表示啊?"

　　晓风看看老吴,不知老吴葫芦里卖的什么药,慌乱地摇摇头。

　　"年轻人,要学会尊敬领导。"老吴意味深长地拍拍晓风的肩膀,微笑着走了。

　　晓风刚刚参加工作,从未有过这方面的经历,该怎么送,送什么,晓风一概不知。

　　晓风找了个比较要好的同事,问他该怎么办。

　　"这是所里一贯的风气,大家早已心照不宣,每到年节都会给所长送礼,如果谁没送,谁就有可能被穿小鞋。对了,老吴是所长的一个远房亲戚,他是在提醒你呢。"同事毫无保留地告诉了晓风。

　　晚上,晓风辗转反侧,一宿未眠。

第二天,晓风找准一个没人的空当,悄悄对老吴说:"老吴,谢谢你提醒,我去领导家了。"

"好,好,年轻人,不错。"老吴一副长者的姿态。

"局长说,自家人,就不用客气了,他拒绝了我的礼物,还严厉地批评了我,说我不学好,净学这些歪门邪道的东西。"晓风很是得意地对老吴说。

"什么? 你去局长家了? 局长是你亲戚? 你怎么不早说。"老吴怔怔地愣在那里,脸上堆满了尴尬。

晓风不置可否地笑笑,头也不回地走了。

第二天,晓风收到老吴和所长送来的礼物。晓风说:"老吴,你不是说,要学会尊敬领导吗? 所长咋给我送礼了?"

老吴一个劲点头:"一样的,一样的。"

以真乱假

最近,煤都市作协和红梅集团联合举办"梅苑杯"诗歌创作大赛,"梅苑"是红梅集团公司旗下的煤都超大型房地产楼盘。

大赛设特等奖一名,奖金 50 万元;一等奖两名,奖金 1 万元;二等奖三名,奖金 5000 元;三等奖五名,奖金 1000 元。

消息一出,全市哗然。作为拥有悠久历史的"文化煤都",这次的大赛可谓真正体现了文化的分量。50 万元奖金,顶多也就几百字,那可是字字千金啊。全市人激情高涨,磨刀霍霍,都想分大赛一杯羹。新华书店蒙着厚厚灰尘的各种诗集一夜脱销,男的女的,老的少的,个个写起了诗歌,大赛组委会的投稿邮箱日日爆满。

三个月后,评选结果出来了,获得特等奖的是一名叫王伟的作者。

王伟何许人也? 全市人羡慕嫉妒的同时,开始了"人肉"搜索。不搜不知道,一搜吓一跳,全国竟然有88万个叫王伟的人,王伟如此强大,而他的诗歌却烂如淤泥。

人们摇头质疑,但无济于事,因为大赛启事有一句:所有解释权归组委会所有。组委会又宣布不举行颁奖仪式,全市人望眼欲穿想见识王伟庐山真面目的愿望也泡了汤。

不久后的某日,在煤都金豪大酒店一个包房里,红梅集团赖老板亲手将特等奖的获奖证书交到王伟手里。

王伟问:"有人知道这是我的笔名吗?"

赖老板微笑回答:"没有,只有天知地知,你知我知。"

"那就好。"

赖老板沉思良久,冒出一句:"我可以冒昧地问个问题吗?"

王伟点头。

"为啥起个这样俗的笔名?"

王伟哈哈大笑:"这个叫作以真乱假。"

赖老板竖起拇指,连连赞叹:"高! 高! 不愧是领导。"

朱梦思

朱梦思／笔名寒江雪、梦幻田野，中国闪小说学会会员，闪小说作家网"闪小说作家作品大展"活动主持人。曾获 2014、2015 中国闪小说年度总冠军大赛第六名、第五名。

戏　殇

戏台上,她的唱腔如行云流水,吐字如珠落玉盘。投足、移步、水袖轻扬,柔媚亮相,无不迎来阵阵喝彩。秦香莲,她演得刚柔并济。王宝钏,她演得凄美坚韧。花木兰,她演得英姿飒爽。她是乡村剧团的台柱子。只要有她的演出,乡亲们就像赶集一样,走几十里山路,只为一睹她的风采。

可她卸了妆,却是个不敢回家的女人。回到家,必遭丈夫的毒打。

当年,从县里回乡探亲的他,一眼相中戏台上的王宝钏,便托人提亲。

她穿着大红装,踩着绣花鞋,带着满眼的幸福,入了他的洞房。新婚之夜,他搂她入怀说:"从此你是我的人,不准再登戏台,卖唱,我丢不起这个脸。"

那夜,她一夜未眠。

从此她谢幕拒邀,却时常暗中跟着剧团到乡村,躲在离戏台不远的林中,盈袖独舞。

他走后,她就披红挂彩,登台演戏。他知道后,回来第一次打了她。

此后,她登台成了习惯。挨打,也成了习惯。脸上的彩妆,一次比一次抹得厚。

一次,她演出后半夜回家,他一巴掌打得她眼冒金星:"再敢去唱,我就割了你的舌头。"

她卧床半月不出门。

他满意地走了。他前脚出门,她后脚登台。戏台上,丞相不满女儿王宝钏下嫁贫寒之人薛平贵,威逼女儿退亲。丞相怒唱:"你若不把亲事退,两件宝衣脱下身!"她哽咽接唱:"上穿日月龙凤袄,下系山河地理裙。两件宝衣穿在身,来世再做戏中人……"她改了戏词?人们惊讶之中发现她口流鲜血,一块血肉噗地飞出,随之,她一个漂亮的甩袖,像一片秋天的落叶,旋转着柔软的身姿,带着凄美的笑,飘落到了地上。

1960 年的那条狗

老朱家的狗是村子里最后一条狗了。

这条狗终于被拿着镰刀棍棒的人们堵在了老朱家的后阳沟里。老朱手中的枪瞄准了狗的眼睛。狗默默地注视着持枪的老朱,狗的眼神已经从最初的暴戾慢慢地变成了凄凉,狗的眼泪也慢慢地流了下来。老朱的眼睛模糊了,手哆嗦着。

"老朱,你到底动不动手啊?要不还是我来吧?"民兵连长沉不住气了。

老朱始终不相信他家的狗会偷吃生产队的苞谷。他的狗和他如影相随,相依为命,从不离开自己的视线。可全村的人都说他的狗偷吃了地里的苞谷。那天,老朱望着面黄肌瘦的村邻们,搂着他的狗长叹一声,说:"你命该如此。那就由我亲自送你上路吧。"

446

"老朱,再不动手,我就一锹剁了它啊。"有人举起了铁锹。围堵的人们蠢蠢欲动。老朱回过神来。

"砰",一声枪响。狗应声倒地。

人们丢下手中的棍棒,冲上去抬起狗的尸体跑向老朱家的院子,院子里早已支起了一口大锅,锅里的水正沸腾着。女人和孩子们拿着碗围着大锅等待着。人们浮肿的脸上洋溢着僵硬的兴奋和期待。

坐在阳沟里的老朱哆哆嗦嗦地从怀里摸出一个小小的窝窝头,那是他给狗省下的口粮。

疯 女 人

寻子启事贴满了大街小巷。老公把酬金从两万提高到了十万。

三个月后,我疯了一样冲进几百里外的深山里。

我看到了我的孩子,还有一个正在喂我孩子吃饭的安静的女人。

我一把夺过孩子,泪雨滂沱。

老公抡起了拳头……

"妈妈……"孩子挣开我的怀抱,扑向那女人。老公的拳头终究没能落下。

他一脚踹翻了屋里的一张桌子,桌子上的奶粉和玩具滚落一地。

惊恐万状的女人紧紧地搂着我的孩子,不停地说:"小宝别怕,别怕……"

这可是我的孩子啊!

我抢回我的孩子离开了村子,孩子的哭声洒满了山路,他的小手像扯着一根线一样,遥指着我身后的村庄,扯得我的心隐隐地疼。

我忍不住回头,想把满腔的愤怒和伤痛砸向这个村子。暮霭中,却是那女人疯了一样追来的身影……跌倒,爬起,再跌倒,再爬起。我停下脚步。我要看看那女人还有什么花招。

她踉跄着扑到我身边,把一袋花花绿绿的玩具塞到了孩子的怀里。

"妈妈……"孩子开心地笑,她也傻傻地笑。

老公打报警电话的手僵在了半空。

这时,路过的一个村民走近我,轻声说道,这个女人五年前因孩子夭折而疯魔。医院也看过,治不了,男人也离她去了。自从几个月前抱回这个孩子,她几乎没发过病。

我呆住了,目光掠过村子,村子里飘起的袅袅炊烟氤氲了我的双眼。我对老公说:"带上她吧,我想用孩子来治她的病。"老公愕然。

我把孩子塞到女人怀里,说:"一起走吧,我就不信治不了你!"女人一边盯着孩子笑,一边不住地点头。

老公说:"我看你也是个疯子。"

入　戏

　　她爱看戏,更爱看戏台上的薛平贵、杨六郎,甚至是遭人唾弃的陈世美。

　　那都是他演的。

　　他功架优美,演武戏气宇轩昂,演文戏儒雅多情。

　　一日,村里演《别窑》,薛平贵出征平西凉,与宝钏作别。挥泪,跨马,扬鞭,突然,手腕亮光一闪,刺着了她的眼睛。她在台下念道:"薛郎,此一别不知何日归还,留宝钏孤守寒窑度清贫,何不把你的表留给宝钏度日之用?"霎时,台上台下,目光齐刷刷地望向她。他愣了几秒,随即跳下戏台来到她面前,取下腕上亮灿灿的手表,单膝跪地,双手将表奉上:"平贵思虑不周。谢恩师点醒,请受平贵一拜!"他把表戴在了她的手腕上。她看到他耳垂下有一颗大大的黑痣。

　　从此她的心里像手腕上的表一样亮堂堂的。

　　渐渐地,戏在乡村销声匿迹了。她每天望着戏台出神,凝望中,木桩搭起的戏台慢慢倒塌了。她抚摸着手腕上的表:"薛郎,外寇已驱逐,国家已太平,你何故不把家还?"

　　别人说她是戏疯子,她却说这辈子还没入戏。

　　终于,有了他的消息。她揣上那块手表登上了火车。

　　她踏遍了那个城市的大街小巷。

　　黄昏时,她经过一个街边公园。突然传来苍凉的唱腔:"一马离了西凉界,不由人一阵阵泪洒胸怀……"

是他!她激动得泪流满面。转眼看去,只见一个秃顶驼背的老头正吃力地唱着。突然,一个老太太冲进人群扯着他的耳朵往外拉:"死老头子,又偷跑来唱戏,还不快去接孙子?"他龇着一口黄牙经过她面前时,耳垂下面的黑痣刺疼了她的眼。

手中的表"啪"的一声掉到地上,顷刻碎了一地。

宗玉柱

宗玉柱／吉林省作家协会会员，东北小小说沙龙理事，吉林省闪小说学会副会长。主要作品有小小说集《梨花柜》等。曾获中国国际森林年征文大赛二等奖、第二届吉林省关注森林活动文化艺术一等奖等诸多奖项。

梨 花 柜

梁掌柜让三喜赶上马车,拉自己来到五十里外的梨树镇。梁掌柜找到梨树镇有名的木匠陈大爪子的时候,陈大爪子正在给一个刚做好的梨木雕花梳妆台上清漆。

梁掌柜对陈大爪子说:"我要做一个梨木的柜子,听说你做的柜子很密实。"

陈大爪子说:"这不是和您吹,我做的柜子密实得能憋死猫。不过您非要梨木的干啥?这种木头不适合做柜子,只适合做梳妆台这样的小家具。"

梁掌柜耐心地说:"就要梨木的,雕梨花,你只管开价,我先付定金给你,做好后捎信儿过去,我让伙计来取。"

三喜来拉柜子的时候,陈大爪子对着自己的作品直摇头。

他问三喜:"你们掌柜的为啥非要梨木的柜子,害得我多费了不少劲。其实柞木、曲柳、红松都能做出上好的柜子,梨木这么金贵,做柜子实在太白瞎了。"

三喜说:"柜子是给我们三姨太的,我们三姨太的小名叫梨花,掌柜的顶喜欢她。这大洋你数数,要是没错的话我就回去了。"

三姨太见到新柜子很欢喜,她让三喜把原来的那个柜子送到柴房,一屁股坐在新柜子上,抚摸着柜子上的梨花,心里美滋滋的。

这天,梁掌柜算了算日子,看了看时辰,把三喜叫过来说:"我这阵子精神有点不济,你去三姨太那儿,要她给我炖一碗人参鸡汤,不用她送,你就在那儿等她做好,端回来就行了。"

三喜端着人参鸡汤回来的时候,梁掌柜正在想一件事。

那天他去三姨太那里,敲了半天门。三姨太开门后,坐回到柜子上很慌张。梁掌柜看到夹在柜盖子下的一个衣角,也看到床底下的一只男人鞋。

梁掌柜当时没做什么表示,若无其事地走了。

没 看 见

红绿灯问电子眼:"刚才有闯红灯的,你看见了吗?"

电子眼:"看见了,有一个骑自行车的女人刚过去。"

红绿灯:"不是那个女人,我是说……"

电子眼:"对了,还有一个骑三轮车的农民工。"

红绿灯:"不是那个农民工,我是说……"

电子眼:"货车,你是说那个大货车吧,一定超载啦!"

红绿灯:"不是大货车,是辆奔驰,好像撞人了……"

电子眼:"没看见,没看见,刚才眼里进了沙子,你去问我后面那只眼吧……"

无　敌

　　我6岁拜师,扫地一年;7岁起,打柴六年;13岁开始干杂役,挑水三年,做饭三年;19岁击败无数同门,正式成为入室弟子。我苦练外功四年,在师父的特别关照下,又潜修内功四年,终于得到师父的赞许和二师叔的肯定。

　　临分别时,师父将我领进密室,嘱我挑选一样合适的兵器。

　　密室里珠光耀眼,琳琅满目,各种宝物鳞次栉比排列。师父给我一一介绍:

　　一双得之可以阅尽美色的钩;

　　一杆得之可以富可敌国的秤;

　　一杆得之可以开疆辟土的枪;

　　一对得之可以平定外患的锤;

　　一口得之可以天下无敌的刀;

　　一柄得之可以杀绝奸雄的剑;

　　……

　　我都喜欢,但师父只准许我带走一个。正当我难以取舍的时候,我发现了一口金闪闪的箱子。师父在我的要求下打开箱子,原来是一箱子官印。我取出一枚,爱不释手。师父温和地笑了笑说,喜欢就带走吧。我离开师父的时候就带走了这枚官印,这是一枚得之可以要风得风、要雨得雨的印。

　　十年后,我在我的官邸伏击了一名刺客,他是我最小的师弟。

为了不使他受伤,我的手下准备了三张渔网。当他被五花大绑地站到我面前的时候,我发现,我已经被一种无形的杀气逼住。果然,牛皮绳索被挣断时发出的声音像是在放爆竹,小师弟的手中变戏法一样多出了一柄长剑。

我认出那柄剑,正是得之可以杀绝奸雄的剑。剑锋所指,所向披靡。我想叫,但已经来不及。金戈声起,人影交错,血光飞溅,戛然而止。

面对横挡在面前的二师叔,小师弟惊愕的双眼渐渐失去光彩。他不知道,这个曾经和他朝夕相处的人,早就与我同流合污。

二师叔的手中正有一口天下无敌的刀。

桃 花 庵

释恒月起床的时候,前院那棵桃树上的花蕾正在慢慢打开,一缕缕青雾般的、没有具体形态的溪流,沿桃树的枝干汇集到一处,然后蜿蜒游过漫长的庭院甬道、中门上方的琉璃瓦,越过"本愿精舍"的窗棂,在窄小的卧房内弥散开来。释恒月净脸、净手、净心,在一片桃花温存的气息中,摸索着,推开房门。

正在打扫院子的老师太见到了站在门口的少年女尼,赶紧搬来一个木凳,扶着释恒月坐在一片阳光里。春日抚摸着女尼光滑的头顶和脸颊,温凉舒适。春风也抢着来抚摸,那两颊上便迅速浮现一小片珍珠般的米粒儿。师太从屋里取出棉衣披在释恒月的身上,然后从怀里取出一封信。

这封信是我受好友之托带来的。我替好友细细打量了释恒月。这个弱弱的女尼并不是我理想中的女性,她太纤细,易被微风吹折,她太轻盈,易被清风带走。作为信使,我旁观并扼腕叹息。

　　老师太在为释恒月读信,信中内容听来也不过是些问候及祝平安之语。释恒月请师太代笔回信,我收好,扶了扶盒子炮,立正敬礼,转身告辞。

　　释恒月的双目中了芥子气几近失明,好友的信是我请文书代写的。

　　我不识字,只知国仇家恨。

邹保健

邬保健 / 笔名憨憨老叟,曾用笔名尖山、六木、六木森森等,广东省闪小说学会秘书长。曾获 2014、2015 中国闪小说年度总冠军大赛亚军、冠军等诸多奖项。

碑

要带的东西都装上车了,等爹上车就可以动身了。

爹倒是不紧不慢,从院子里费力地拖出一块用麻袋装着的东西。我只好从驾驶室下来,帮着把那沉沉的东西搬上了尾厢。爹似乎又想起了什么,折回屋去,握了把生了锈的锹出来。

我怪怨道:"爹,您带这些有啥用啊?城里可没地好种。"

爹一言不发,把铁锹捅进后排座位下,坐进车里重重关上门,沉闷地对我喊一嗓子:"开车!"

车慢慢拐出一道道山洼,我往后视镜上一看,只见爹的头侧向窗外,紧紧地盯着车外划过的一山一水一草一木,似乎想把它们全部装进眼里去。

我知道爹的心情。他七十多年的光阴都撂在了这大山深处的村子里,忙时耕山种树莳田割稻,闲时采石刻碑。此前我跟爹提过多次让他到城里与我们同住,可爹死活不肯。随着村里一户户人家往外迁居,村里的麻雀学校没有了,水田荒芜了,小路覆没了,就连与他相伴一辈子的我老娘也在年前撒手走了,原本偌大几百人的村子只剩不到几十人了,再不接爹出来,我心里实在难安。

车到一个三岔路口,爹突然低沉地喊:"停车!"

爹在路口来来回回打转几圈后,转身从车里拿出铁锹朝坚硬的地上挖。我只得下来帮忙。挖好坑后,我又帮着把尾厢里的麻袋抬了出来。解开麻袋,原来是一块路碑。

路碑竖在了路口,看着上面镌着的"岭上村"的字样,我叹了口气说:"爹,您这又是何苦呢?"

爹点燃一筒旱烟,猛吸一口,盯着石碑幽幽地说:"都说叶落归根,我们迟早都要回来的。我怕到时找不到回家的路啊。"

暮色四合,吞没了不远处的村庄。

如果先生的墓志铭

我迷路了。

夜,伸手不见五指。我跌跌撞撞地走进了一个阴森森的地方。

突然记起身上还带着手机,我哆嗦着摸出来,摁亮屏幕,想照一下周围的情况。

忽然,手机发出"嘀——"的一声响,低头一看,原来是扫到了一个刻在石块上的二维码。

屏幕上跳出一行行的字:

欢迎你关注如果先生的微信平台!

……

如果我再努力一点,就一定能考上大学。

如果我再大胆一点,就一定能追上那个女孩。

如果我再肯干一点,就一定能坐上那个位子。

如果我早点戒烟戒酒,身体就能一直健康。

如果我不沉湎于网络……

如果……

如果看了我的墓志铭你还无动于衷,那么,朋友,请你进来静静地躺着,换我出去好好地享受与珍惜时光。

这么有趣的墓主人会是谁呢? 我就着手机的光照了一下镌在碑上的头像,却赫然发现那个人竟是我自己。

我一下子惊醒了。枕边,手机游戏里的魔兽,还在一个劲地呜哇怪吼着。

最后一幅梅花图

昨晚上狗叫了半夜,吓得梅老先生一夜没睡好。天刚放亮他便从床上爬起来,快步走到屋后梅园。尽管已有预感,可眼前梅园的景象,还是让他眼冒金星脚步趔趄。

梅老是梅园的第八代传人了。他懂梅,更善画梅。凡到过梅园的人,无不称赞梅园错落有致、精致典雅;凡见过他的画作《傲雪凌霜图》的人,无不直呼能闻到暗香浮动。凭着他把一座百年梅园打理得成了小城一景,凭着他的一手好字画,梅老成了小城稍有名气之人。

半年前,市领导曾语重心长地跟他说,仙居乐高档小区选址点靠近梅园,要梅老顾全大局。梅老心里暗暗叫苦。

前几天,梅园外墙上被人用红漆喷上了大大的"拆"字,临大门处直接喷上了一把威风凛凛似滴着血的大刀。

呆立半晌,梅老搬出桌椅,铺上宣纸,研磨好墨,他要把这梅园的最后一景,收入画中。

唰唰唰,几株颓然倒地的百年梅树在画中重植。

他看一眼园中景,便添一笔画中情。

画了一张又一张,可画上没有一朵梅花,甚至连一朵花蕾都没有。梅老把这些了无生命气息让人近乎窒息的画扫落在地。

望着狼藉的梅园,梅老内心气郁成结。没想到这白年梅园,熬过了义和团、军阀,也熬过了地痞、土匪、"破四旧",今天却要毁在自己的手中。

桌上剩下最后一张纸,梅老蘸墨、运笔,唰唰几下,几株百年迎风斗雪的躯干风骨便跃然纸上。蓦地,他感到胸中有股咸腥涌冲上来,张口,大口大口的鲜血喷涌而出,溅落在纸上。

一阵寒风袭来,卷起地上的画稿四下飘零。唯有桌上用镇纸压着的梅花图,在冬日里,傲雪盛放。

空中有月

山寺住持善对,远近闻名。与周边墨客骚人聚谈,无有不能成对之事,常有惊人之语流传。

某日住持又在寺中与一众文人雅聚,忽然从寺门转入一年轻人。狂傲、冷毅刻在他的脸上,眼睛高抬三分。众人定睛一看,原来是今年恩科皇帝钦点的新科状元郎。

与众人逶迤施礼毕,众人皆异口同声恭请状元郎赐施墨宝。状元郎正志得意满,即将赴京上任,不客套,不思索,抓起桌上狼毫,蘸墨、运笔,一挥而就四字:顶外无山。

众观之,皆无言以对,望向住持,平时善对之住持也头侧一边假做思索状。

状元郎临走,嘱咐住持,将无下联之对悬于寺门。

状元郎走后,众人围问住持:"以住持之功,刚才为何不作一下联应对,以煞其威傲?"

住持望着山下渐行渐远的黑影,若有所思地答非所问:"此对在二十年后,将由他亲口对出。"

住持渐老,山寺渐老。

忽一日,山门小沙弥匆匆来报:"巡抚大人驾到!"

住持迎出,参见之下,方知巡抚乃当年的状元郎也。是夜,山风习习,月明如水,巡抚下榻山寺,住持整斋待之。

席间,住持问巡抚:"敢问大人二十年的为官之道何如?"

巡抚半晌沉吟不语,后问住持:"方丈仍能记起二十年前我在山寺所作之对联一事否?"

住持努嘴朝寺门上檐,答:"已遵嘱将之悬于庙门。二十年尚无人可对,还望大人赐出下联。"

巡抚猛然举觚饮尽一杯,叫道:"取笔来!"

蘸墨、运笔,一挥而就四个大字:空中有月。

住持抚掌大笑,继而合十高宣佛号:"阿弥陀佛,善哉,善哉,施主终悟矣!"

左世海

左世海 / 本名左钱柱，山西省作家协会会员，山西省闪小说学会副会长，《中国散文诗刊》签约作家。曾获首届"京华奖"全国微影小说大赛三等奖等诸多奖项。

寿　材

眼看老娘一天天病重,兄弟三个坐到一起商议着为娘准备寿材。

老大说:"娘苦了一辈子,没享过一天福,咱得为她做一口上档次的棺材,让乡亲们看看咱们的孝心。"

老二说:"要上档次,就数柏木做的了,就像咱村吴老爷用的那种,富贵大气,让人看了眼亮。"

"柏木是好,可贵着哩,听说至少一万多元。"老三说。

"贵不怕,咱三家分摊,该出多少算多少。就这样说好了,你们回去和弟妹商量一下,没意见就定了。"老大说。

一周后,兄弟三个又坐到了一起。

老二说:"柏木是不是有些贵,咱们的光景没法和吴老爷家比,人家儿子当局长,咱没那么多钱。"

"可不是,棺材再好也是给活人看的,有那钱不如给娘买点好吃好喝的,趁她还有一口气。"老三提议。

老大咳嗽了一声,吸着烟说:"就买红松木的,价钱也不高,每家六七百元,能承受得起,就这样定了,回去和弟妹们说说,钱集齐后,立马去买。"

还未等三兄弟再会面,老娘在一个月黑风高的夜晚悄然离世。

兄弟三个望着躺在土炕上僵硬了的老娘,默默无语。

还是老人先开口说:"松木棺材来不及买了,咋办?"

老二说："你院里不是有一根盖房时剩下的粗杨木吗？做口棺材还够用。"

老三说："是呀，放也是闲放着，年头久了，怕腐得啥也做不成了。"

老大沉思许久，说："就这样定了，老二你去请木匠，老三你去向亲戚们报丧。"

老大独自来到院子，望着墙角那根满是裂痕的杨木，用脚踹踹，嘟哝道："可惜这木料了，要做棺材。早知做一对橱柜，多好……"

瞒

老大是煤矿工人，老二是村小学老师，老三在县城打工。

年近八十的娘，随老二住在村里。老大、老三每月回村陪她几天。

快到娘八十岁生日了，哥仨商量，让苦了一辈子的娘好好乐乐。

娘生日的前一天，老二突然对娘说要去县城买东西，让娘照顾好自己。

娘笑着点点头。

第二天，老二、老三结伴回来，为娘买了大蛋糕、新衣服。娘看着，眼睛笑成了一条线。哥俩虽然也笑着，但显得很不自然。

老二向老三使了个眼色，老三出院抱柴火去了。这时老二的手机响了,他接起来对娘说:"是老大的,他说工作忙,不能回来了。想和您说说话。"娘将电话捂到耳朵上,仔细听着话筒里的声音对老大说:"钟子,好好上班,有你两个弟弟照顾,我好着呢。"

老二见娘脸上笑着,眼角涌出了泪水。

娘是高兴的。他想。

以后,无论多忙,老三每月都回来陪娘。老大也定时打电话和娘唠上一会儿。

半年后,娘病了。兄弟俩知道娘像熬干的油灯,离熄灭不远了。

老三出门后,老二的电话又响了。他对娘说:"是老大的,您和他说吧。"老二将电话拿到娘的枕头旁。

娘艰难地摇摇头说:"甭打了,费钱。自己的孩子,娘还听不出是谁的声音?"

老二脸上的笑容僵住了。

当晚,娘安详地闭上了眼睛。

兄弟俩给娘换衣服时,感觉她怀里有块硬邦邦的东西,取出一看,竟是老大生前穿过的一只旧鞋。

父亲来电

正吃晚饭,突然手机响了,我看了看,是个陌生号码。

"你好!"我接起来话刚出口,话筒里就传来一个苍老的声音:"三子,我是你爹呀,吃饭了吗?"

我听后一愣,正想说他打错电话了,可是老人的声音紧接着就传了过来:"三子,爹现在的耳朵越来越差了,听不清你说话声。这不,快过年了,爹知道你忙,大老远的,没时间就别回来了,花路费不说,冰天雪地的路上不安全。"

我正要接话,老人又说:"三子,听爹的,千万别任性,这几天村里变得更冷了,我想城里也好不到哪去。出门注意多穿衣服,你自小体质差,切记别冻感冒了。"紧接着,电话里传来一阵急促的咳嗽声。

我想说什么,可是仍是接不上话。"三子,爹不敢和你说,怕你工作分心,你娘年前就病得不行了,可她死活不肯住院,我知道她是想省下钱帮你买房。你娘临走时念叨着要见你一面,我没法子,哄她说你被派去出了远差,结果……现在虽然剩我一个人了,但我给村里放羊,有吃有穿的,过得去,你千万别惦记。三子,只要你们过得好,爹就放心了。唉,人老啦,爱啰唆,说了这么多,一定误你吃饭了。爹借用的是人家的电话,费钱!就这样,爹不说了,啥时回来,给爹捎个话,爹套上驴车到车站去接你……"

"我最近就回去看您!回去时一定先捎话给您,爹!"我哽咽着说不下去了。

话筒里传来一阵嘟嘟的断线声。

我握着电话,呆在那里,禁不住泪水奔涌而出。

我该去哪儿看爹呢?我的父亲已在三年前就去世了。

穿袍子的女人

火车站前,人头攒动。

一个身穿宽大的拖到地面的脏袍子的女人,捧着个破瓷缸,在向众人乞讨。

"行行好,给点钱吧。"她将瓷缸向一个中年男子面前一伸,乞求道。

男子手里紧拉着一个三四岁戴着口罩的男孩。他看了女人一眼,没有出声。

"给点钱吧。"女人又靠近一步哀求着。

男子不由得将孩子拉到身后,凝视着她,掏出一元钱,扔到了瓷缸里。女人边走边感谢着。

正当她与男子擦身而过时,女人感到裙子被人揪了一下。

女人不觉一愣,回头看到那个站在男子身后的小孩,正睁着一双惊恐的眼睛望着她。

女人迟疑了一下,站在男子身旁开始清点起瓷缸里零碎的角币。

检票开始了,人群骚动起来。

男子掏出车票核实车次。一低头,孩子不见了。

男子脸色顿时突变,焦虑而惶恐的目光在四周扫射着,没有孩子的影子。

男子慌了,他看见身旁的女人,低声问道:"看见一个小孩没有?"

女人依旧数着手里的角币,头也没抬道:"你说什么? 没听清。"

男子斜了她一眼,急忙挤入人群寻找起来。

男子的异常举动,引起了维持秩序巡警的注意,一名巡警过来问道:"挤什么,找谁?"

男子苍白的脸上挤出一丝笑意,说:"没,没什么。我找厕所。"说完急匆匆离去。

望着男子远去,乞讨的女人这才低头说:"好了,这下安全了,出来吧。"说着一撩裙子,露出一颗小小的脑袋。

女人蹲下身,解开孩子的口罩,撕下贴在孩子嘴上的胶带。孩子哇的一声大哭起来。

"不哭,可怜的孩子。"女人一边安慰着,一边领着他向前面的警务室走去。